www.b-books.co.kr

www.b-books.co.kr

파도의 정원

파도의
정원

1판 1쇄 찍음 2021년 5월 17일
1판 1쇄 펴냄 2021년 5월 26일

지은이 | 소낙연(天落然)
펴낸이 | 정 필
펴낸곳 | (주)빨미디어

기획·편집 | 배지은, 심은지
표지·디자인 | 차소정

출판등록 | 2002년 9월 11일 (제1081-1-132호)
주소 | 경기도 부천시 소향로17, 303(두성프라자)
전화 | 032)651-6513 팩스 | 032)651-6094
E-mail | dahyangs@naver.com
블로그 | http://blog.naver.com/dahyangs
비북스 | http://b-books.co.kr

값 9,000원

ISBN 979-11-6713-173-7 03810

DAHYANG ROMANCE STORY

파도의 정원

소낙연 장편 소설

Contents

Prologue

　박태기나무가 화사한 진분홍 꽃을 피워 올린 4월의 초입, 추위가 채 가시지 않은 도시에 찬 바람이 불었다. 사무실을 나온 재신은 피로한 눈가를 꾹꾹 누르며 차에 올랐다. 유학 동기인 민기와의 점심 약속이 있었다.

　설계 작업이 길어지는 바람에 사흘 연속 밤을 새우다시피 한 터였다. 밥이나 먹자는 한가한 약속은 미루고도 싶었지만, 일에 치여 살았던 몇 주라 잠깐 바람을 쐬는 것도 나쁘지 않을 듯했다. 게다가 민기를 본 지도 꽤 오래되었다. 대학원 동기들 모임이 마지막이었으니 한 1년쯤 되었을까.

　레스토랑은 봄꽃이 아기자기하게 피어난 앞뜰이 인상적인 곳이었다. 노란 산수유며 진분홍의 박태기나무, 새하얀 목련꽃이 산뜻한 봄바람과 화사하게 조화를 이루고 있었다. 고아하게 잘 꾸며진 정원을 자랑하는 이곳은 과연 조경회사를 운영하는 민기가 고른 식당다웠다.

주차를 마친 재신은 천천히 문을 밀고 안으로 들어섰다. 그런데 아무리 훑어보아도 안에는 그가 찾는 얼굴이 보이지 않았다. 본래 약속에 철저한 놈은 아니니 얼마간 늦는 모양이었다.

그는 적당히 빈자리를 찾아 앉았다. 분위기 있게 흘러나오는 바이올린 선율을 들으며 간만의 여유를 즐겼다. 점심때가 한참 지난 시간이었지만, 레스토랑의 테이블은 대부분 꽉 차 있었다. 나름 이름난 맛집인 모양이었다.

큰 가방을 둘러멘 여자 하나가 유리문을 밀고 들어선 것은 재신이 한참 통유리창 너머의 앞뜰을 바라보고 있을 때였다. 질끈 묶은 긴 머리와 커다란 눈망울이 인상적인 키가 큰 여자였다. 사람을 찾는지 테이블 사이를 두리번거리던 여자는 뜻밖에도 그의 앞으로 다가와 섰다.

"저…… 예신건축의 권재신 소장님 맞으시죠?"

여자는 반가움 반, 부담 반이 섞인 묘한 얼굴을 하며 그에게 물었다. 왠지 모르게 한여름 태양 빛이 떠오르는 목소리였다.

"예. 맞습니다만, 무슨 일이시죠?"

재신은 고개를 틀어 여자를 올려다보며 의아하게 대꾸했다. 건축계에서 제법 이름이 알려지긴 했지만, 일면식도 없는 여자가 단번에 알아볼 만한 유명인은 아니었기 때문이다.

"저기, 봄뜰조경의 남효은이라고 합니다."

여자는 고개를 꾸벅 숙이며 대뜸 명함부터 내밀었다. 호감 가는 인상에 야무져 보이는 눈매가 어딘지 시선을 잡아끌었다.

여자는 헛기침을 한 번 하더니 어려운 애기를 꺼내듯 말을 이었다.

"이민기 대표님이 갑자기 디스크 수술을 하시는 바람에 제가 대신 나왔습니다."

아하. 그제야 재신은 상황을 대충 알 것 같았다. 생각해 보니 봄뜰 조경은 민기의 회사 이름이었다. 그곳의 직원인 모양이었다.

그런데 가벼운 식사 약속이 아니었던가. 아프면 약속을 취소하면 될 일이지 굳이 직원을 대신 내보낸 이유를 알 수 없었다. 의뭉스러운 민기 놈에게 뭔가 다른 의도가 있었던 걸까.

"그렇습니까. 일단 앉으시죠."

재신은 건너편의 의자를 턱짓으로 가리키며 여자에게 말했다. 민기가 보내서 나온 것일 뿐 이 여자의 잘못은 없었으니까.

여자는 일단 마음의 부담을 덜은 듯 가방을 내려놓고 의자에 앉았다. 그의 얼굴을 바라보다 시선을 돌리다가 하면서 어색한 분위기를 감추지 않았다. 그러다 가방을 뒤적여 파일 하나를 꺼내 들고는 그의 앞에 조심스레 펼쳐 놓았다.

"저기, 식사 전에 설명을 먼저 드려도 될까요?"

"무슨……."

"말씀을 어디까지 들으셨는지 모르겠는데, 수목원과 리조트가 혼합된 형태의 수목타운 공모전이에요. 은천시에서 주관하는 거고요. 은랑도라는 섬 전체를 수목원으로 조성하는데, 육지까지 이을 다리의 설계도 포함이랍니다."

"무슨 말씀이신지."

재신은 여자의 말이 끝나기를 기다렸다가 어깨를 으쓱하며 말했다. 중간에 말을 끊기 미안할 정도로 여자의 목소리가 열정적이었기 때문이다. 여자가 펼쳐 놓은 파일엔 섬의 사진을 비롯해 공모전과 관련한 내용들이 일목요연하고 깔끔하게 정리되어 있었다.

"공모전 컨소시엄 말이에요. 소장님이 계신 예신건축이 저희와 함께할 거라고 들었는데요."

"나는 금시초문인 얘기입니다."

재신은 난감함을 표하며 가만히 고개를 저었다. 잘라 말하는 그의 목소리에 여자는 조금 당황한 것 같았다. 이내 표정을 갈무리하더니 의아한 목소리로 다시 물었다.

"저기 혹시요, 설마 저희 대표님께 아무런 말씀도 못 들으신 거예요? 그럼 오늘 약속은……."

"그저 밥이나 먹자는 약속으로 알고 나왔습니다만."

"그럼 컨소시엄에 관한 건……."

"할 생각이 전혀 없습니다. 민기가 혼자 너무 앞서갔군요."

"아아…… 네."

둘 사이에 잠시 침묵이 흘렀다. 무슨 일이든 두루뭉술하게 처리하는 민기의 성정을 누구보다 잘 알고 있는 그들이었기 때문이다. 아마도 여자에겐 얘기가 얼마간 진행된 것처럼 말해 두었을 것이고, 그에겐 나중에 적당한 이야기들로 둘러댈 생각이었을 것이다.

불편한 공기가 어색하게 떠돌고, 여자의 얼굴엔 점점 난감한 기색이 짙어졌다. 재신은 당황스러웠을 여자를 배려하는 마음으로 먼저 입을 열었다.

"민기는 좀 어떻습니까."

"어제 수술하셨고, 오늘은 회복 중이세요."

"그렇습니까."

"네. 퇴원은 2주 후쯤 하실 예정이래요."

"그렇군요. 일단 밥이나 먹죠. 어차피 그러려고 나온 거니까."

재신은 그렇게 말을 던지고 여자에게 메뉴판을 건넸다. 어떻든 밥은 먹어야 했고, 민기는 원래가 그런 녀석이었으니까.

메뉴는 한식부터 양식, 중식까지 다양하게 있었다. 그는 좋아하는 해물 파스타를 골랐고, 여자는 돌솥비빔밥을 주문했다.

둘은 말없이 식사를 했다. 여자는 시선을 내리깐 채 오직 밥에만 온 신경을 집중하는 것 같았다. 그도 딱히 할 말이 없었기에 바이올린 선율에 귀 기울이며 파스타를 먹었다. 그러면서 간간이 여자를 훔쳐 보았다. 어딘지 낯설지 않은 듯한 느낌이 어디서 오는지 알 수 없었기 때문이다.

그러고 보니 이름이…….

재신은 언뜻 흘려들었던 여자의 이름이 기억나지 않아, 받았던 명함을 다시 꺼내 보았다.

[봄뜰조경 전략디자인실장 남효은]

연둣빛으로 심플하게 꾸며진 명함에 적힌 내용은 그랬다.

남효은.

그 이름을 확인한 순간 문득 스쳐 지나가는 것이 있었다. 머리를 둔중한 무언가로 한 대 맞은 것처럼 멍한 기분이 들기도 했다.

익숙한 이름이었다. 아까는 왜 제대로 알아듣지 못했을까 싶을 만큼. 자세히 보니 얼굴에도 오래전의 앳된 모습이 조금 남아 있는 것 같았다.

재신은 여자의 얼굴을 한 번 더 눈에 담았다. 다른 곳은 몰라도 눈매만큼은 어릴 적 흔적이 꽤 많이 남아 있었다.

정말 그 꼬맹이일까.

한때는 이렇게 우연히 마주치는 상상을 해 보기도 했었다. 만약 그렇게 된다면 어떻게 해야 할까 숨죽여 고민도 했었다. 그 마을 사람들과는 그 어떤 인연 한 점도 남겨 두고 싶지 않았고, 절대 그래서도 안 되었으니까.

우스운 일이었다. 18년이 지나서 이젠 큰 의미 없는 고민이 되었을 때 이렇게 우연이 찾아오다니. 그때 그 꼬맹이가 이렇게나 성장했다니. 그 누구도 아닌 민기의 회사에 있었다니.

오래전의 용림리가 떠오르고, 꽃나무 가득했던 옆집의 농원이 떠올랐다. 식사를 하는 내내 재신은 저도 모르게 추억에 잠겨 들었다. 기억하고 싶지 않은 것이 대부분인 아픈 추억들이었지만, 옆집의 기억만큼은 아름답게 남아 있었다.

"그럼 살펴 가세요."

식사가 끝나고 밖으로 나오며 여자가 말했다. 산뜻하게 미소 짓는 여자의 뒤로 주차장에 세워진 파란 트럭이 보였다. '새벽농원'이라는 글씨가 하얗게 새겨진 허름한 트럭이었다. 그가 알기로 그녀의 할아버지가 오랫동안 몰고 다녔던, 20년도 더 된 낡은 차였다.

여자는 가뿐히 트럭에 올랐다. 차 문이 열리고 닫힐 때마다 삐그덕 소리가 났다.

여자는 그에게 고개를 꾸벅 숙이고는 그대로 트럭을 몰아 주차장을 빠져나가 버렸다.

하지만 재신은 한동안 그 자리에 멈춰 선 채 떠나지 못했다.

남효은. 새벽농원 남효은.

그 이름이 귓가에 오래도록 맴돌았다. 떠나지를 않았다.

추위가 채 가시지 않은 주차장에 온기 어린 바람이 불어왔다. 진분홍의 박태기꽃이 바람에 소리를 내며 물결처럼 흔들거렸다. 바야흐로 봄이었다.

1

　회색빛의 차분한 톤으로 꾸며진 사무실은 늦은 밤까지 일하는 직원들의 열기로 북적이고 있었다. 예신건축은 7명의 조촐한 인원으로 이루어진 작은 건축사사무소였지만, 수려하고 독자적인 건물들의 설계로 업계에서 나름의 명성을 쌓아 가고 있었다. 그런 만큼 들어오는 일도 많아서 거의 매일을 밤낮없이 일하는 경우가 대부분이었다.

　재신은 몇 곳에서나 이어진 외부 미팅을 마치고 밤늦게야 회사로 돌아왔다. 그리고 일을 맡은 한남미술관의 건물 스케치에 한창 몰두하던 중에 민기의 전화를 받았다. 낮에 여자에게서 들었던 공모전 컨소시엄 이야기는 까맣게 잊고 있었던 중에.

　— 그러니까 만나면 말하려고 했다고.

　민기가 끙끙 앓는 소리를 내며 말했다. 평소의 태평함이라곤 느껴지지 않는, 핸드폰 너머로 듣기만 해도 고통이 진하게 전해지는 목소리였다. 수술한 허리의 회복 치료로 내내 통증에 시달린 모양이었다. 약속에 못 나가서 미안하다는 말을 뒤늦게 전하며 특유의 변명 아닌 변명을 늘어놓았다.

"퍽이나 그랬겠다. 직접 말을 꺼내기 뭐하니까 직원 내보내서 은근슬쩍 얘기한 거겠지."

재신은 무심히 대꾸하며 스케치 중이던 그림으로 눈을 돌렸다. 콜로세움에서 모티브를 얻은 한남미술관의 건물 스케치가 얼추 윤곽을 잡아 가고 있었다.

— 갑자기 수술 날짜가 잡힌 걸 어떡하냐. 의사가 그러더라. 이 허리로 그동안 어떻게 참고 지냈느냐고. 그 말 듣는 순간 고통이 막 물밀듯이 밀려오는데, 그냥 아주 서 있지도 못하겠더라.

"아무튼 컨소시엄이고 뭐고 나는 안 한다. 그런 줄 알아."

재신은 딱 잘라 말하며 손에 쥔 연필을 빙글빙글 돌렸다. 다른 일까지 맡기에는 동시에 돌아가는 일들이 워낙 많았다. 서교동 한남미술관, UNT 펜트하우스, GH호텔 경주 지점 등등 지금 진행하고 있는 작업만 해도 너무 빡빡해서 눈이 핑핑 돌아갈 지경이었다.

— 야, 그러지 말고 딱 한 번만. 내가 언제 너한테 이런 부탁 한 적 있냐. 맞붙는 회사들이 워낙 쟁쟁하다고. 다들 연 매출 수천억대에 실적들 장난 아니고.

"그럼 그런 회사들과 컨소시엄 하면 되잖아. 우리 같은 소규모 건축사사무소랑 같이해서 득 될 게 뭐가 있다고."

— 예술성이 필요하다 이거 아니냐. 이럴 때 네 명성 덕 좀 보자. 우리 회사도 규모가 작아서 그렇지 일은 제법 한다고. 그리고 효은이 걔 말이다.

"누구?"

여자의 이름이 흘러나오자, 재신은 저도 모르게 되묻고 말았다. 민기에게 마치 낯선 이름을 듣는다는 표시를 하고 싶었을까.

— 너랑 같이 밥 먹은 애.

"아아. 그 전략디자인실장."

재신은 그렇게 여자와의 선을 그었다. 민기는 설득에 여념이 없어 별다른 이상함을 느끼지 못한 듯했다.

— 그래. 걔가 그래 봬도 공모전 킬러야. 우리 회사가 공모전으로 사업 딴 건 거의 걔가 가져온 일감이란 말이지. 내 대학 후배인데 똘똘하고 일도 아주 잘해. 같이하면 둔해서 속 썩이는 일은 절대 없을 거라고.

"그 여자랑 일을 같이하라고?"

— 그래. 효은이가 공모전 주력 담당이거든. 내가 하고 싶은데 허리가 이래서 아무래도……. 팀을 붙여 줄 수도 있는데, 그럼 네가 싫어할 거잖아. 암튼 이번만 같이해 주면 내 이 은혜 평생 안 잊을게. 백 년 동안 두고두고 다 갚을게.

민기는 특유의 구렁이 담 넘어가는 말투를 구사하며 은근슬쩍 그를 끌어들였다.

재신은 예전에도 이런 식으로 민기에게 홀러덩 넘어갔던 일들을 생각하며 독하게 마음을 다잡았다.

"미안한데 도저히 안 되겠다. 지금도 일이 너무 많아."

— 효은이가 실망이 크겠네. 유명 건축가랑 같이 일하게 됐다고 잔뜩 기대에 부풀어 있었는데. 네 인터뷰 기사며 그간 설계했던 건물들이며 다 찾아보는 것 같던데.

효은. 민기의 입에서 흘러나오는 그 이름이 자꾸 귀에 걸렸다.

피폐했던 어린 시절의 유일한 우군. 까다롭기 그지없던 울보 꼬맹이. 농원 할아버지에게 진 마음의 빚도 억눌렀던 기억에서 차츰 수면 위로 떠오르고 있었다.

— 재신아. 어떻게 안 되겠냐? 사람 하나 살리는 셈 치고 같이 좀 해 주라.

민기는 더없이 간절한 목소리로 아주 사정사정을 해 왔다.

"······생각해 볼게."

결국 재신은 애매한 말로 대화의 끝을 맺고 말았다. 민기와는 상관없이 어린 시절의 빚 갚음에 대한 고민이었다. 떠올리고 싶지 않아서 깊숙이 묻어 두었던, 효은을 알아보기 무섭게 불가피하게 떠올라 버렸던, 이미 지나가 버린 오래전의 기억들이었다.

민기는 그의 말을 혼자서 긍정적으로 해석했다. 또 전화하겠다며 환호성을 지른 뒤 핸드폰을 끊었다.

'그쪽 마을 사람들과는 연을 끊어야 한다. 절대로 다시 만나거나 하면 안 돼. 찾아가서도 안 되고.'

18년 전 모친은 그를 받아 주며 당부하고 또 당부했었다. 각서까지 쓰게 한 그 행동에 무슨 마음이 내포되어 있는지 모르지 않았다. 하여 철두철미하게 그 약속을 지켰다.

하지만 모든 것이 변했으니 이제는 좀 다르지 않을까. 효은이 그를 알아보지 못했듯 다들 그렇지 않을까.

민기에게 여지를 주지 않으려 했음에도 불구하고, 일말의 가능성을 생각하고 있는 스스로가 우습게 느껴졌다.

재신은 고개를 절레절레 저으며 다시 연필을 들고 스케치에 몰입했다.

반쯤 열린 창문으로 밤바람이 불어 들었다. 다시, 봄바람이었다.

□ ◆ □

새벽농원의 낡은 나무 간판이 바람에 삐거덕거리고 있었다. 효은은 전화 통화를 하느라 주차를 마치고도 트럭에서 내리지 못했다. 밤늦은 퇴근길에 걸려 온 민기의 전화는 농원에 다 도착해서도 끝나지 않았다.

"선배. 그러니까 권재신 소장이 같이하겠다고 했다는 거예요, 아니라는 거예요?"

효은은 두루뭉술한 민기의 대답에 명확히 콕 집어 물었다. 정확하게 묻지 않으면 제대로 된 대답이 흘러나오지 않는 대표였기 때문이다.

— 생각해 보겠다고 했다잖아.

"생각만 하고 안 하겠다고 하면요."

— 그 정도 대답 나왔으면 하겠다는 얘기야. 절대 안 할 생각이었으면 그렇게 말 안 해. 나랑은 다르게 칼같은 놈이거든.

"그럼 다른 회사 안 알아봐도 돼요? 공모전 날짜도 촉박한데, 선배 믿고 그냥 있어도 되겠냐고요."

— 하루만 기다려 봐. 정 안 되겠으면 네가 한번 찾아가 보든지.

민기는 에둘러서 그렇게 대답했다. 하지만 찾아가 보라는 말에 효은은 바로 감이 왔다. 참으로 무책임한 대표가 아닐 수 없었다.

"저보고 설득하라는 말씀이신 거죠, 지금?"

— 뭐, 꼭 그렇다기보다 내가 그놈한테 신용이 많이 없어서. 몸이 이래서 만나러 갈 수도 없고. 그래도 다리는 내가 놓아 줬잖냐.

헛기침과 함께 들려온 민기의 목소리는 한참이나 자신 없게 느껴졌다. 효은은 결국 한숨을 내쉬고 말았다.

"친구 부탁도 그렇게 칼같이 자르는데, 한낱 직원인 제가 어쩌라고요."

— 말발은 네가 나보다 훨씬 낫잖냐. 그리고 지금 우리 상황에 그놈 붙들고 늘어지는 것보다 나은 거 있어? 어차피 큰 규모 건설사들은 우리보다 큰 회사들이랑 얘기 다 끝났을 테고.

민기의 말에 틀린 것은 없었다. 하지만 그 권재신이란 남자가 그리 호락호락 넘어올 것 같지 않았다. 한눈에도 날카로운 눈매에 선을 명확히 긋는 것이. 성격도 일 처리도 몹시 까다로워 보였다. 게다가 그런 건 대표가 해야 하는 일이 아니던가.

"저 농원 일도 엄청 바쁘다고요. 할아버지 요양원 들어가셔서 나무들 관리도 다 안 되고."

— 그래서 공모전만 너한테 맡긴 거잖아. 주 4일 근무도 해 주고.

"말이 주 4일이지, 집에서 일하는 것까지 하면 뼈 빠지게 주 7일 일하고 있다고요."

— 알지 알지. 이번 건만 잘되면 연봉 팍팍 올려 줄게. 너희 농원 나무들도 잘 팔아 주고.

"그런 얘긴 수백 번도 더 하셨거든요."

— 너만 믿는다, 효은아. 네가 우리 회사의 희망 아니냐.

민기는 수술한 허리가 아픈지 또다시 앓는 소리를 냈다. 그 바람에 효은은 마음이 약해지고 말았다.

사람이 좀 두루뭉술해서 그렇지 오너치곤 괜찮은 사람이었다. 그런 성격인 까닭에 까다로운 현장 소장들을 잘 다룬다는 장점도 있었다. 게다가 워낙 업무 강도가 높은 업계라 다른 회사에서 학을 떼다시피 했던 전적이 있기에 효은은 이곳에서 계속 일을 하고 싶었다.

"알았어요, 선배. 한번 찾아가 볼게요."

결국 효은은 그렇게 말하고 말았다. 무엇으로 그 남자를 설득해야 넘어올지 고민에 고민을 더해 가면서.

농원의 박태기나무가 꽃을 한창 피우고 있었다. 그녀가 가장 사랑하는 진분홍의 꽃이었다. 누군가에게 봄은 목련이고 벚꽃이고 개나리지만, 그녀에게 봄은 박태기꽃이었다. 꽤 어릴 적부터 그랬다. 그리운 누군가를 떠올리게 하는 꽃이었으니까.

□ ◆ □

예신건축은 강남의 어느 세련된 신축 빌딩에 자리하고 있었다. 미팅 룸, 회의실 등 여러 구역으로 나누어진 사무실은 온통 무채색으로 가득했다. 보이는 식물이라고는 아마도 개소식 때 선물로 들어왔을 금전수와 서양란 화분들이 전부였다. 삭막해 보이는 분위기가 권재신이란 그 남자를 꼭 닮아 있었다.

효은이 방문했을 때, 마침 남자는 자리를 비우고 없었다. 그녀는 회심의 미소를 지으며 사무실 직원들에게 일일이 반갑게 인사를 건넸다. 그리고 트럭에 싣고 온 화분들을 사무실이 자리한 19층까지 하나하나 실어 날랐다.

"소장님께 배달 온 선물이에요."

그녀는 그렇게 말하며 사무실의 적당한 자리마다 화분들을 놓아두었다. 농원에서 잘 자란 관엽 식물들만 골라 온 터였다. 콤팩타, 아테누아타, 레몬라인, 벤자민, 해피트리, 벵갈고무나무 등등 모두 그녀가 아껴 기르던 아이들이었다. 화분도 모두 신경 써서 골랐다. '봄뜰조경 대표 이민기'라고 적힌 리본들도 예쁘게 고이 달아서.

효은은 사무실에 앉아서 한참을 기다렸다. 그런데도 외근을 나갔다는 남자는 날이 저물도록 오지 않았다. 결국 더는 시간을 낭비할 수 없어서 다시 농원으로 돌아오고 말았다.

하지만 그쯤 해 두었으면 뭔가 반응이 있을 듯했다. 도로 가져가라든가, 고맙다든가. 아마도 남자의 첫인상으로 보아 전자의 반응을 보여 올 것 같았다.

□ ◆ □

— 이민기. 이쯤 되면 결례 아니냐?

민기는 대뜸 걸려 온 재신의 전화를 받고 벌떡 일어나 앉았다. 그러다 수술한 허리가 고통으로 욱신거려 비명을 지르며 다시 눕고 말았다.

"뭐가."

— 사무실에 화분들 말이야. 온통 도배를 해 놓고 갔다, 네 직원이.

"효은이가? 그 녀석다운 발상이네."

민기는 쿡쿡 웃으며 고개를 끄덕였다. 듣기만 해도 상상이 가서였다. 효은이라면 보란 듯 싱싱한 놈들로만 사무실을 가득 채워 놨을 것이다.

— 비용이 얼마야? 값은 지불할게.

재신이 대뜸 말했다. 미간을 잔뜩 찌푸리고 있을 그 모습을 상상하며 민기는 터져 나오는 웃음을 참아야 했다.

"우리 사이에 비용은 무슨. 그래, 생각은 해 봤어? 컨소시엄."

— 아무래도 못 하겠다. 시간이 너무 없어. 매일같이 줄줄이 미팅에 회의에, 설계 작업 들어간 것도 여러 개고.

기대했던 대답과 달리 재신이 놈은 끝까지 부정적이었다. 민기는 체면이고 뭐고 던져 버린 채 무작정 박박 우겼다.

"몰라 몰라. 화분 갖다 놓은 건 효은이니까 걔랑 얘기해. 전화번호 알려 줘?"

— 사장은 넌데 왜 그 여자랑 얘기해?

"나 병원에서 꼼짝도 못 하고 있다고. 실밥 빼고 그러려면 2주는 있어야 한대. 아파서 막 죽을 것 같아."

민기는 있는 대로 엄살을 부리며 재신의 동정심을 자극했다. 그래도 인정은 있는 놈이니 마지막까지 매몰차게 굴지는 못할 것이다.

— 알았어, 그럼. 그 여자한테 도로 가져가라고 하지 뭐.

재신은 그 말을 끝으로 전화를 뚝 끊어 버렸다. 민기는 아픈 허리를 부여잡고 펄쩍펄쩍 뛰었다. 정말이지, 미련 한 점 없이 매몰찬 놈이었다.

□ ◆ □

남자에게서 전화가 온 것은 효은이 매캐한 강남대로를 한참 달리고 있을 때였다. 끝도 없이 막히던 도로가 조금 뚫리고 있을 때. 논현동 주택가에 황금측백나무를 배달하러 가는 길이었다.

— 남효은 씨?

핸드폰에 뜬 번호는 낯설었지만, 들려온 남자의 목소리에 바로 알았다. 낮고 건조한 그 목소리였다.

"네. 그런데요."

— 권재신입니다.

"안녕하세요, 소장님. 무슨 일로……."

— 사무실에 놓아둔 화분들 말입니다. 도로 가져갔으면 합니다. 우리 사무실엔 일일이 화분 관리하고 그런 데 신경 쓸 사람이 없어요.

남자는 그녀가 말을 다 하기도 전에 단호하게 잘라 말했다.

"그거라면 걱정 마세요. 간간이 들러서 관리도 해 드릴 테니까요."

효은은 얼른 남자의 우려를 덜어 주었다. 물론 남자에겐 더 골치 아픈 일이 될지도 모르겠지만.

— 왜 이렇게까지 하는 겁니까? 회사 일에 목숨 걸었어요?

"그건 아니지만, 이번 프로젝트가 그만큼 중요해서요. 회사의 사활이 걸린 일이거든요. 대표님이 말씀하셨는지는 모르겠지만 회사 재정도 지금 좀 어렵고……."

효은이 난감하게 말끝을 흐리자, 건너편에서 짤막한 한숨이 들려왔다. 그리고 남자가 다시 말했다.

— 좋습니다. 얘기는 한번 들어 보죠. 지금 어딥니까?

"강남 쪽에 있긴 한데, 처리해야 할 일이 좀 있거든요. 저녁때 제가 찾아뵈면 어떨까요?"

— 그립시다, 그럼. 저녁때 회사로 와요.

남자의 목소리는 여전히 찬바람이 쌩쌩 불었다. 하지만 효은은 속으로 쾌재를 불렀다. 이 정도로도 충분히 호재였으니까.

"네. 그럼 저녁때 뵙겠습니다."

효은은 최대한 정중히 얘기하며 전화를 끊었다. 반쯤 열린 차창으로 강남 특유의 분주한 바람이 불어 들었다. 벚꽃의 향기와 매연이 뒤섞인 묘한 봄바람이었다.

□ ◆ □

미팅 룸에 마주 앉은 재신은 이전에 레스토랑에서 보았을 때보다 더 크고 냉담해 보였다. 키는 최소한 185㎝는 넘을 듯했고, 단단한 체격에 깔끔한 슈트 핏이 딱 떨어지는 도회적인 느낌의 남자였다. 그때는 긴장해서 자세히 보지 못했는데, 조각 같은 이목구비에 날카로운 인상을 주는 얼굴이 얼핏 누군가를 닮은 듯도 했다.

세련되고 건조한 느낌의 존재감이 뚜렷한 남자였다. 태평하고 수더분한 성격의 민기와 친구라는 것이 믿어지지 않을 정도로.

남자는 직접 그녀를 안내하고 차를 내오고 하면서 이런저런 배려를 보여 주었다. 그럼에도 불구하고 어딘지 사람을 위축되게 하는 구석이 있었다. 차갑다는 말로는 부족한 낯선 거리감이었다.

"은랑도는 육지에서 배로 15분 거리예요. 하루에 철선이 5번 다니고요. 인근에 금랑도라는 큰 섬이 있는데, 그곳까지 가는 길에 거쳐 가는 작은 섬이에요. 원래 30가구 정도가 살고 있었는데, 은천시에서 부지를 모두 매입하면서 거의가 섬을 떠났다네요."

효은은 무미건조한 남자의 얼굴을 쳐다보며 부지런히 설명을 늘어놓았다. 사진을 첨부한 바인더를 차근차근 펼쳐 가며 열심히 그를 설득하려 애썼다. 하지만 남자는 그녀의 설명을 듣는 둥 마는 둥 정리해 온 파일을 죽죽 넘겨 보기에 바빴다. 그녀의 설명과 상관없이 자신에게 필요한 질문만 간간이 던졌다.

"답사는. 다녀왔습니까."

"일단 한 바퀴 둘러보고는 왔는데, 세세한 답사는 아직이에요. 파트너사가 정해지지 않아서요."

"참가 신청서 마감 시한은 언제입니까. 공고 나온 지가 꽤 된 것 같은데."

남자가 마침내 파일을 덮으며 물었다. 필요한 내용은 빠르게 모두 훑어본 것 같았다.

"사흘 후예요. 조금 촉박하긴 하죠."

"조금이 아니라 많이 촉박하군요."

"그래서, 소장님 의견은 어떠신지……."

"흥미로운 프로젝트입니다. 섬의 수목원이라니 낭만적이기도 하고."

남자가 건조한 목소리로 말해 왔다. 말과는 달리 흥미나 낭만이라고는 전혀 느껴지지 않는 목소리였다.

"그렇죠. 함께해 주시면 더없이 영광일 거예요."

저도 모르게 승낙을 재촉하는 말이 흘러나왔다. 조금은 아첨처럼 들리기도 했다. 그것이 뭔가 거슬렸는지 남자는 다시 입을 닫았다.

효은은 아차 싶었다. 그녀가 가져다 둔 해피트리에 시선을 고정하며 불편한 마음을 달랬다. 행복을 상징하는 그 나무는 온통 무채색인 방 안에 유일하게 생명을 품은 빛깔을 띠고 있었다.

"좋습니다. 함께하는 걸로 하죠. 대신."

남자는 희망적인 대답을 내놓았다. 하지만 단서를 달기 전에 말을 잠깐 끊었다. 효은은 긴장으로 숨을 꿀꺽 삼켰다. 남자의 긴 손가락이 파일을 톡톡 두드리며 권태롭게 움직였다.

"서로의 영역은 침범하지 않는 걸로 합시다. 수목원은 수목원대로, 리조트는 리조트대로. 각자 설계해서 합치는 걸로 하죠."

"하지만 설계는 조화가 생명이잖아요."

효은은 당황해서 바로 발끈했다. 그런 식으로 작업해서 적당히 짜맞춘 결과물이 좋게 나올 리 없었기 때문이다.

"내가 일이 많이 바빠서 말이죠. 이것저것 의논하고 조율하고, 그렇게 골치 아프게 일할 만한 여유가 없어요."

남자는 또다시 확실히 선을 그었다. 정말로 많이 바쁜 모양이었다. 내키지 않는 대답이긴 했지만 이것만으로도 커다란 진척이었다. 효은은 난감함을 웃음으로 얼버무리며 얼른 고개를 끄덕였다.

"아……. 소장님 의견이 그러시다면 할 수 없죠. 대표님께 말씀드려 보겠습니다."

"일단 답사는 함께 갑시다. 서로 작업할 구역은 나눠 둬야 할 테니까."

그가 제법 긍정적인 의견을 내놓았다. 답사마저 따로 가자고 한다면 더욱 난감할 뻔했으니까. 효은은 얼른 고개를 끄덕이며 약속을 재촉했다.

"네. 참가 신청서 내고 다음 주쯤이 어떠세요?"

"좋습니다. 나는 목요일이 좋아요. 그쪽은?"

"목요일은 저도 괜찮습니다."

처음으로 일치하는 의견이었다. 그래서 효은은 환하게 웃고 말았다. 남자는 마주 웃지 않았다. 불편한 무언가를 마주한 듯 미간을 구긴 채 그녀를 바라보고만 있었다.

효은은 남자에게 깊이 고개를 숙이고 파일을 챙겨서 사무실을 나왔다. 나름은 흡족한 마음이었다.

천만다행하게 파트너사를 구했다. 그것도 업계에서 꽤 유명한 건축인으로. 조금 까탈스러운 사람인 듯했지만 본래 예술적인 기질이 강한 사람들은 다 그렇지 않던가.

무엇보다 비합리적인 사람은 아닌 것 같았다. 그동안 앞뒤 꽉 막힌 원청 업체나 고객들을 상대하느라 진땀을 뺀 적이 어디 한두 번이었던가. 그런 사람들보다는 백배 나은 경우였다.

주차장으로 내려온 효은은 휘파람을 불면서 트럭에 올랐다. 수고한 자신의 어깨를 톡톡 두드려 주기도 했다. 기분 좋은 밤바람이 산들산들 불었다. 막막하던 상황에 한 줄기 서광이 비쳐 들고 있는 것 같았다.

2

하얗게 꽃을 피운 일본목련의 향기가 짙었다.

새들이 분주히 지저귀는 새벽농원의 아침은 색색의 봄빛으로 가득
했다. 새하얀 옥매와 진줏빛 목련, 연분홍의 천리향과 수사해당화, 노
란 개나리와 분홍빛의 진달래, 진분홍의 박태기꽃과 남경도가 새파란
하늘과 대조를 이루어 더없이 아름다운 풍광을 연출해 내고 있었다.

출근 준비를 마치고 마당으로 나온 효은은 그녀를 향해 뛰어드는
세찬이와 돌찬이의 밥그릇에 먹이를 부어 주었다. 7살 형제인 두 마
리의 진돗개는 밥보다 애정이 고픈지 그녀의 손을 핥고 비비기에 더
욱 바빴다. 산기슭의 외딴집에서 그녀를 지켜 주는 든든한 수호천사
들이었다.

"누나 다녀올게. 집 잘 지키고 있어."

가방을 둘러메고 트럭에 오르자, 세찬이와 돌찬이가 꼬리를 흔들며 아쉬운 듯 컹컹 짖는다. 잘 다녀오라는 모종의 인사였다. 효은은 멍멍이 동생들의 요란한 배웅을 받으며 트럭을 몰고 집을 나섰다.

경기도 용창군 용화읍 용림리.

효은이 30년을 살아온 이 마을의 이름은 그랬다. 용주산 기슭에 실개천이 흐르는 오지의 마을. 갓난쟁이 때부터 할아버지 할머니 손에 맡겨져, 이곳에서 기저귀를 떼고 말을 배우고 학교를 다녔다. 돌도 되기 전에 부모님을 교통사고로 여의고, 조부모님 손에서 자라야 했기 때문이다.

그래도 예전엔 꽤 많은 가구가 살았지만 지금은 그녀의 집 인근에는 다른 집이 없었다. 차로 5분은 나가야 비로소 드문드문 다른 인가가 보인다. 근처 마을의 개발 붐이 이곳까지 이어져, 대형 아파트 단지가 들어설 예정이라 땅을 팔고 나간 사람들이 많았기 때문이다.

효은은 솜씨 좋게 트럭을 몰며 고속 도로로 접어들었다. 보통 회사가 있는 과천까지는 한 시간 반 정도가 걸리지만, 오늘은 은랑도로 답사를 나가는 날이라 그보다 조금 더 걸릴 터였다.

한참을 달려서 번화한 은천 시내로 접어들자, 차를 세우고 식당에 들러 김밥 몇 줄과 만두를 포장해 왔다. 근처의 슈퍼에서 음료와 간식거리도 샀다. 배 타는 곳에는 이렇다 할 만한 식당이나 슈퍼가 없었고, 일단 은랑도에 들어가면 음식을 구할 데가 없었기 때문이다.

배 타는 곳에 도착하니 8시 30분. 효은은 철선 표 두 장을 끊어 놓고 남자를 기다렸다. 배 타는 대기 줄에 차를 세워 놓고 차 밖으로 나왔다. 은랑도로 들어가는 첫 배는 9시에 뜬다고 했다.

돌로 세운 난간에 기대어 바다를 바라보자니 숨이 확 트이는 것만 같았다. 조금은 서늘한 바닷바람이 상쾌함을 가득 안고 유유히 불어 들었다. 파란 하늘, 흰 구름, 푸르른 바다. 부드럽게 넘실대는 물결 위로 고깃배 두어 대가 떠다니고 있었다.

"여기 있었습니까."

묵직한 목소리에 뒤를 돌아보니 재신이었다. 일전에 보았던 슈트 차림도 잘 어울렸지만, 남색 셔츠에 하얀 점퍼를 걸친 캐주얼한 차림도 몹시 잘 어울렸다. 여전히 남자에게선 차가운 거리감이 느껴졌지만, 다행히 이전보단 조금 편안한 느낌을 주었다.

"안녕하세요, 소장님. 그간 잘 지내셨어요?"

그녀는 어색하게 인사를 건넸고, 남자는 무심히 그 인사를 받았다.

"뭐 그럭저럭 지냈습니다."

"아. 차는 어떻게 하셨어요? 철선에 오르려면 대기 줄에 차를 세워 둬야 하는데요."

"줄 세웠습니다. 저기, 뒤에서 세 번째 차."

남자가 햇빛에 반짝거리는 세련된 은빛의 세단을 가리키며 말했다. 낡고 허름한 그녀의 트럭과는 극과 극으로 대조되는 차였다.

"네. 이건 배표예요."

효은은 미리 끊어 둔 배표를 지갑에서 꺼내 남자에게 건넸다. 순간 손이 살짝 스쳤고 조금 어색한 느낌이 들었다. 그녀는 괜스레 손을 바지에 문지르며 바다로 시선을 돌렸다.

"고마워요."

뒤늦게 남자의 감사 인사가 들려왔지만 효은은 돌아보지 않았다. '네' 하는 대답과 함께 고개를 끄덕이며 그저 바다만 묵묵히 바라보았다.

푸르른 바다는 여전히 근사하게 넘실거렸고, 떠다니는 고깃배도 그대로였다. 하지만 왠지 모르게 바다에 대한 관심이 식어 버렸다. 그래서 불어오는 바닷바람을 맞으며 괜스레 차 주변을 서성거렸다.

"배 들어옵니다!"

안내인의 목소리가 들리자, 풍경을 구경하던 사람들이 하나둘 차에 올랐다. 효은과 재신도 차에 올라 안전벨트를 매며 배에 탈 채비를 했다.

곧 2층으로 된 커다란 철선이 도착했다. 흰색과 녹색으로 이루어진 배에는 '금랑농협'이라는 글씨가 투박한 폰트로 커다랗게 새겨져 있었다.

닻을 내린 배의 문이 끼이이익 하는 소리와 함께 천천히 뭍으로 내려앉았다. 배와 뭍을 연결한 그것을 다리 삼아 차들이 움직이기 시작했다. 줄 서 있던 차들은 차례대로 질서 정연하게 배에 올랐고, 안내인의 수신호에 따라서 가지런히 주차를 했다.

배 문은 한참이 지나서야 다시 닫혔다. 모든 차가 주차를 마치고, 도보로 이동하는 사람들이 모두 배에 오르고 난 뒤에, 안내인은 배 안을 빠짐없이 점검한 뒤 안전 위험이 없는 것을 확인하고 배를 출항시켰다.

배가 부우우웅 하는 고동을 울리며 뭍을 떠나오자, 효은은 차에서 내려 배의 2층으로 올라왔다. 바람도 쐬고 풍경도 구경하기 위해서였다. 고작 15분의 짧은 거리였지만, 배 위에서 바라보는 바다의 풍경은 땅에서 보는 그것과 느낌이 한참 달랐다.

배는 푸른 물살을 가르며 유유히 움직였다. 배가 지나는 자리마다 하얗게 물거품이 일었다. 새파란 하늘 아래 흰 갈매기가 날고, 멀리 녹색을 띤 작은 섬들이 꿈결처럼 시원하게 스쳐 지났다. 불어오는 바닷바람에 묶은 머리가 자꾸 앞으로 흩날려 왔다.

"바다를 좋아하나 봅니다."

어느새 2층으로 올라왔는지 재신이 묻고 있었다.

"자연 풍경은 다 좋아하죠. 게다가 봄이잖아요."

효은은 그렇게 말하며 싱긋 웃었다. 긴긴 겨울이 끝나고 움츠렸던 몸과 마음을 털어 내며 바깥 구경에 나서기 딱 좋은 계절. 모든 생명이 저마다의 색으로 새롭게 피어나는 계절. 그래서 효은은 봄을 좋아했다. 물론 여름도 가을도 겨울도 다 좋아했다.

"춥지 않습니까."

"뭐 이 정도 가지고요. 겨울에도 밖에서 일하고 그러는데요."

고개를 끄덕이던 남자가 다시 물었다.

"새벽농원은 뭡니까. 트럭에 그렇게 새겨져 있던데."

"할아버지가 운영하시는 농원이에요. 지금은 요양원에 들어가셔서 제가 운영하고 있지만요."

"그렇군요."

"네."

몇 마디의 대화가 오가고 침묵이 흘렀다. 그 간극이 불편해 효은은 계속 말을 이었다.

"아. 저희 농원이요. 침엽수랑 꽃나무들이랑 관엽 식물들까지 골고루 다 취급해요. 시간 괜찮으시면 언제 한번 구경 오세요. 영업이 아니라, 오래 자란 나무들이 많아서 풍경만 봐도 진짜 좋으실 거거든요."

"그럴 일은 없을 겁니다. 일이 바빠서."

남자는 무심한 목소리로 그렇게 말했다.

"아…… 네."

효은은 멋쩍게 고개를 끄덕이고 말았다. 이럴 땐 보통 빈말이라도 그러겠다고 말해 주는 게 예의 아니던가. 민기의 말대로 아닌 건 정말로 칼같이 자르는 사람인 모양이었다.

부우우웅.

어느새 뱃고동이 울리고 배는 금세 은랑도에 도착했다. 배에 올랐던 사람들 대다수가 금랑도로 가는 사람들이었는지, 은랑도에 내린 것은 그들 둘뿐이었다.

둘은 일단 차를 세워 두고 도보로 움직이기로 했다. 그래야 더 세세히 필요한 것들을 둘러볼 수 있을 테니까. 섬 둘레를 한 바퀴 도는데 걸어서 4시간 정도가 걸렸다. 이곳저곳 더 살펴보려면 몇 시간쯤 더 걸리긴 할 터였다. 그래도 마지막 배가 은랑도를 거쳐 가는 6시까지는 답사를 얼추 끝낼 수 있을 듯했다.

"섬 동쪽은 바윗길이라 경사가 심한 편이에요. 남쪽은 모래사장이 잘되어 있어서 해수욕장으로도 손색이 없고요. 어느 쪽부터 보시겠어요?"

"반시계 방향으로 돌죠. 어차피 전부 다 봐야 할 테니까."

"네."

효은은 배낭을 둘러메고 서둘러 걷기 시작했다. 상록수가 많은 섬은 아직 봄이 다 찾아들기 전인데도 온통 초록의 군락을 이루고 있었다. 사람들이 떠나고 빈집만 남겨진 자리엔 농사짓던 땅들이 빛바랜 흙과 잡풀들을 드러낸 채로 황량하게 남겨져 있었다.

효은은 군데군데 멈춰 서서 사진을 찍고 섬의 식생들을 체크하며 핸드폰에 메모를 남겼다. 섬의 숲에는 떡갈나무며 호랑가시나무 같은 고유의 수종들이 훼손되지 않은 채로 많이 남아 있었다. 토종 제비꽃과 패랭이꽃도 군데군데 군락을 이루고 있어서 마음을 더욱 들뜨게 했다. 토종 식물과 야생화 쪽에 특히 관심이 많은 효은이었기 때문이다.

"그 가방은 뭡니까. 상당히 커 보이는데."

한창 사진을 찍고 있을 때 뒤따르던 남자가 문득 물었다.

"아. 답사 자료랑 먹을 것들을 챙겨 왔어요. 섬에 밥 먹을 데가 없어서 싸 왔거든요."

"이리 줘요."

남자가 눈살을 찌푸리며 덥석 배낭을 빼앗아 갔다. 분명 친절한 행동인데도 불편하게 느껴졌다. 이 불편함이 어디에서 오는지 알 수 없었다. 순간 어떤 기시감마저 느껴졌다. 아주 오래전, 어릴 적에나 느껴 보았던 희미한 기시감이었다.

"제가 들어도 되는데……."

뒤늦게 흘러나온 효은의 말은 남자의 무시에 그대로 묻혀 버렸다. 무언가 적당한 부지를 발견했는지, 남자가 핸드폰으로 사진을 찍기에 여념이 없었기 때문이다.

둘은 그대로 말없이 각자의 답사를 계속했다. 앞서거니 뒤서거니 하면서 각자 필요한 것들을 체크해 나갔다.

남자가 한참 만에 입을 연 것은 남쪽의 모래사장을 지날 때였다. 햇살에 은빛으로 반짝반짝 빛나는 모래사장은 규모가 조금 작긴 해도 명사십리에 버금갈 정도로 아름다운 곳이었다. 해안가에 오래된 소나무 숲이 무성하게 어우러져 더욱 운치 있는 분위기를 연출했다.

"점심은 여기서 먹죠."

적당한 소나무 그늘을 찾은 남자가 그녀의 배낭을 내려놓으며 말했다.

"네. 좋아요."

효은은 재빨리 배낭을 열고 챙겨 온 것들을 꺼냈다. 김밥과 만두, 음료수와 간식거리들을 줄줄이 늘어놓자 남자가 희미하게 웃었다.

"준비가 철저하군요. 하마터면 종일 굶을 뻔했습니다. 식당이 없는 것까진 계산에 넣지 못했으니까."

처음 보는 남자의 웃음이었다. 그 모습에 왠지 안도가 되어 효은도 마주 웃었다.

"지난번에 답사 왔을 때 제가 그랬거든요. 초코바 하나 먹고 돌아다녔어요. 그래서 자세히 보지 못하고 대충 훑어보고 돌아갔고요."

"그랬습니까."

"네. 그나마 그 초코바도 여기서 얻은 거예요. 배 타는 곳 근처에 아직 떠나지 않은 집이 하나 있거든요."

효은은 남자의 앞으로 얼른 김밥을 밀어 주었다. 나무젓가락을 쪼개서 앞에 놓아 주며 짧은 설명을 보탰다.

"이건 참치김밥이고요, 이건 치즈, 이건 고추마요랑 김치김밥이에요. 소장님 취향을 몰라서 골고루 가져와 봤어요."

"다 좋습니다. 고마워요."

"뭘요. 아. 만두도 있어요. 이건 그냥 만두, 얘는 김치만두고 쟤는 갈비만두요."

오래 걸어서인지 배가 무척 고팠다. 효은은 적당히 설명해 주고 얼른 김밥을 하나 입에 넣었다. 음료수까지 꿀꺽꿀꺽 마시고 나니 조금 살 것 같았다.

남자는 그리 서두르지 않고 먹었다. 젓가락질도 어찌나 우아하고 섬세한지 그녀와 모든 면에서 대조되는 기분이었다.

"효은 씨 말대로 이쪽에 해수욕장을 만들면 괜찮겠군요. 그 뒤에 리조트를 세우고."

모래사장을 죽 바라보던 남자가 말했다. 효은도 얼른 고개를 끄덕이며 호응했다.

"네. 섬의 5분의 1 정도는 리조트로 하고, 나머지는 수목원으로 하면 좋겠어요. 섬 가장자리를 따라 해안도로가 있었으면 좋겠고요. 그리고 유리온실은 리조트 단지 안에 설치했으면 해요. 숙소에 묵으면서 가볍게 둘러볼 수 있게요."

"괜찮은 생각이군요."

이번에도 칼같이 자를 거라 생각했는데, 뜻밖에도 남자는 진지한 얼굴로 고개를 끄덕였다. 효은은 저도 모르게 마음이 들떴다. 그래서 혼자 구상해 봤던 것들을 신이 나서 줄줄 얘기하기 시작했다.

"그리고 또 생각해 본 게 있는데요. 수목원에 심은 모든 식물들을 리조트 단지에 몇 그루씩 골고루 배치해도 좋을 것 같아요. 핵심 요약이랄까, 이런 나무들이 우리 수목원에 있다는 걸 리조트만 돌아다녀도 한눈에 알아볼 수 있게요."

"그러려면 꽤 신경 써서 배치해야 할 텐데. 채광이니 바람이니 다 계산에 넣어야 할 테고."

"그런 건 제 전문이니까 소장님이 신경 쓰실 건 없죠. 근데 문제가 있긴 있어요. 리조트 단지를 설계할 때 조경 식재를 전반적으로 고려해야 해서, 의논과 조율이 많이 필요해지는 상황이라……."

효은은 신이 나서 얘기하다 슬그머니 말꼬리를 흐렸다. 매사에 선을 긋는 남자가 제일 싫어하는 것이 이런 부분이 아니던가. 의논과 조율, 대화나 조화 같은 것.

남자는 그녀의 얼굴을 빤히 쳐다보며 잠시 침묵을 지켰다. 날카로움이 잠시 누그러진 그 눈동자가 깊고 곧아서, 효은은 저도 모르게 빨려 들 듯 그 눈을 마주 보았다.

모래사장 건너로 파도가 길게 밀려왔다 밀려갔다. 하얗게 부서지는 파도가 아름다운 소리를 냈다. 갈매기가 끼룩 소리를 내며 주위로 날아들었다.

"그렇군요. 의논과 조율. 조금 더 생각해 보죠."

뜻밖에도 남자는 그렇게 말했다. 전혀 예상하지 못한 대답이었다. 그 순간 민기의 말이 떠올랐다.

'그 정도 대답 나왔으면 하겠다는 얘기야. 절대 안 할 생각이었으면 그렇게 말 안 해. 나랑은 다르게 칼같은 놈이거든.'

효은은 혼자 싱긋 웃었다. 이 남자의 성향을 조금은 알 것 같았다.

"네. 되도록 긍정적으로 생각해 주세요."

효은은 스리슬쩍 그렇게 말을 남겼다. 여기서 더 나갔다간 남자가 절대 안 하겠다고 나올 것 같아서였다.

화창했던 날씨가 갑자기 불안해지기 시작한 것은 한참 섬의 동쪽을 돌고 있을 때였다. 별안간 하늘에 먹구름이 잔뜩 끼더니 서늘한 바람이 심하게 불기 시작했다.

뭔가 심상치 않다고 느끼던 순간, 진눈깨비가 하나둘씩 떨어져 내리는 것이 보였다. 봄꽃이 가득 피어난 춘삼월에 말도 되지 않는 일이었지만, 봄눈이 내리는 모양이었다.

섬은 날씨 변화가 심하다더니 정말이지 종잡을 수가 없었다. 얼마 지나지 않아 눈발이 점점 심하게 날렸다. 어느새 기온도 영하로 떨어져 내렸다. 금세 손이 시리고 발이 시렸다. 게다가 지형마저 험난해 답사 여정도 평탄치가 않았다.

"앗!"

험한 바윗길에 효은의 발이 미끄러졌다. 강한 바람과 함께 눈이 몰아친 탓에 앞을 제대로 보지 못한 까닭이었다.

재신이 재빨리 그녀의 어깨를 잡아서 넘어지는 것은 막을 수가 있었다. 하지만 더 이상의 답사는 그리 현명한 일이 못 되는 듯했다.

둘은 몰아치는 눈보라 속에서 적당히 동쪽을 돌아보았다. 그리고 서둘러 배 타는 곳으로 향했다. 시간은 아직 5시, 마지막 배가 도착하는 시간까진 여유가 조금 있었다. 하지만 날씨가 영 심상치 않았다.

"오늘 막배는 아무래도 못 뜨겠는데."

매표소를 지키는 할아버지가 파도를 바라보며 고개를 절레절레 흔들었다. 눈이 내리는 날씨보다도 파도가 험해서라고 했다. 아무리 철선이라도 잘못하면 배가 뒤집히기 때문에 이런 파도엔 배가 안 뜨기 십상이라는 것이었다.

"좀 더 지나면 괜찮아지지 않을까요?"

효은이 희망을 가지고 물어보았다. 하지만 할아버지의 대답은 신통치 못했다.

"내 50년을 바다에서 산 사람이요. 이만한 날씨 하나 못 볼까. 파도가 더 심해지면 심해졌지 가라앉을 일은 없어. 암만. 막배는 절대 못 뜰 것이구먼."

둘은 6시가 넘도록 매표소 앞에 앉아서 계속 배를 기다렸다. 하지만 할아버지의 말대로 배는 오지 않았다. 아무리 기다려도 소용없었다. 시간은 벌써 7시가 다 되어 가고 있었다. 어디 빈집을 찾아 들어가서라도 묵을 곳을 마련해야 할 것 같았다.

"이 집이구먼. 이사 나간 지 닷새밖에 안 됐으니 아직 깨끗할 것이네. 뜰에 나무해다 놓은 것도 아직 남아 있고."

매표소 할아버지가 빈집을 안내해 주며 친절하게 말했다.

보일러가 아니라 장작을 때는 낡은 옛날 집이었다. 집 한쪽이 거의 무너져 있어서 쓸 수 있는 방도 하나밖에 없었다. 조금 난감하긴 했지만, 급하게 묵을 곳을 마련한 것만 해도 다행한 일이었다.

"우리 집에서 재워 줬으면 좋겠네만 빈방이 없어서. 그렇다고 젊은 사람들을 노인네들 틈에 끼어 자라고 하는 것도 불편할 것 같고."

"네. 고맙습니다, 할아버지."

효은은 허리를 꾸벅 숙이며 인사를 건넸다. 할아버지가 환하게 웃으며 고개를 끄덕였다.

"암만. 라이터랑 이불이랑은 우리 집에 있으니 와서 가져가."

그 말에 재신이 따라나섰고, 얼마 지나지 않아 이불과 라이터를 가지고 집으로 돌아왔다. 전기가 끊긴 것을 염두에 두었는지 손에는 양초도 하나 들려 있었다.

눈은 아직 멈추지 않고 있었다. 부슬부슬 녹아내리기 시작한 것이, 곧 비가 될 것 같았다.

"그런데 장작 같은 거 땔 줄 아세요?"

아궁이가 있는 부엌으로 들어서며 효은이 난감하게 물었다. 그녀는 해 본 적이 없는 일이었기 때문이다.

재신이 고개를 끄덕이며 무심히 말했다.

"가방에 노트 있는 것 같던데 몇 장 찢어 줘 봐요."

효은은 얼른 노트를 찢어서 그에게 건넸다.

의외로 그는 능숙하게 장작을 아궁이에 밀어 넣더니, 종이에 불을 붙여 던져 넣고는 긴 나뭇가지로 불을 휘휘 저었다.

"와, 이런 것도 할 줄 아시네요."

전혀 뜻밖의 이미지라 효은은 깜짝 놀랐다. 이런 일은 한 번도 해 본 적 없이 곱게 자란 부잣집 도련님 같았기 때문이다.

"할 줄 아니까 걱정 말고 방에 들어가 있어요. 노트는 나한테 좀 주고."

남자의 목소리는 여전히 고저 없이 무심했지만, 아주 믿음직스럽게 들렸다.

효은이 노트를 넘겨주자, 그는 아궁이를 향해 노트로 슬슬 부채질을 했다. 불이 점점 더 세게 타오르면서 뭔가 자리를 잡아 가는 것 같았다.

효은은 방으로 들어가지 않았다. 불을 때는 그의 모습이 신기해 옆을 떠나지 않고 계속 지켜보았다. 타오르는 불길이 그의 얼굴에 강렬한 빛을 비추어 윤곽이 뚜렷한 이목구비를 더욱 선명하게 해 주었다.

자세히 훔쳐보니 분위기가 좀 차가워서 그렇지 아주 잘생긴 얼굴이었다. 특히 깔끔하게 떨어지는 높은 콧날과 긴 속눈썹이 인상적이었다. 차가움은 눈매와 입매에서 묻어났는데, 날카로운 눈매와 단단한 입매가 쉽게 접근하기 힘든 느낌을 주었다.

"이만 들어가죠."

한창 그를 흘끗거리고 있을 때 재신이 말했다. 아궁이에 활활 타오르는 불이 아주 믿음직스러웠다.

둘은 함께 방으로 들어왔다. 밖은 벌써 어두워져 있었고 방은 캄캄했다. 하지만 온기가 스며들기 시작한 방바닥은 따뜻했다. 재신이 할아버지네 집에서 얻어 온 양초로 불을 밝혔다.

"김밥이랑 만두 남은 것 좀 꺼내 봐요. 뭐라도 먹어야 할 것 같으니까."

"아, 네."

그의 말에 효은은 얼른 가방을 뒤졌다. 다행히 이것저것 많이 산 까닭에 먹을 것은 꽤 남아 있었다. 음료수와 간식거리는 거의 손도 대지 않았으니까.

둘은 남은 분식을 함께 먹고, 초코바와 빵도 나눠 먹었다. 그리고 따뜻해진 방 안에 젖은 점퍼를 펼쳐 놓고 말렸다.

또다시 침묵이 흘렀다. 효은은 방문을 열고 이제는 비가 내리기 시작한 풍경을 한참이나 바라보았다. 재신은 태블릿 PC를 꺼내서 뭔가 작업을 하는 듯했다.

바깥은 온통 고요하고 캄캄했다. 들리는 것은 빗소리뿐이었다. 빗소리에 묻어서 싱그러운 풀 냄새, 흙냄새가 은은하게 밀려들었다. 멀리서 파도 소리가 희미하게 들려오는 것도 같았다.

어둑한 방 안에 노랗게 밝혀진 초의 불빛이 운치 있게 일렁거렸다. 갑작스럽게 맞닥뜨린 난처한 상황이었지만 나름대로 여유로운 밤이었다.

"그런데 집에 전화 안 합니까. 갑작스러운 외박에 걱정할 사람 없어요?"

한참 작업을 해 나가던 재신이 문득 정적을 깨며 물었다.

"없어요. 어차피 혼자라서요. 소장님은요."

효은은 빙그레 웃으며 되물었다.

"어차피 평소에도 일 때문에 외박이 잦아서. 며칠씩 날밤 새우는 건 보통이니까."

"아. 결혼은 하셨어요?"

"안 했습니다."

"그러시구나. 그럼 사귀는 분은요?"

자연스레 흘러나온 그녀의 질문에 잠시 침묵이 흘렀다. 결례 되는 질문이었나 생각하고 있을 때 그의 답이 들렸다.

"……결혼할 사람은 있습니다."

"와. 그러시군요."

효은은 빙긋 웃으며 감탄을 보였다. 이런 남자랑 사귀는 여자는 어떤 사람일지 궁금해졌다. 그 여자한테도 매번 그렇게 선을 긋고 그러는 걸까. 조금 피곤하겠다 싶은 생각도 들었다.

"근데요⋯⋯."

효은은 뭔가를 더 물어보려고 입을 열었다. 그러다 초의 불빛에 어린 그의 얼굴을 마주하고 저도 모르게 입을 닫았다. 남자의 날카로운 눈매에서 다시 뜻 모를 기시감이 느껴졌기 때문이다.

바람에 일렁이는 불빛 때문이었을까. 혹은 벽에 비친 커다란 그림자 때문이었을까. 어릴 적의 기억이 문득 스쳐 갔다. 남자의 눈매는 어딘지 기억 속의 소년을 닮아 있었다. 그때는 그저 무섭게만 보였던 이웃집 소년이었다.

"뭐 물어보려던 것 아니었습니까."

재신이 묻고 있었다. 하지만 무엇을 물어보려 했던 건지 생각이 나지 않았다.

"아, 아뇨. 아무것도 아니에요."

효은은 그렇게 얼버무리며 얼른 양초의 불빛으로 눈을 돌렸다. 그러고 보니 그때도 꼭 이런 불빛이었다. 소년의 눈빛도 꼭 저러했었다.

아마도 일곱 살 때였을 것이다. 할아버지가 옆집 한씨 아저씨와 일을 나가서 밤늦도록 돌아오지 않으셨을 때. 지방까지 나무 배달을 나가셨던 그날은 폭우가 격렬하게 몰아치는 날이었다.

그 밤, 천둥 번개가 온 집을 울리고 세상이 온통 캄캄했었다. 그것만으로도 혼자 있는 집은 엄청나게 무서웠다. 그런데 갑자기 벼락이 크게 치더니 전기가 확 나가 버렸다. 그녀는 무서움에 덜덜 떨다가 결국 울음을 터뜨리고 말았다.

'할아버지! 으허엉. 할아버지. 엉엉!'

너무너무 무서웠다. 무서워서 울음밖에 나오지 않았다. 금방이라도 어디선가 귀신이 튀어나올 것 같았고, 우는 아이들 잡아간다는 망태 할아버지가 그녀를 잡아갈 것만 같았다.

'할아버지이! 어어엉. 할부지. 흐어엉!'

하지만 아무리 울부짖고 떼를 써도 할아버지는 오지 않았다. 방바닥을 구르며 울다가 베개를 껴안고 울기도 했다. 하지만 무서움은 갈수록 더해 갔고 눈물은 마르지도 않은 채 계속 터져 나왔다.

'아 씨. 그만 좀 울어! 시끄럽다고!'

버럭 하는 소리와 함께 현관문이 벌컥 열린 것은 그때였다. 그녀가 바락바락 울면서 베개를 붙들고 데굴데굴 구르고 있을 때.

'무서워! 무섭다고! 할아버지이!'

그 목소리에 더욱 겁이 나서 세상이 떠나가라 커다랗게 울어 젖혔다.

들어온 사람은 그녀보다 네 살 많은 이웃집 소년이었다. 매일같이 술에 찌들어 사는 한씨 아저씨의 아들. 부자가 매섭게 생긴 건 똑같아서 그녀는 한씨 아저씨도 그 아들도 모두 무서워했었다.

'아 씨. 불 켜 줄 테니까 조용히 좀 해!'

소년은 거칠게 소리를 질렀다. 곧 현관문이 닫히는 소리가 나더니 한참 있다가 또다시 열리는 소리가 들렸다.

그리고 방이 어슴푸레하게 밝아졌다.

울다 지친 눈을 게슴츠레 떠 보니, 방 안에 양초 하나가 투박하게 밝혀져 있었다. 그런데 그림자가 너무너무 무서웠다. 불빛이 막 너울너울대더니 벽에 커다랗고 시커먼 그림자를 만들어 내고 있었다.

'이제 됐지? 너, 불 켜 줬으니까 또 울면 죽는다.'

소년은 협박하듯 말하고 바로 뒤로 돌았다. 금방 집으로 돌아갈 기세였다.

'아니아니! 흐어엉. 안 돼어! 무서워, 무섭다고오!'

그녀가 박박 우기며 울어 젖히자, 소년은 잠시 주춤하는 듯했다. 그리고 무서운 눈으로 그녀를 노려보며 방 안에 주저앉았다.

'지키고 있을 테니까 그만 울어. 너 계속 울면 죽을 줄 알에!'

그 말에 그녀는 바로 울음을 그쳤다. 다 가시지 못한 울음에 히끅 히끅 딸꾹질을 하면서 얼른 눈물을 훔쳤다.

그런데 왠지 모르게 더는 무섭지 않았다. 소년에 대한 무서움 때문에 귀신도 망태 할아버지도 모두 잊었다. 캄캄하던 어둠도 소년보다 더 무섭지는 않았다.

그래서 도리어 안도가 되었다. 그 무서운 사람이 곁을 지켜 주고 있었으니까. 그 무엇도 그녀를 어떻게 하지 못할 것 같았다.

그 밤 그녀는 소년의 옆에서 잠이 들었다. 무섭고 두려웠지만 이상하게 스르르 잠이 왔다. 할아버지가 없어도 안심이 되었었다.

"안 잡니까."

문득 들려온 남자의 목소리에 효은은 상념에서 깨어났다. 그리고 저도 모르게 남자의 눈매를 살폈다. 날카롭고 차갑지만 어딘지 믿음 직스러운, 한승도의 눈매가 꼭 저랬다.

"잘 거예요. 소장님은 안 주무세요?"

"나는 할 일이 좀 있어서."

효은은 이불 하나를 덮고 앉아 핸드폰을 만지작거렸다. 베개까지 는 없었지만 다행히도 이불은 두 채였다. 한 이불을 덮어야 할 상황이 되었다면 얼마나 난감했을까.

뚜르르르.

기다렸다는 듯 핸드폰의 벨이 울린 것은 그때였다. 민기의 전화였다.

"네. 대표님."

효은은 깍듯하게 대표라는 호칭을 부르며 전화를 받았다. 민기의 전화임을 알아차렸는지, 일에 몰두하던 재신이 고개를 들었다.

— 얀마. 답사 나갔다더니 왜 이렇게 소식이 없어? 그래, 잘 끝난 거야?

"잘 끝나긴 했는데 일이 좀 꼬였어요."

효은은 피식 웃으며 말했다.

— 뭐가 꼬였는데. 재신이 놈이 또 까다롭게 군 거야? 설마 섬 다 둘러보고 이제 와서 못 하겠다 그런 건 아니지?

"아뇨. 그런 게 아니라 배가 못 떠서 섬을 못 나갔어요. 빈집에서 부득이하게 일박 중이라고요."

— 일박이라니. 그럼 재신이도 못 나온 거야?

"네. 지금 같이 있어요."

— 뭐 잘됐네.

잘됐다니, 뭐가. 민기는 속도 모르고 태평하게 말해 왔다.

— 겸사겸사 일도 논의하고 그래. 따로 시간 빼서 만나고 논의하고 그럴 놈 못 되니까. 시간 많을 때 이참에 합의 봐야 할 거 다 합의 보고.

합의는 무슨. 씨알도 안 먹힐 성격인 거 뻔히 알면서 태연하게 말하는 대표의 목소리가 야박하게 들리기도 했다. 효은은 얼른 말을 돌렸다.

"허리는 좀 어떠세요?"

— 똑같아. 죽을 것같이 아프고.

민기가 또다시 앓는 소리를 내며 말했다. 효은은 쿡쿡 터져 나오는 웃음을 참으며 격려의 말을 보냈다.

"여기는 신경 쓰지 마시고 얼른 회복이나 하세요."

— 그래, 효은아. 너만 믿는다.

민기는 부담 가득한 그 말을 끝으로 전화를 끊었다. 간호사의 목소리가 섞여 들리는 것이, 치료를 받으러 가야 하는 모양이었다.

"민기 전화입니까?"

가만히 듣고 있던 재신이 물었다.

"네. 답사가 잘됐는지 궁금해서 전화하신 모양이에요."

"내가 뻗대지는 않았는지 궁금해서 전화했겠죠."

재신이 피식 웃으며 말했다. 그 웃음이 날카로움을 누그러뜨려 한결 편안한 느낌을 주었다. 차가운 눈매에서 느껴졌던 냉랭함도 거리감도 사라지고 믿음직스러움만이 남았다. 일순 가슴이 두근거렸다.

"그런데 두 분은 어떻게 친구가 되신 거예요?"

효은은 문득 궁금해져서 물었다. 친구라기엔 도무지 공통점이 없어 보이는 둘이었기 때문이다.

"유학할 때 대학원 기숙사에서 한방을 썼죠."

"아아. 고생이 많으셨겠네요."

"뜻밖의 일들이 많았죠. 엉뚱한 파티에 휘말린다거나, 생각지도 못하게 과제에 끌려간다거나."

"의외로 성격이 좋으시네요. 우리 대표님 안 봐도 사고 많이 치셨을 것 같은데 다 받아 주시고."

"의외가 아니라 본래 좋은 성격입니다."

남자는 눈 하나 깜짝하지 않고 그렇게 말했다. 농담도 참 건조하게 하는 사람이었다. 그런데 그게 또 묘하게 잘 어울렸다.

"그건 좀 생각해 봐야겠는데요."

농담을 던지며 싱긋 웃는 효은의 얼굴에 초의 노란 불빛이 너울거렸다.

예전과 달리 한결 여유로워진 꼬맹이의 모습에 재신은 묘한 일렁임을 느꼈다. 잘 자란 조카를 지켜보는 삼촌의 마음이 이럴까 싶은 생각이 들었다. 어릴 적 지겹도록 울어 대던 효은이었기 때문이다.

그것이 짜증 나서 매번 면박을 주기도 했었다. 하지만 맹랑한 꼬마는 늘 겁도 없이 그를 따라다니며 이름을 부르고 도망가고 하면서 내내 귀찮게 했다.

"이쪽으로 와 봐요. 리조트 들어갈 영역을 대충 그려 봤으니까."

그는 태블릿 PC를 그녀의 앞에 펼쳐 주며 말했다. 리조트류의 설계는 꽤 여러 번 했었기에 대충 어떤 시설들이 필요한지 감이 있었다.

"해수욕장 중심으로 건물을 배치하고, 뒤편에 수목원으로 이어지는 도로와 산책로를 넣어 봤어요. 중간중간에 놀이 시설과 유리온실 자리를 배치해 봤고. 별도로 체크한 부분은 조경이 들어갔으면 하는

51

곳입니다."

"아아. 벌써 윤곽을 잡으시다니 대단하세요."

효은이 감탄 가득한 얼굴로 고개를 끄덕였다.

"이견은 없습니까?"

"조금 생각해 보고요. 조경 영역이 좀 더 넓었으면 하는 생각은 있어요. 온실도 살짝 컸으면 좋겠고요."

"좋습니다. 그 의견은 반영해서 생각해 보죠."

그는 펜을 이용해 태블릿 PC에 효은의 의견을 체크해 두었다. 그러는 사이, 효은이 그의 어깨 너머에서 손가락을 짚어 오며 말했다.

"저기요, 소장님. 요 가운데에도 조경 자리 하나 마련해 주시면 좋겠어요. 휴식 공간 같은 걸로요."

순간 향기로운 냄새가 훅 끼쳤다. 아마도 샴푸 냄새일 듯한. 과일 향 같기도 하고 꽃향기 같기도 한 그 내음에 그는 슬며시 옆으로 조금 옮겨 앉았다. 어릴 적 그 꼬맹이가 벌써 이렇게 성숙한 어른이 되었다는 게 명확히 실감이 나는 순간이었다.

"……좋습니다. 그렇게 하죠."

그는 별 토를 달지 않고 건물들 사이에 휴식 공간을 표시해 넣었다. 이대로라면 온통 나무와 풀들로 둘러싸인 숲속의 리조트가 될 듯한 예감이 들었다. 뭐 나쁘지 않았다. 수목원과 함께하는 리조트라는 콘셉트에도 어울리는 설계였으니까.

"그럼 이만 자죠."

"네."

그는 효은이 이불을 덮고 눕는 것을 확인하고 양초를 불어 껐다. 서로 멀찍이 떨어져 누워 있었지만 묘한 기분이 들었다. 오래전의 기억이 생생히 찾아들기도 했다.

어릴 적 그의 아버지와 그녀의 할아버지가 일을 나가 밤늦게 들어올 때면 가끔 효은과 이렇게 잠이 들곤 했었다. 폭풍우가 치던 밤, 전기가 나가 효은이 울며불며 난리를 치던 그 밤 이후부터였다. 녀석이 무섭다고 세상이 떠나가라 울어 젖힐 때면 그 소리가 옆집인 그의 집까지 흘러들어 짜증이 날 때가 한두 번이 아니었으니까. 하여 매번 함께 자 주는 쪽을 택하곤 했었다.

섬의 밤은 육지보다 더욱 적막하게 느껴졌다. 하늘도 더 검었고 소리는 더욱 고요했다.

새액. 새액.

조용한 방 안에 효은의 숨소리가 규칙적으로 작게 울렸다. 남자와 단둘이 함께라는 것에 대한 경각심도 없는지 벌써 잠들어 버린 눈치였다. 어릴 적 잠버릇도 그대로인지 이불마저 차 내 버린 채였다.

그는 효은의 이불을 곱게 다시 덮어 주고 자리에 누웠다. 쉬이 잠이 올 것 같지 않은 밤이었다.

□ ◆ □

"……소장님!"

재신은 그를 부르는 목소리에 잠에서 깼다. 설핏 잠이 들었던 모양이었다.

주위는 아직 캄캄했고, 방에는 초가 밝혀져 있었다. 효은이 굳은 얼굴로 그를 흔들어 깨우고 있었다.

"무슨 일입니까."

그는 두어 번 눈을 깜박이다 얼른 일어나 앉았다.

"저, 좀 전에 지네에 물린 것 같은데, 암만 찾아도 지네가 안 보여서요. 아무래도 소장님 이불로 들어간 것 같아서……."

효은의 목소리는 침착했고, 놀라거나 하는 기색도 없었다. 그저 빨리 그의 이불을 들춰 보고 싶은 마음만 가득한 눈치였다. 그새 밖에 나갔다 왔는지 손에는 돌 조각도 하나 쥐어 있었다.

재신은 얼른 일어나며 덮었던 이불을 탈탈 털었다. 하지만 이불을 아무리 털어 보아도 지네는 나오지 않았다. 그새 다른 곳으로 가 버린 모양이었다.

"여기도 아닌 모양이네요."

효은이 아쉽다는 얼굴을 하며 돌 조각을 도로 내려놓았다. 그러다 그의 바지에 붙은 무언가를 발견하고 크게 소리를 질렀다.

"소장님! 바지요! 잠깐만요. 제가 떼어 드릴게요."

그녀는 다시 돌 조각을 들어 바지에 붙은 지네를 긁어내렸다. 지네가 바닥에 떨어지기 무섭게 돌로 쿡 찍어 눌렀다.

"잡았어요, 잡았어. 엄청 큰 놈이에요!"

효은이 흥분해서 외쳤다. 20cm는 되어 보일 정도로 큰 지네였다. 효은은 꾹 눌린 지네를 종이로 싸서 마당에 던지며 안도의 한숨을 내쉬었다.

"그런데, 지네에 물렸다면서 괜찮습니까?"

재신은 뒤늦게 그녀가 지네에 물렸다고 한 것이 생각나 물었다. 효은이 얼른 고개를 끄덕였다.

"좀 붓긴 했지만 괜찮아요. 시골에 살아서 지네 정도는 많이 겪어 봤거든요."

"어디 좀 봅시다. 물린 데가 어딥니까?"

"다리요. 종아리."

효은이 걷어붙인 바지 아래를 가리키자, 재신은 얼른 무릎을 꿇고 앉아 그녀의 다리를 살폈다.

지네에게 물린 동그란 자국 주변으로 살이 벌겋게 부어 있었다. 큰 놈에게 물린 터라 파인 상처도 깊었다. 아무래도 병원에 가야 할 듯싶었다.

시간을 보니 새벽 5시였다. 바깥을 내다보니 추적추적 내리던 비도 어느새 그쳐 있었다. 오늘은 배가 예정대로 뜰 것 같았지만, 아무리 첫 배로 빨리 나간다 해도 병원에 도착하면 9시가 넘을 터였다. 그동안 조치를 안 하면 효은의 상처는 계속 부어 갈 테고.

재신은 얼른 이불을 걷어서 매표소 할아버지네로 가져다주었다. 그리고 비누와 간장을 조금 얻어 왔다. 효은을 수돗가로 데려와 비누로 상처를 깨끗이 씻어 주고, 민간요법으로 간장을 발라 주었다.

"친절하시네요."

효은이 또 의외라는 듯이 말했다.

"병원엔 꼭 가야 할 겁니다."

재신은 그저 그렇게 대꾸했다. 예전에도 몇 번 이렇게 해 주었던 것을 떠올리면서.

돌 조각으로 지네를 꾹 누르던 것도, 비누로 닦고 간장을 발라 주던 것도 모두 어릴 적 그가 해 주었던 일들이었다. 효은은 기억이나 할지 모르겠지만.

아침의 파도는 언제 그렇게 사나웠냐는 듯 평화롭고 잔잔했다. 하늘도 더할 나위 없이 파랗고 맑았다. 배도 예정된 시간에 무사히 도착했다. 순조로운 아침이었다.

둘은 첫 배로 은랑도를 나왔다. 은천 시내로 들어와서 병원에 들른 다음, 아침을 먹기 위해 식당으로 향했다. 인근에 자리한 곰탕집이었다.

"소장님도 곰탕을 좋아하시는 줄은 몰랐네요."

창가 쪽 탁자에 자리를 잡고 앉으며 효은이 말했다. 건너편의 초등학교가 한눈에 들어오는 자리였다.

"곰탕은 많이들 좋아하지 않습니까."

"그런가요? 그냥 좋아하는 음식이 통해서 좋네요."

효은은 왠지 모르게 기분이 좋아져서 재잘거렸다. 물도 따라 놓고 김치도 잘라 놓으며 분주히 손을 움직였다.

주문한 곰탕은 금방 나왔다. 뚝배기에 담겨 보글보글 끓는 것이 몹시 먹음직스럽게 보였다.

"근데 혹시 소장님도 시골에 사신 적이 있으세요?"

곰탕에 파를 솔솔 뿌리며 효은은 무심코 물었다. 그가 의외로 시골 생활에 익숙한 듯 보였기 때문이다.

"없습니다. 그런 건 왜 묻죠?"

하지만 재신의 대답엔 그저 찬바람이 쌩쌩 불었다. 왠지 물어서는 안 될 걸 물은 듯한 기분도 들었다.

"그냥 대처가 능숙하신 것 같아서요. 장작불도 그렇고 지네도 그렇고요."

"웬만한 캠핑 상식으로 다 하는 일들입니다. 괜히 넘겨짚지 말아요."

"아아. 캠핑을 좋아하시는군요."

효은은 그렇게 이해하며 그저 빙긋 웃었다. 그런가. 캠핑 다니는 사람들은 할 줄 아는 일들도 많은 모양이었다.

그가 더 말해 주길 기다렸지만 더 이상 들려오는 말은 없었다. 남자는 묵묵히 식사에 집중했고, 효은도 그저 말없이 곰탕만 열심히 입에 떠 넣었다.

식당의 창밖으로 건너편 초등학교의 풍경이 보였다. 1·2학년쯤 되어 보이는 아이들이 선생님의 인솔을 받으며 횡단보도를 건너고 있었다. 재잘재잘 떠들며 줄지어 걸어가는 것이, 어디 체험 학습이라도 나가는 모양이었다.

그 풍경을 마주하고 있자니, 또다시 오래전 그 얼굴이 떠올랐다. 눈앞의 남자와 눈매가 닮은 소년 하나가. 어쩌다 보니 저만했을 때의 어린 시절은 늘 소년과 함께였기 때문이다.

시작은 입학식 때부터였다. 입원과 퇴원을 반복하던 할머니가 더욱 위독한 상황이 되면서부터.

그날 효은은 몹시도 들떠 있었다. 처음으로 학교라는 곳에 가는 날이었으니까.

할머니가 미리 사 둔 새 코트를 걸치고, 핑크빛 새 책가방도 몇 번이나 어깨에 메었다가 내려놓기를 반복했다. 새 운동화도 찾아서 섬돌 위에 가지런히 올려놓았다. 그러고는 마당에 쪼그리고 앉아서 목이 빠져라 할아버지를 기다렸었다. 하지만 병원에 간 할아버지는 한참이 지나도 돌아오지 않았다.

대신 전화가 걸려 왔었다.

— 효은아.

'할아버지, 언제 와요?'

다급히 묻는 그녀의 말에 할아버지는 무거운 목소리로 얘기했었다.

— 글쎄다. 지금은 못 가. 할미가 검사를 많이 해야 된대.

'그럼 나 학교는요? 못 다니는 거예요?'

— 옆집에 전화해 놨으니까 승도가 데려다줄 거야.

'승도요?'

— 한 씨 아들.

한 씨라는 말에 효은은 커다랗게 딸꾹질을 했다. 늘 술에 찌들어 사는 한 씨는 술버릇이 고약해 매일같이 주변 사람들에게 욕이며 손찌검을 하곤 했기 때문이다. 가장 많이 두드려 맞는 사람은 물론 그의 아들이었다. 욕하는 소리, 매질하는 소리, 술병 깨지는 소리 같은 섬뜩한 소리들이 담장 건너 그녀의 집까지 거의 매일 들려왔었다.

한 씨의 아들도 무섭기는 매한가지였다. 때리거나 손찌검을 하는 일은 없었지만 그녀가 울 때면 매번 버럭 소리를 지르곤 했다. 그저 쳐다보고만 있어도 무서웠다.

'싫어, 싫어요! 나 학교 안 가!'

무서운 소년의 눈매가 생각나자 효은은 악을 쓰며 소리를 질렀다. 소년이 오기 전에 숨으려고 했지만 벌써 낡은 대문이 삐그덕 소리를 내며 열리고 있었다.

'나 안 가! 학교 안 가!'

소년은 세상이 떠나가라 울어 젖히는 그녀를 향해 터벅터벅 걸어왔다. 그녀가 울거나 말거나 신경도 쓰지 않는 것 같았다. 거리낌 없이 코트를 입히더니 책가방도 서슴없이 메어 주었다. 섬돌 위에 놓아 둔 운동화도 발에 꿰어 신기고는 그녀를 끌다시피 하여 밖으로 데리고 나왔다.

밖에는 소년의 자전거가 있었다.

'타.'

'싫어어!'

그녀가 바득바득 우겼지만 소용없었다. 소년은 그녀를 번쩍 들어 뒷자리에 앉히더니 그대로 자전거를 몰아 앞으로 직행했다. 떨어지지 않으려면 뭐라도 잡아야 했다. 어쩔 수 없이 소년의 옷깃을 부여잡으며 그녀는 세상이 떠나가라 울었더랬다.

다음 날도 다다음 날도 할아버지는 집에 오지 못했다. 그래서 내내 한승도를 따라 학교에 가야 했다. 집에 올 때도 마찬가지였다. 학교 미술실에서 고학년의 수업이 끝나기를 기다렸다가 한승도가 찾으러 오면 그때가 되어서야 집으로 돌아갈 수 있었다. 읍내에 있는 학교는 집에서 멀었고, 8살짜리가 혼자 다니기에는 위험한 길이었으니까.

그것은 그 며칠로 끝나지 않았다. 1학년 때도, 2학년 때도 내내 그랬다. 방과 후 수업을 들으면서 한승도를 기다렸다가, 그의 수업이 끝나면 같이 집으로 돌아가곤 했다. 그녀가 한 시간씩을 걸어서 혼자 학교를 다니기 시작한 건 3학년 때부터였다.

"무슨 생각을 그렇게 합니까."

탁자를 톡톡 두드리며 들려온 목소리에 효은은 아차 싶어 눈앞의 남자를 쳐다보았다. 재신이 무슨 말을 걸었던 모양이었다.

"그냥 소장님 닮은 사람이 생각나서요."

효은은 그렇게 말하며 희미하게 웃었다. 그렇게 말하고 보니 더욱 닮은 것처럼 느껴졌기 때문이다. 까칠한 성격까지 똑 닮은 걸 보면 한승도도 꼭 저런 어른으로 성장해 있지 않을까.

남자는 농담에도 대꾸하지 않았다. 굳은 얼굴로 그녀를 바라보며 침묵을 지키고 있었다. 그것이 불편해 효은은 얼른 말을 돌렸다.

"아. 근데 저한테 혹시 무슨 말씀을 하셨던 거예요?"

"리조트와 수목원 영역 나누었던 스케치, 이메일로 보내 두었습니다. 앞으로 필요한 논의는 이메일로 하도록 하죠."

"네, 뭐. 소장님이 그게 편하시다면요."

"효은 씨도 그게 편할 겁니다."

남자는 그렇게 딱 잘라 말했다. 그 말이 아예 메일로만 소통을 하겠다는 뜻 같아서 효은은 재빨리 다시 물었다.

"문의 전화는 받으실 거죠?"

"……받도록 하죠. 꼭 필요할 때만 해요."

남자는 그조차 내키지 않는 듯했다. 하지만 아예 안 받겠다고 한 것보다는 나았다.

효은은 속으로 스스로를 칭찬했다. 역시 선을 긋긴 했지만 긍정적인 대답을 얻었으니까. 물어보지 않았으면 일 때문에 하는 전화조차도 부담을 가져야 했을 것이다.

"다 먹었으면 나가죠. 일이 바빠서."

남자가 시계를 확인하며 말했다. 벌써 출근 시간이 꽤 지났으니, 밀려 있는 일들이 많은 듯했다.

"네."

효은은 고개를 끄덕이며 자리에서 일어섰다. 각자 계산하자는 그녀의 말을 무시하고, 남자는 곰탕값을 혼자서 다 냈다.

둘은 식당 앞에서 헤어졌다. 남자는 먼저 차에 오르지 않았다. 효은이 트럭에 올라타는 것을 지켜보며 서 있었다.

"그럼 살펴 가세요."

효은은 남자를 향해 창밖으로 손을 흔들어 주고 차를 출발시켰다. 그리고 백미러로 남자가 작아지고 작아져서 점이 될 때까지 흘끗거렸다.

남자의 분위기로 보아 아마도 더는 만날 일이 없을 듯했다. 필요한 내용은 이메일이나 전화로 해결하면 될 일이니 굳이 만나서 얘기하려 할 것 같지 않았다. 괜스레 아쉬운 기분이 들었다.

3

재신은 고풍스러운 한옥의 솟을대문 앞에 서 있었다. 현판에는 '조운재'라는 이름이 한글로 멋들어지게 새겨져 있었다.

이번에도 나흘 만에 들어오는 집이었다. 거의 매일 회사에서 밤을 새우다시피 하는 건, 일이 많아서이기도 했지만 굳이 매일 집을 찾고 싶은 이유가 없어서이기도 했다.

늘 독립을 할까 생각하지만 그렇게 되면 모친인 미경이 또다시 마음의 부담을 가질 터였다. 가뜩이나 우울증으로 고생하고 있는 모친에게 그렇게까지 하고 싶지는 않았다.

"재신이 왔니."

고용인인 청양댁의 목소리와 함께 문이 열렸다.

재신은 마당에 깔린 잔디밭 사이로 난 돌들을 밟으며 천천히 집으로 들어섰다.

옛 한옥을 개량해 사용하는 이 집은 조운재라는 낭만적인 이름을 가지고 있었다. 새가 쉬어 가는 집이란 뜻이었다. 집의 모양도 본채 양쪽에 새의 날개처럼 두 개의 별채를 가진 형태였다. 건축학적으로도 심미적이기 그지없는 이 집은 그의 새아버지이자 양부인 영욱의 집이었다.

"왜 이렇게 늦었어. 어머니가 꽤 오래 기다리셨어."

청양댁이 그를 향해 웃으며 타박 아닌 타박을 했다. 우울증에 시달리고 있는 미경을 대신해 집안의 살림을 도맡아 해 주고 있는 사람이었다.

"어머니는 어디 계십니까."

"서재에. 아버지와 함께 계셔. 중요한 이야기가 있으신 것 같더라고. 얼른 가 봐."

청양댁이 친근하게 말하며 그의 재킷을 건네받았다. 재신은 고개를 끄덕이며 인사를 건네고는 서재로 향했다.

그의 새아버지인 영욱은 지역구에서 4선을 한 데다가 당 대표까지 지낸 전력이 있는 영향력 높은 국회 의원이었다. 모든 정치인이 그렇듯 매사에 바둑판을 살피듯 신중했고, 매 순간이 살얼음판을 걷는 것처럼 조심스러웠다.

그런 사람이 그의 어머니 같은 사람과 결혼한 것은 틀림없이 사랑이었을 것이다. 그러지 않고서야 자신의 정치적 치부가 될 그들 모자를 그렇게 받아 주었을 리 없을 테니까. 어머니와 그의 과거를 지우기 위해 18년을 그토록 애쓰며 살았을 리 없을 테니까.

정치인으로서야 어떻든 양부는 그에게 인간적으로 고마운 사람이었다. 그래서 되도록 양부의 의견을 존중하며 살았다. 8년을 타지에서 유학하며 살았고, 한국으로 들어온 뒤에도 용림리 쪽으로는 눈길도 주지 않았다. 양부에게 누가 되는 일을 만들지 않기 위해 불필요한 만남은 무조건 자제했고 교우 관계도 최소한으로 유지했다. 하여 그가 정치인 권영욱의 아들이라는 걸 아는 사람은 거의 없었다. 모두가 그가 의도한 것이었다.

"찾으셨습니까."

재신이 서재로 들어서자, 두 사람의 눈길이 그에게로 향했다. 영욱은 못내 반가운 얼굴을 했고, 미경은 조금 불안한 얼굴을 했다. 하지만 둘 모두 오랜만에 집에 들어온 그를 안쓰럽게 바라보았다.

"그래. 요즘에도 그리 일이 많은 게냐."

"예. 물 들어올 때 노 젓는다고, 굵직한 일은 웬만하면 역량 되는 대로 맡고 있습니다."

"그래. 젊어서는 무얼 하든 다 경험으로 쌓이는 거지. 그게 다 네 재산이 될 게다."

영욱이 고개를 끄덕이며 자상하게 웃었다. 언제나 그를 믿고 의지하는 양부였다.

"무슨 일로 찾으셨습니까."

좀처럼 그를 찾는 법이 없는 양부였기에, 재신은 의아하게 생각하며 물었다.

대답은 미경에게서 들려왔다.

"예서 말이다."

"예."

"너도 이제 서른넷이니, 결혼을 생각해야 할 때가 아닌가 싶은데. 너무 오래 끌지 않았니."

미경이 넌지시 권해 왔다. 그쪽 집안에서 얘기가 나온 모양이었다.

집안의 소개로 가끔씩 만나 왔던 진예서는 JK의료재단의 장녀였다. 디자인을 전공한 그녀는 조용한 성격에 자신의 직업적 성공에 대한 욕심이 많았다. 상대적으로 연애에 대한 집착이나 환상 같은 게 없었기에 2년을 만나 올 수 있었다. 두 달에 한 번을 만나건, 석 달에 한 번을 만나건 둘에게 그런 것은 아무런 문제가 되지 않았으니까.

"아직 결혼은 이르다고 생각됩니다만."

재신은 그렇게 자신의 뜻을 밝혔다.

건축사사무소도 제대로 탄탄히 자리 잡으려면 몇 년은 더 지금처럼 바쁘게 일해야 했고, 신경 써야 할 일도 많았다. 결혼하고 가정을 꾸리고 하는 것에 낭비할 시간 같은 건 없었다. 그것은 예서 또한 마찬가지일 터였다. 둘은 그런 면에서 많이 닮아 있었다.

무엇보다 그는 결혼에 뜻을 두었던 적이 없었다. 누군가를 열렬히 사랑해 본 적도 없었다. 애초에 그의 피에는 그런 유전자 자체가 없었으니까. 그의 양부가 어떤 존재건 그에게는 한두식의 피가 흐르고 있었다. 개 패듯이 아내를 패고 자식을 패던 상스럽고 더러운 피가.

그래서 되도록 예서와 결혼까지는 이어지지 않길 바랐다. 양쪽 집

안의 이익을 위해 형식적으로 만남을 유지하며 이 관계가 그저 물 흐르듯 자연스레 흘러가 버리길 바랐다.

"내년이 선거잖니. 아무래도 예서네 집안이 크게 도움이 될 게다."

영욱은 별말이 없었지만, 미경이 직접적으로 말해 왔다.

지난번 선거 때 영욱은 큰 고배를 마셨다. 지역구에서 4선까지 한 그가 변호사 출신의 젊은 신출내기한테 패배한 것이었다. 아주 미미한 표차의 패배였지만, 그것이 그의 정치적 생명에 미친 여파는 상당히 컸다.

하여 내년 선거에서는 할 수 있는 한 모든 역량을 총동원할 모양이었다. JK그룹은 그런 면에서 그의 가장 큰 우군이 되어 줄 수 있는 집안이었다. 의료재단뿐 아니라 교육재단, 사회복지재단까지 폭넓게 운영하고 있는 뿌리 깊은 지역 세력이었기 때문이다.

"알겠습니다, 어머니. 예서가 독일에서 들어오면 의논해 보도록 하지요."

재신은 그렇게 말을 맺었다. 일 때문에 자주 외국으로 나가는 예서는 이번에도 두 달은 있어야 국내로 들어올 터였다. 결혼에 뜻은 없었지만 어차피 할 거라면 예서는 최적의 조건이었다. 그에게는 물론 영욱에게도.

그제야 미경은 환하게 웃었다. 근 몇 달 만에 보는 어머니의 웃음이었다.

그 순간 왜 그 꼬맹이가 떠올랐는지, 그는 알 수 없었다. 호들갑스럽게 그의 바지에서 지네를 떼어 내던 효은의 모습이 계속해서 뇌리를 맴돌았다.

'잡았어요, 잡았어. 엄청 큰 놈이에요!'

홍분해서 외치던 그 모습이 아직도 눈에 선했다. 환하게 웃던 그 얼굴이 인상적인 영화의 한 장면처럼 끊임없이 되풀이되었다.

은랑도의 은빛 모래사장이 스쳐 가고 함께 김밥을 먹던 소나무 숲이 스쳐 갔다.

효은이 보고 싶었다, 다시 한번. 이유는 스스로도 알 수 없었다.

□ ◆ □

재신이 보낸 이메일은 그 남자답게 간결했다. '권재신입니다' 하는 제목만 달랑 있을 뿐, 인사치레 같은 군더더기 하나 없었다. 그가 직접 그려 낸 대용량의 스케치 파일만 깔끔하게 첨부되어 있었다.

핵심만 간단히 표시된 남자의 스케치는 간결했지만 유려했다. 건축가의 스케치라기보다는 미술가의 스케치에 더 가깝게 느껴졌다. 태블릿 PC의 펜으로 써넣었을 글씨도 뭉개짐 하나 없이 말끔했다. 마치 제도용 글씨 같은 느낌이었다.

이런 글씨를 언젠가 본 적이 있는 것 같은데.

효은은 스케치북을 펼치며 고개를 갸웃했다. 한승도의 글씨가 비슷한 분위기였던 것이 문득 기억났기 때문이다. 거친 성격에 어울리지 않게 또박또박하고 반듯한 글씨였다. 생각해 보면 한승도도 그림을 꽤 그렸었다. 까다로운 미술 선생님이 조심스레 미술 공부를 권했을 정도로.

생김새가 비슷하면 닮은 구석도 많아지는 건가.

말도 안 되는 비약이었지만 그런 생각마저 들었다. 둘은 날카로움을 풍기는 분위기마저 닮아 있었기 때문이다.

물론 권재신이란 남자는 차갑고 도회적인 날카로움을 지녔고, 한승도는 뭐랄까 들짐승 같은 날카로움이란 면에서 조금 달랐지만 말이다. 하지만 어른 버전의 한승도는 권재신과 많이 닮아 있을 것도 같았다.

컹컹— 컹컹컹—

효은이 한창 스케치에 열중하고 있을 때였다. 바깥에서 멍멍이들이 짖는 소리가 요란하게 들렸다. 먼저 짖기 시작한 것이 돌찬이고 나중에 짖은 것이 세찬이었다. 효은은 둘의 목소리를 명확히 구분해 낼 수 있었다. 몹시 반갑게 짖는 것으로 보아 누가 찾아왔는지도 알 수 있었다.

"수정아!"

효은은 현관문을 열고 나가며 바로 방문객의 이름을 불렀다.

곧 마당으로 봉고차 한 대가 들어서고, 대학 시절의 절친인 수정이 부른 배를 하고서 차에서 내렸다. 주차를 마친 동철이 뒤따라 내리며 그녀를 부축했다.

멀지 않은 파주에서 커피숍을 운영하는 둘은 대학 시절 내내 티격

태격하다가, 작년부터 연애를 시작하여 결혼에 골인한 동창 커플이었다.

"밑반찬 좀 해 갖고 왔어. 별일은 없고?"

수정이 바리바리 싸 들고 온 보따리를 내밀며 환하게 웃었다. 효은은 얼른 보따리를 건네받으며 걱정스레 말했다.

"별일은 무슨. 늘 똑같지 뭐. 너야말로 임산부가 이렇게 막 돌아다녀도 괜찮은 거야?"

"이제 20주 차인데 뭘. 아직 몸 사리지 않아도 돼."

수정은 태평하게 말하며 그녀의 어깨를 툭 쳤다. 언제나처럼 활기가 넘치는 씩씩한 친구였다.

효은은 둘을 집 안으로 안내하고 커피와 차를 내왔다. 수정이 싸온 반찬들을 냉장고에 차곡차곡 넣어 두고는 베란다에 말려 두었던 허브들을 모아서 병에 담았다.

"이거, 이번에 수확한 허브들이야. 가지고 가."

효은은 병에 곱게 담은 허브들을 수정에게 건네주었다. 판매용이 아니라 애정으로 키우는 갖가지 허브들이었다.

수정은 반색을 하며 유리병 안의 허브들을 사랑스럽게 바라보았다. 커피숍을 운영하는 터라 더욱 허브티에 애착을 가진 수정이었다.

"고마워. 잘 먹을게."

"뭘. 내가 더 고맙지. 매번 반찬까지 해다 주고. 아주 친정 엄마 같다니까."

"이참에 아예 친정 엄마 하지 뭐."

수정이 유쾌하게 말하며 깔깔 웃었다. 둘은 이런저런 말을 주거니 받거니 하면서 밀린 회포를 풀었다. 지난달에 보고는 처음 보는 것이었기에 밀린 얘기들이 많았다.

"근데 효은아. 너, 동기 모임 나오고 할 시간은 없는 거지?"

문득 옆에서 둘을 지켜보던 동철이 뜬금없이 물었다. 효은은 당연하다는 듯 고개를 끄덕였다.

"당연히 없지. 지금 일만 해도 몸이 열 개라도 모자란다니까. 근데 동기 모임은 갑자기 왜?"

"준형이가 네 소식 묻더라. 잘 지내냐고."

"신경 끄시라고 그러지 그랬어."

효은은 고개를 절레절레 흔들며 딱 잘라 말했다. 석 달 사귀다가 헤어진 유일한 전 남친이 하필 학부 동기였다. 그래서 피치 못하게 소식이 들려오는 경우가 많았다.

동철이 멋쩍은 얼굴로 머리를 벅벅 긁었다. 그러면서 은근슬쩍 준형의 소식을 전했다.

"야, 말이 좀 심하다. 아직 너한테 마음이 있는 것 같던데 어떻게 그래? 그리고 이번에 변호사 시험도 붙었다더라."

"그래서 뭐. 걔가 우리 할아버지한테 어떻게 했는데. 농원 오자마자 거름 냄새 난다고 눈살부터 찌푸리더라."

효은은 마뜩잖은 얼굴로 허브티만 벌컥벌컥 마셨다.

준형이 할아버지께 버릇없이 군 것은 아니었다. 그 나름은 어른에 대한 예의를 갖추고 좋은 말을 늘어놓기도 했었다. 하지만 할아버지가 그토록 애착을 가진 농원을 깡그리 무시한 것이 문제였다. 이 정도 농원을 수십 년 가지고 계셨으면 땅값이 굉장히 올랐을 거라는 둥, 이제 연세도 있으시니 농원은 다른 데 파시고 여생을 편히 사셨으면 좋겠다는 둥.

그래서 그날부로 헤어졌다. 애초에 커다란 연애 감정을 품고 시작한 것도 아니었으니까. 준형에게 막연히 호감을 가졌던 것은 그가 어딘지 누군가를 닮아 있었기 때문이었다. 그래서 준형이 사귀자고 했을 때 크게 고민을 해 보지도 않고 OK를 했었다.

그런 연애가 잘될 리 없었다. 막연히 그가 이런 사람일 거라는 환상을 가지고 시작한 연애는 얼마 지나지 않아 금세 금이 가기 시작했다. 준형이 그 사람을 조금 닮긴 했지만 진짜 그 사람은 아니었으니까. 그리고 닮았다고 생각했던 것조차 완전한 착각이었다는 것이 갈수록 선명해졌다.

"그땐 어려서 뭘 잘 몰랐겠지. 준형이도 많이 변한 것 같아. 한번 만나고 싶다더라."

동철이 준형을 대변하듯 말해 왔다. 하지만 효은은 단호하게 고개를 가로저었다.

"됐어. 일도 바쁜데 무슨 연애야. 남친보다 일손 덜어 줄 일꾼이 더 시급한 상황이라고."

그녀의 말에 동철이 큰 소리로 웃었다.

"그건 그렇지. 암튼 준형이가 찾아오거든 너무 박대는 하지 말라고. 그만큼 너에 대한 마음이 깊었던 것 같으니까."

"절대 오지 말라고 전해 줘. 그 녀석 상대할 시간 있으면 할아버지 면회를 한 번 더 다녀오겠다."

효은은 그렇게 말을 맺었다. 그리고 그 말은 뼛속까지 진심이었다. 지금도 일이 바빠 할아버지를 거의 못 뵈러 가는 상황이었기 때문이다.

"알았다, 알았어. 남효은 어리바리한 것 같으면서도 은근 칼같은 데가 있다니까."

"너도 민기 선배 같은 사람이랑 일해 봐. 사람이 이렇게 되나 안 되나. 두루뭉술하게 말하면 아무것도 진척이 안 된다고."

그녀의 말에 둘은 깔깔 웃음을 터뜨렸다. 민기가 친 사고가 워낙 많아서 학부에서 전설처럼 회자되는 일들이 많았기 때문이다.

수정과 동철은 크루시아 화분 두 개를 사 들고 금방 돌아갔다. 집 들이용 선물로 가져갈 거라고 했다. 언제나 이런저런 핑계로 화분을 팔아 주는 고마운 친구들이었다.

효은이 다시 재신을 마주친 것은 닷새가 더 지나서였다. 그의 사무실에 가져다 두었던 화분들의 관리를 위해 잠깐 들렀을 때.

재신은 막 미팅을 마치고 회의실에서 나오고 있었다. 고객과 함께인 것 같아 묵례만 하고 지나치려 했는데 그가 먼저 알은체를 해 왔다.

"남 실장님."

"네?"

그가 먼저 말을 붙여 올 줄 몰랐기에 효은은 조금 당황하고 말았다. 게다가 호칭마저 생경했다. 남효은 씨가 아니라 남 실장이라니. 새로운 거리 두기의 일환인 걸까.

"여긴 무슨 일입니까."

미간을 찌푸리며 흘러나온 남자의 물음에 효은은 저도 모르게 주춤했다.

"저, 화분 관리 해 드리러 들렀는데요."

"나 좀 잠깐 보죠. 미팅 룸에서 잠시 기다려요."

재신은 그렇게 말하고 손님을 배웅하러 밖으로 나갔다. 효은은 그 뒷모습을 어색하게 바라보다가 총총히 미팅 룸으로 들어가 앉았다.

재신은 조금 후에 들어왔다. 일이 많은지 피로한 모습으로 눈가를 꾹꾹 누르며.

"화분 관리 같은 건 직접 안 해도 되잖습니까. 그쪽 회사에선 설계 사들이 관리까지 직접 다 다닙니까."

그는 자리에 앉기 무섭게 타박부터 해 왔다. 그녀가 회사에 들른 것이 못내 못마땅한 눈치였다.

"그게 아니라 제가 임의로 가져다 둔 화분이니 끝까지 제가 책임져야죠. 게다가 저희 농원에서 제가 제일 아끼는 아이들로만 가져다 놨단 말예요. 관리 안 되어서 말라 죽기라도 하면 가장 가슴 아픈 사람은 저일 거라고요."

효은도 할 말을 했다. 기껏 좋은 화분들로만 갖다줬는데, 고마운 줄도 모르고 타박이나 듣고 있는 게 억울해서였다.

"그러게 왜 시키지도 않은 일을 합니까."

재신이 다소 누그러진 목소리로 말했다.

"그야 뭐라도 해야 소장님이 반응을 보이실 것 같았으니까요."

"저녁은 먹었습니까."

시간을 보니 저녁 8시가 넘어 있었다. 효은은 시계를 흘끗거리며 가만히 고개를 저었다.

"아뇨, 아직."

재신이 또다시 인상을 썼다.

"지금 시간이 몇 시인데 아직까지……. 일단 나와요. 저녁부터 먹고 얘기합시다."

"화분 관리 아직 안 끝났는데요."

"내 얘기도 아직 안 끝났어요. 저녁 먹고 마저 하면 되잖습니까."

재신은 그렇게 말하며 의자에 걸쳐 둔 재킷을 집어 들었다. 벌떡 일어나 성큼성큼 걸음을 내딛는 것이 뒤따르란 뜻인 듯했다.

빌딩을 나와 그가 들어간 곳은 인근에 있는 한정식집이었다. '청명관'이라는 현판이 걸린 고풍스러운 곳이었다. 직원들 모두가 정갈한 개량 한복을 입고 정중히 손님을 맞는 것이, 귀빈 접대나 상견례 때 찾을 법한 고급 한정식집인 듯했다.

효은은 작업용 점퍼에 청바지 차림이 마음에 걸려 조금 위축되었다. 하지만 재신은 전혀 개의치 않았다. 직원에게 룸으로 안내받고는 자연스레 코스 요리를 주문했다.

"내가 접대하는 거니까 맘껏 먹어요."

비싼 가격에 전전긍긍하는 그녀의 분위기가 느껴졌는지, 그가 피식 웃으며 말했다.

"접대요?"

"생각해 보니까 내가 직원들 복지에 너무 신경을 안 썼더라고. 사무실에 화분이 많으니까 직원들이 좋아해요. 한결 생기 있어졌고. 효은 씨 덕분이니 갚을 건 갚아야죠."

너무도 뜻밖의 말이라 그동안 봐 온 사람과 같은 남자가 맞나 싶었다. 하지만 그 말이 듣기 싫지 않았다. 살풍경한 사무실보다는 녹색의 생명력 가득한 풍경이 훨씬 나은 건 사실이었으니까.

"이렇게까지 안 하셔도 되는데요."

어색하게 흘러나온 그녀의 말에 남자가 또다시 사무적으로 말했다.

"고작 밥 한 끼입니다. 그리고 화분 관리 계속해 줄 거면 제대로 합시다. 금액 제대로 책정하고 주기적으로 스케줄 잡아서 방문하고."

"뭐, 그러시다면 좋아요. 1주일에 한 번씩 목요일 저녁에 들르죠. 금액은 업계 평균가로 하고요. 대신 꼼꼼히 잘 관리해 드릴게요."

효은은 그렇게 조건을 제시했고, 재신은 흔쾌히 동의했다.

곧 음식이 차례로 나오기 시작했다. 죽이 나오고 탕평채가 나오고 이어서 전복과 갈비구이가 나왔다.

한참 말없이 음식에 집중하던 재신이 문득 물었다.

"내가 보낸 스케치 말입니다. 제대로 봤습니까, 안 봤습니까."

"아. 봤는데요."

"그런데 왜 답이 없습니까."

"특별히 문제 될 만한 것이 없어서요. 어차피 소장님이 리조트는 리조트대로 수목원은 수목원대로 가자고 하셨잖아요."

그녀는 당연한 듯 그렇게 말했다. 연락을 안 하는 편이 서로 편할 거라고 말했던 건 그가 아니었던가.

하지만 재신의 표정은 그다지 좋지 못했다. 뭐가 못마땅한 건지 알 수가 없어서 효은은 멋쩍은 얼굴을 하고 말았다.

"앞으로 목요일 날 방문할 때."

젓가락을 내려놓으며 재신이 말했다.

"네."

"설계 작업 의논도 같이하는 걸로 합시다. 그 편이 덜 번거로울 것 같으니까."

남자의 말이 한참 뜻밖이어서 효은은 도리어 어안이 벙벙해졌다.

그러니까 의논과 조율을 하겠다는 뜻이었다. 선 긋기 좋아하는 이 남자가. 쓸데없는 대화 같은 건 질색하는 이 남자가.

"……네. 좋아요."

놀람을 감추지는 못했지만, 어떻든 효은은 고개를 끄덕였다.

다시 음식이 나오기 시작했다. 오색냉채가 나오고 장어구이가 나왔다. 직원이 오가며 음식을 내오는 동안 둘 사이에 잠시 침묵이 흘렀다.

직원이 나간 후에 다시 젓가락을 집어 들며 재신이 물었다.

"그동안 뭐 생각해 본 것 있습니까. 수목원이나 리조트에 대해서."

생각해 본 것은 무척 많았다. 매일같이 생각하고 또 생각했다. 효은은 잠시 고민하다 그동안 생각하고 있었던 것을 스스럼없이 털어놓았다.

"파도에 대해서 생각했어요. 은랑도(銀浪島)가 은빛 파도의 섬이라는 뜻이니까요."

"파도."

재신이 뭔가를 생각하는 듯 한 번 더 곱씹었다.

"네. 건물도 수목원도 파도 같은 존재면 좋겠다는 생각이요. 끊임없이 마음에 물결치는 뭐 그런 존재랄까요?"

"근사하군요."

"그냥 생각만 해 봤어요. 어떻게 표현할지는 아직 미지수고요."

"괜찮은 생각입니다. 리조트를 파도 형태로 디자인해 봐도 괜찮을 것 같고."

의외의 호응에 효은은 기분이 좋아져서 활짝 웃고 말았다.

"그쵸. 저도 그렇게 생각했어요. 소장님께 말씀은 못 드렸지만요."

"내가 꽤 어려운 사람이었나 봅니다."

"무척이나 어려운 분이죠."

그가 무슨 생각을 하는지 싱긋 웃었다. 그리고 다시 말이 없어졌다. 묵묵히 음식을 먹는 데만 집중했다.

음식은 계속 나왔다. 육회가 나오고 구절판이 나오고 전과 신선로

가 나왔다. 효은도 그저 먹는 데만 최선을 다했다. 마지막으로 대하 요리가 나오고 후식까지 마치고 나자 배가 무척이나 불렀다.

둘은 조명 찬란한 강남의 밤거리를 걸어 천천히 사무실로 돌아왔다.

"잘 먹었습니다, 소장님."

각자의 일로 흩어지기 전, 효은이 다시 한번 감사 인사를 건넸다.

뜻밖에도 그는 빙긋 웃었다. 그리고 손을 내밀어 악수를 청해 왔다.

"그럼 잘해 봅시다."

그의 입에서 나오리라고 생각지 못했던 상투적인 인사였다. 그래서인지 그 상투적인 인사에서마저도 진심이 느껴졌다. 진심이 아니라면 절대 꺼내지 않았을 말일 테니까.

"네, 잘 부탁드립니다."

효은은 기꺼이 그 손을 맞잡으며 환하게 웃었다.

남자의 커다란 손은 더없이 따뜻했고 믿음직스러웠다. 왠지 모르게 가슴이 크게 설레었다.

효은은 숨을 크게 들이쉬며 쿵쿵 뛰는 심장을 다잡았다. 이제야 비로소 진정한 협업이 시작된 기분이었다.

4

　민기는 벚꽃이 한창 흐드러지게 핀 4월의 중순에 퇴원을 했다. 아직도 쑤셔 죽겠다는 허리를 부여잡으며 엉기적엉기적 출근을 했다. 그간 사무실 관리를 도맡다시피 했던 윤 이사를 붙들고 한참이나 하소연을 했다.

　다음 차례는 효은이었다. 30장이 넘는 아이디어 스케치를 유심히 들여다보더니, 그중에서 5장 정도를 추려 뽑았다.

　"이런 분위기면 괜찮겠는데. 얘네들 중심으로 고민을 더 해 봐."

　"네, 대표님."

　효은은 고개를 끄덕이며 미소를 지었다. 민기가 고른 스케치는 그녀의 마음에도 드는 것들이었기 때문이다. 어영부영한 민기의 성격에도 불구하고, 그녀가 그를 대표로서 존중하는 건 이런 측면 때문이 있다. 공을 들이면 들인 만큼 알아볼 줄 아는 안목을 지녔다는 것. 결과물에 대해서는 두루뭉술함이 없이 명쾌하고 깔끔한 선택을 한다는 것.

"재신이 녀석은 뭐래? 이런 분위기가 마음에 든대?"

"아직 안 보여 드렸는데요. 대표님과 의논한 다음에 보여 드리려고요."

"그래. 잘했어."

민기는 알겠다는 듯 고개를 끄덕였다. 그리고 뒤늦게 생각난 듯 물었다.

"답사는 어땠어?"

"부지가 그다지 좋지는 않아요. 경사도 심한 편이고 토질도 척박하고요."

"뭐, 그건 일단 공모전에 붙은 다음의 이야기고. 재신이 녀석 반응이 어땠냐고."

효은은 딱 잘라 선을 긋던 그때의 재신을 생각했다. 하지만 뭐 이제부터 잘해 보기로 했으니까.

"협업에 긍정적이셨어요. 매주 목요일마다 미팅하기로 했고요."

"매주 미팅을 하기로 했다고? 재신이 녀석이? 정말?"

민기가 말도 안 된다는 듯이 눈을 둥그렇게 떴다.

"네."

"하. 자식. 바쁜 척은 있는 대로 해 놓고."

민기는 그동안 마음고생했던 것이 분했는지 억울한 표정을 지었다.

그리고 바로 재신에게 전화를 걸었다.

효은은 하소연 가득한 그의 핸드폰 통화를 잠시 지켜보며 피식 웃었다. 그러다 자리로 돌아와 바로 작업에 몰두했다.

공모전 마감 시한까지는 앞으로 석 달가량. 그리 넉넉한 시간은 아니었다. 발표용 프레젠테이션에 CG 제작까지 하려면 두 달 안에 조감도며 세부 사항까지 모두 완성이 되어야 했다.

여러 가지로 조사해 본 결과, 은랑도의 기후는 육지와 다소 달랐다. 분류를 해 보자면 해양성 기후에 좀 더 가까웠고, 토착으로 자라는 식물들도 조금 다른 군락을 이루었다. 그래서 수목원의 주종을 이루는 식물들도 육지와는 다르게 구성을 해야 할 것 같았다.

효은은 방풍림 역할로 해안가에 조성된 오래된 곰솔 숲과 기존에 이루어진 식물 군락을 해치지 않는 선에서, 이미 나 있는 길을 최대한 살리고 자연 훼손을 최소화할 수 있는 자연스러운 형태의 수목원을 구상했다. 사람이 보기 좋은 수목원이라기보다 주인인 나무들이 최대한 권리를 보장받는 그런 수목원 말이다. 그녀의 성향을 잘 아는 민기가 고른 스케치도 주로 그런 것들이었다.

수목원의 권역은 9개 정도로 구상하고 있었다. 침엽수 중심의 침엽원, 가지가 늘어진 나무들 중심의 능수원, 토착 나무들만 모아 놓은 자생 식물원, 야생 화초들만 모아 놓은 야생 화원, 우리나라의 옛 정원을 재현한 전통 정원, 습지 식물 중심의 습지원, 저수지를 활용한 수생 식물원, 암석에서 자라는 식물들을 별도로 모은 암석원, 아열대나 열대지방에서 자라는 외국 식물들을 모아서 전시할 유리온실 등이었다.

거기에 계절마다 특화해서 즐길 수 있는 자그마한 식물원들도 별도로 구상하고 있었다. 봄을 위한 목련원, 여름을 위한 수국원, 가을을 위한 국화원, 겨울을 위한 동백원이 그것이었다. 품종이 많고 각 계절을 대표하며 섬의 강한 바닷바람 속에서도 잘 자랄 수 있는 식물들이었다.

무엇보다 수목원 중간중간에 세울 정자나 화장실, 가로등 같은 곳마다 파도의 상징을 담아서 은랑도만의 고유한 이미지를 만들어 볼 생각이었다. 재신이 디자인할 리조트가 은랑도의 상징처럼 되었으면 하는 소망도 있었다. 물론 모두가 공모전에 당선되어야 가능한 일들이었지만.

효은은 메일함을 열어서 재신에게 조심스레 메일을 쓰기 시작했다. 간단한 업무용 메일인데도, 왠지 모르게 긴장이 되어서 썼다가 지웠다가를 여러 번 반복했다. 쓸 말이 잘 생각나지 않았다.

몇 번의 시도 끝에 그녀가 택한 방법은 남자와 똑같이 보내는 방식이었다.

'남효은입니다' 라는 제목과 함께 구상한 내용과 아이디어 스케치를 모두 파일로 첨부했다. 그리고 메일 본문에 아무런 글자도 써넣지 않고 발송 버튼을 눌러 버렸다.

그리고 곧 후회했다. 메일이 너무 냉랭해 보일 것 같았기 때문이다. 발송 취소를 하려고 했으나 그것도 되지 않았다. 그의 메일 계정이 범용이 아닌 회사 전용 계정이었기 때문이다.

어쩌지. 기껏 잘해 보자고 했는데 어쩌면 그녀가 망쳐 버린 셈이 될지도 몰랐다.

효은은 조심스럽게 그에게 문자 메시지를 보냈다. 메일을 보냈으니 확인해 달라는 것과 이런저런 인사치레를 담은 긴 장문의 내용이었다.

빙긋 웃던 그의 얼굴이 떠오르자 새삼 가슴이 두근거렸다. 내가 왜이러지.

뭔가 불길한 느낌이 찾아들자, 그녀는 저도 모르게 얼굴을 감싸 쥐고 말았다. 아무래도 이건 업무상의 협업이 성공한 데 대한 두근거림이 아닌 듯했다. 한승도를 닮은 사람한테 꽂히는 병이 또 도져 버린 것 같았다. 긴장이 크게 일었다.

□ ◆ □

띠링.

메일의 알림음이 울렸다. 한창 리조트 구상에 몰두해 있던 재신은 효은의 메일을 열어 보고 풋 웃음을 터뜨리고 말았다. 첨부 파일 외에는 아무것도 적혀 있지 않은 메일이었기 때문이다. 그가 보낸 메일과 별반 다르지 않은 형식이었다.

어렸을 적에도 효은은 그런 구석이 있었다. 아무렇지도 않은 척 있다가 받은 대로 고스란히 돌려주는 성격이었다.

그리고 문자 메시지가 도착했다.

[안녕하세요, 소장님. 남효은입니다.

별일 없이 잘 지내고 계시지요?

다름이 아니라 은랑도 수목타운 관련해서 여러 가지 구상을 해 보았습니다. 아이디어 스케치를 첨부해서 이메일을 보냈는데 확인 부탁드립니다. 소장님의 리조트 구상에도 도움이 되었으면 좋겠습니다. 일이 많이 바쁘실 텐데 흔쾌히 협업에 동의해 주셔서 감사합니다. 그럼 목요일에 뵙겠습니다. 건강에 유의하시고 좋은 하루 보내세요.

―남효은 드림―]

그는 메시지를 읽고 또 읽었다. 풋풋한 그 목소리가 들려오는 것 같아 저도 모르게 웃음이 났다. 왠지 밝은 태양 빛이 떠오르는 것 같은 그 목소리.

"소장님. 뭐 좋은 일 있으세요?"

건축 모형을 점검받으러 왔던 디자이너 윤수가 의아하게 물었다. 그제야 재신은 자신이 계속 웃고 있었다는 것을 깨달았다.

"아니. 좋은 일은 무슨. 모형이나 좀 보지."

"건축주가 지하 주차 시설을 포기하고, 1·2·3층에 주차 공간을 대량으로 확보하겠다고 해서 구조를 변경했습니다."

8층짜리 상가·오피스텔 건물이었다. 1·2·3층은 상가와 주차장으로 활용하고 4층부터 8층까지는 오피스텔로 사용하겠다는 게 건축주의 뜻이었다.

재신은 모형을 죽 살펴보고 손가락으로 한곳을 짚었다.

"전반적으로 괜찮은데, 3층 옥외 주차장에서 중앙의 엘리베이터실로 연결되는 부분이 매끄럽지가 못해. 동선이 너무 복잡하다고. 이 부분으로 연결하면 훨씬 빠를 것 같은데."

"아. 그렇군요. 바로 수정하겠습니다."

윤수는 고개를 끄덕이며 수긍했다. 하지만 바로 나가지 않고 그의 곁을 지키며 서 있었다. 호기심 어린 시선을 그의 팔에 고정한 채였다.

"그런데 소장님. 언제 큰 사고라도 나셨던 거예요?"

일과 상관없는 뜬금없는 말에 재신은 물끄러미 윤수를 쳐다보았다.

"사고는 왜."

"아. 팔꿈치에 큰 흉터가 있으셔서요. 보통으론 이렇게까지 깊은 흉터는 안 남을 것 같아서."

재신은 그제야 오래된 흉터가 생각나 걷어붙였던 소매를 풀어 내렸다.

"그냥 어릴 적에 생긴 흉터야."

번개 같은 모양을 이루는 N 자 형태의 흉터였다. 어릴 적 한두식이 휘두른 소주병이 깨어지면서 생긴 깊고 또렷한 흉터.

재신은 또다시 효은을 떠올렸다. 어릴 적 효은이 그것을 번개 흉터라고 불렀고, 해리포터 같다며 좋아했던 기억이 밀려들었기 때문이다.

윤수는 곧 자리로 돌아갔다. 하지만 재신은 한참 동안 효은의 문자 메시지를 들여다보며 생각에 잠겼다. 참으로 뜻밖의 일이었다. 귀찮은 일을 떠맡게 되었다는 처음의 생각과 달리, 목요일이 기다려졌다.

□ ◆ □

그날은 오후부터 비가 내렸다. 한창 물이 올랐던 벚꽃들이 빗물에 흩날려 바닥에 강을 이루고 있었다.

효은이 재신의 사무실을 찾은 건 늦은 저녁이었다. 일이 늦게 끝난 데다, 오래된 트럭이 말썽을 일으키는 바람에 도착하고 나니 8시가 훌쩍 넘어 있었다.

"늦었군요."

미팅 룸에서 마주한 남자의 첫마디는 그랬다. 무표정한 얼굴이었지만 특별히 타박하는 어투는 아니었다.

"네. 죄송합니다."

효은은 되도록 그의 시선을 마주치지 않으려 애쓰며 말했다. 괜스레 한승도가 떠오를 것 같아서였다.

"뭐, 죄송할 것까지는 없죠. 저녁은 먹었습니까."

"사무실에서 간단하게 때웠어요."

"안 먹었다는 얘기군요."

재신이 미간을 찌푸리며 말했다. 또다시 그가 저녁을 같이 먹자고 할 것 같아서 효은은 얼른 말했다.

"먼저 의논부터 하고 화분 관리를 하면 좋겠는데요. 혹시 제 메일

읽어 보셨어요?"

"읽어는 봤습니다. 그런데 내가 수목원 같은 곳은 영 젬병이라 감이 안 와서."

"네?"

"수목원을 가 본 적이 없어서 어떤 풍광인지 그림이 그려지지 않는다는 말입니다."

"아. 작은 식물원 같은 곳도 가 보신 적이 없으세요?"

"그다지 즐기지 않는 편이라."

정말이지 뜻밖의 상황에 효은은 어안이 벙벙해지고 말았다. 수목원이나 식물원을 단 한 번도 가 보지 않은 사람이 존재할 줄은 몰랐기 때문이다. 웰빙과 힐링의 시대에 이 사람은 어쩜 이렇게 삭막하게 살아온 걸까.

갑자기 닥쳐 버린 난감한 상황이었지만 효은은 침착하게 그에게 조언을 했다.

"그럼 수목원을 한번 다녀오시면 어떨까요. 천리포수목원이나 아침고요수목원 정도면 충분히 감을 잡으실 수 있을 텐데요. 아. 바다에 인접해 있는 곳이니 천리포수목원이 좋겠네요. 은랑도가 섬이니까 아무래도 비슷한 분위기를 느끼실 수 있을 것 같아요."

"천리포수목원."

"네. 1970년대에 개인 수목원으로 세워졌는데, 2009년도까지는 외부에 개방도 안 되었던 곳이에요. 설립자분이 나무를 아주 아끼셔서 관람객들 때문에 나무들이 훼손되는 걸 원치 않으셨던 거죠. 그런

만큼 정말이지 아름답고 잘 가꾸어진 나무들이 많아요. 세계의 아름다운 수목원으로 지정된 곳이기도 하고요."

"듣기만 해도 꽤 가치 있는 곳일 듯하군요."

그렇게 말하면서도 남자는 큰 흥미를 보이지 않는 듯했다. 워낙 바쁜 사람이니 그곳에 다녀올 짬을 내기조차 쉽지 않을 것이다. 그래서 조심스레 권해 보았다.

"혼자 가기 뭐하시면 제가 같이 가 드릴까요? 안내도 겸해서요."

"일정이 빠듯해서 아무래도 수목원 답사까지 다녀올 시간은 없을 듯한데."

"아……. 아무래도 그러시겠죠."

저도 모르게 실망스러운 목소리가 흘러나왔다.

이 사람이라면 그냥 디자인해도 충분히 근사한 건물을 설계해 낼 거란 믿음은 있었다. 그에 대한 인터뷰나 그가 설계했던 건물들의 사진을 찾아보면서 내내 감탄을 금치 못했었으니까.

하지만 은랑도의 리조트는 그냥 리조트가 아니라 수목타운의 일부인 리조트였다. 수목원을 아는 사람이 설계한 것과 모르는 사람이 설계한 것에는 분명한 차이가 존재할 터였다. 그것이 무엇이라고 콕 집어 말할 수는 없지만 말이다.

그런데 핸드폰으로 일정을 확인해 보던 그가 문득 말했다.

"이번 주 일요일, 혹시 시간이 어떻습니까. 주말이라 미안하긴 한데, 내가 그때밖에 시간이 안 나서."

"저는 무조건 괜찮아요."

효은은 반가운 마음에 재빨리 고개를 끄덕였다. 농원 일이 바쁘긴 했지만 이 일이 더욱 급하니 미룰 수 있는 건 최대한 미뤄야 했다.

"그러면 일요일에 수목원 답사를 함께 다녀오는 걸로 하죠. 아. 그리고."

그가 스케치북을 펼쳐 놓으며 말했다.

"네."

"파도를 닮은 리조트. 아이디어 스케치를 좀 해 봤습니다."

그가 몇 장을 펼쳐서 보여 주었다. 단일 건물이 파도처럼 굽이치는 형태인 것도 있었고, 여러 채가 파도처럼 엇갈려 가며 배치된 형태도 있었다. 모두가 감탄이 나올 만큼 독특하고 창의적인 형태를 하고 있었다.

"그런대로 괜찮다 싶긴 해요. 그런데 딱 이거다 싶은 느낌은 아직 없습니다."

"아. 네."

"아마도 수목원에 다녀오면 좀 더 명확해지겠죠. 모든 건물은 저마다 존재해야 할 이유와 목표가 있으니까요. 아직 내가 건물의 이야기를 못 듣고 있는 느낌이에요."

"아……. 그렇군요."

효은은 새삼 남자를 다시 보았다. 건물의 이야기를 듣는다. 그렇게는 생각해 보지 못했다. 눈앞의 남자는 건물을 그저 무기물의 객체가 아닌, 마치 생명을 가진 무언가처럼 이야기하고 있었다. 건축가들은 다 이런 건가. 눈앞의 남자가 그저 단순한 건축가가 아닌 특별한 예술가처럼 느껴지는 순간이었다.

둘은 스케치를 앞에 두고 얼마간 이야기를 나누었다. 그리고 다시 각자의 일로 흩어졌다.

효은이 화분 관리를 마치고 짐을 가지러 다시 미팅 룸으로 돌아왔을 때, 탁자엔 간단한 메모와 함께 도시락이 놓여 있었다. 그새 도시락을 주문해 둔 모양이었다.

「먹고 가요. 굶지 말고.」

제도용 글씨처럼 반듯한 필체가 그 남자의 성격을 꼭 닮아 있는 듯했다.

도시락은 그녀가 좋아하는 새우튀김과 돈가스가 곁들여진 거였다. 마치 그녀의 입맛을 잘 아는 사람이 주문해 준 것처럼.

효은은 도시락을 정말 맛있게 먹었다. 갑자기 자라나기 시작한 남자에 대한 호감이 점점 더 고개를 들고 있었다.

'……결혼할 사람은 있습니다.'

효은은 남자의 말을 떠올리며 쓸데없이 넘치는 호감을 꾹꾹 눌렀다. 한승도를 많이 닮았을 뿐 진짜 한승도는 아니라고 위안하면서.

준형의 선례가 있지 않았던가. 지금은 닮은 것처럼 보이지만 시간이 지날수록 아닌 것들이 더 선명히 드러날 터였다.

시간이 얼마나 더 지나야 한승도를 마음에서 떠나보낼 수 있을까. 그녀는 아마도 첫사랑 증후군을 앓고 있는 거였다. 그것도 아주 지독한.

□ ◆ □

그 마음을 알게 된 건 아마도 초등학교 5학년 때였을 것이다. 박태기꽃이 활짝 피었던 4월의 어느 화창한 날에.

그날 그녀는 학교에서 집으로 돌아가는 길이었고, 마침 한승도는 읍내의 슈퍼에서 나오는 길이었다. 손에는 아마도 소주 대여섯 병이 들었을 검정 비닐봉지가 들려 있었다.

그즈음 한승도는 하굣길에 늘 소주 몇 병씩을 사 가지고 돌아갔는데, 한씨 아저씨가 시킨 술심부름이었다. 동네에 가게가 없다 보니 한씨는 승도에게 학교에서 돌아오는 길에 늘 소주를 사 오라고 시키곤 했다. 미성년자에게 술을 판매하는 건 불법이었지만, 법보다 인정이 먼저인 시골이었고, 가게 주인과 한씨 아저씨가 잘 아는 사이라 가능한 일이었다.

그녀는 한승도를 보았지만 그즈음 늘 그랬던 것처럼 못 본 척 지나쳤다. 이유는 잘 모르겠지만 알은척을 하고 싶지 않았다. 한승도도 늘 모른 척 지나치곤 했는데, 그날만큼은 달랐다. 갑자기 소리를 지르며 그녀를 부르는 거였다.

'야, 남효은!'

그녀는 못 들은 척 걸음을 빨리했다.

그런데 끼익하는 소리와 함께 그의 자전거가 곧바로 코앞에 와서 섰다. 뭐라고 대답할 사이도 없이 갑작스러운 순간이었다. 그리고 그가 불쑥 교복 재킷을 벗어서 그녀에게 던져 주었다.

'너, 그거 허리에 둘러. 빨리!'

'왜?'

'일단 둘러! 얼른!'

영문도 모르고 의아하게 쳐다보고 있자니, 그가 짜증 가득한 얼굴로 재킷을 빼앗아 갔다. 그리고 직접 허리에 둘러서 빠르게 묶어 주었다.

'자전거 잘 잡고 있어.'

그 말과 함께 그는 소주병이 담겨 있던 검정 비닐봉지를 들고 다시 슈퍼로 향했다. 그리고 조금 있다 다시 나왔다.

'아!'

성큼성큼 다가온 그는 그녀를 쳐다보지도 않은 채 손에 든 비닐봉지를 내밀었다. 효은이 무슨 영문인가 하여 들여다보니, 검정 비닐봉지에 싸인 그것은 소주병이 아니었다.

한 달에 한 번 오는 그날에 사용한다는 그것. 날개가 달려 있는 그것이었다.

그때에야 그녀는 알아차렸다. 첫 생리가 그렇게 시작되었다는 걸. 아마도 옷 뒤에 피가 새어 묻었을 것이고, 그걸 한승도가 보았을 거라는 걸.

효은은 발개진 얼굴로 비닐봉지를 받아 들었다. 그리고 부리나케 슈퍼의 화장실로 뛰어 들어가 처리를 하고 나왔다.

한승도는 더 말하지 않았다. 그녀를 쳐다보지도 않은 채 자전거의 뒷좌석만 가리켰다.

효은은 창피한 마음에 그냥 그를 지나쳐 걸어가려고 했다. 하지만 한승도가 바로 손목을 잡았다.

'타. 그리고 집에까지 걸어갈 셈이야?'

그는 막무가내로 그녀를 자전거의 뒷자리에 태웠다. 그리고 속도를 내어 달리기 시작했다.

코앞에 닿아 있는 그의 등은 어릴 때와 많이 달라져 있었다. 그즈음 벌써 키가 180cm에 달했던 그는 믿음직스러운 어른처럼 보였다. 무엇이든 막아 줄 든든한 방패처럼 보이기도 했다.

효은은 새하얀 그의 교복 셔츠를 눈에 담고 또 담았다. 쿵쿵 뛰기 시작한 심장을 감추느라 말 한마디 하지 못했다.

그날 하늘은 더없이 파랬고, 봄 향기는 어느 때보다 짙었더랬다. 오후의 봄바람이 설레도록 불었고 풍경은 더할 나위 없이 아름다웠다.

그날 밤, 한승도의 집에서는 한바탕 난리가 났었다. 한승도가 술을 사 오지 않은 것 때문에 한 씨가 죽도록 그를 때렸기 때문이다. 듣다 못한 할아버지가 건너가 말리면서 일단락되었지만, 효은은 자신 때문에 그가 맞은 것이 못내 마음에 걸렸다. 가슴이 몹시 아렸다.

풋사랑은 그렇게 시작되었다. 그날 이후로 자나 깨나 한승도를 생각하느라 모든 것을 제쳐 두면서.

등교도 일부러 한승도가 나오는 시간에 맞추어 했고, 하교도 마찬가지였다. 인터넷을 검색해 음식을 만들어서는 일부러 남는 척 옆집에 갖다주기도 여러 번 했다. 가끔씩 한승도가 자전거를 태워 주는 날에는 하늘을 날아갈 듯 들뜨기도 했었다.

그렇게 봄, 여름, 가을이 흘렀다. 그해 여름 폭우에 개천이 불어나 건널 수 없었던 그때, 개천가에서 머뭇대는 그녀를 한승도가 업어서 건네주었던 것을 기억한다.

그리고 그 겨울, 한 씨와 승도가 사고를 당하면서 모든 것이 뒤바뀌어 버렸다. 빗길에 난 사고로 한 씨는 사경을 헤맸다. 중상을 입었던 승도는 어릴 적 집 나간 엄마가 다른 병원으로 데려갔다고 했다. 그 이후로 단 한 번도 보지 못했다.

그땐 어려서 몰랐지만 지나고 보니 사랑이었다. 그립고 그리워서 밥조차 제대로 먹지 못했다.

매년 4월이 되면 까닭 없이 눈물이 났다. 흐드러진 박태기꽃만 보면 그리워졌다. 한 달에 한 번 마법이 찾아올 때마다 늘 생각이 났다.

고백조차 해 보지 못한 풋사랑이었다. 채 영글기도 전에 끝나 버린 첫사랑이었다. 한승도는 그녀에게 그런 존재였다. 그래서 더욱 잊히지가 않았다.

5

수목원 답사를 나가기로 한 일요일 아침, 효은은 서둘러 새벽일을
마치고 외출 준비를 했다. 그런데 문제가 생기고 말았다. 간당간당하
게 움직이던 오래된 트럭이 결국 퍼지고 만 것이었다. 시동도 걸리지
않고 상태도 몹시 나빴다. 결국 긴급 서비스를 불러서 정비 공장으로
보냈으나 당장 차를 사용할 수는 없었다.

— 출발했습니까.

재신에게서 전화가 걸려 온 것은 그녀가 차를 공장으로 떠나보내
고 난 직후였다. 약속 장소에 그녀가 나타나지 않으니 전화를 건 모양
이었다.

"아뇨. 아직이에요. 아무래도 먼저 가셔야 할 것 같아요. 제 차가
고장 나서 급하게 대표님 차를 빌려야 하거든요."

— 차가 고장 났습니까.

"네. 아침에 갑자기 퍼지는 바람에……. 죄송해요."

효은은 기어들어 가는 목소리로 말했다. 수목원을 가자고 먼저 제안한 것은 그녀였는데 본의 아니게 일이 꼬여 버렸다.

남자는 침착하게 다시 물었다.

— 지금 어딥니까.

"집이에요. 대표님이 차를 가지고 오시는 데 한 시간 반 정도, 여기서 천리포까지 두 시간 반 정도 걸리니까 네 시간 후에 수목원에서 뵈면 될 것 같아요."

— 번거롭겠군요.

"아뇨. 번거롭긴요. 소장님께 불편을 드려서 죄송하죠."

효은은 미안한 마음에 발만 동동 굴렀다. 그런데 그가 갑작스러운 말을 해 왔다.

— 그냥 내가 데리러 가죠.

"네?"

— 함께 이동하면 되는데 굳이 민기 차를 빌릴 필요까진 없잖습니까.

뜻밖의 제안에 효은은 몹시 놀랐다. 까칠한 그 남자가 이런 말을 해 올 줄 몰랐기 때문이다.

"아뇨. 시골이라 여기까지 오시는 데 길도 나쁘고……."

— 주소나 불러 봐요. 시간 없으니까.

"네. 용화읍 용림리 산 7–3번지예요."

— 한 시간쯤 걸리겠군요. 쉬고 있어요.

남자는 금세 검색을 해 봤는지 간단하게 말했다. 그리고 바로 전화를 끊어 버렸다.

효은은 조금 얼떨떨한 기분이 되었다. 여기까지 올 일은 없을 거라던 그의 말이 문득 생각나 슬며시 쓴웃음이 일었다. 하지만 뜻밖에 보인 남자의 호의에 기분이 좋아지고 있었다.

세찬이, 돌찬이가 그녀의 기분을 알아차렸는지 꼬리를 흔들며 컹컹 짖었다. 아름다운 일요일 아침이었다.

도로를 빠르게 달려온 차가 시골길로 접어들자 재신은 속도를 줄였다. 다시는 찾지 않겠다고 맹세했던 용림리였다. 눈 감고도 알 수 있는 익숙한 길을 달리노라니 숱한 감회가 밀려들었다.

18년 만에 마주하는 용림리의 풍경은 거의가 그대로였다. 풀과 나무가 무성한 숲길이나 비가 올 때면 넘치기 일쑤였던 개천도 모두. 그런데 인가가 많이 줄어 있었다. 군데군데 무너진 집들도 보이는 것이, 곧 모두 헐리고 새로 개발이 진행될 모양이었다.

효은이 살고 있는 집은 마을의 가장 안쪽이었다. 산기슭에 가장 가까이 있는 집이라, 반은 경사진 언덕에 걸쳐 있는 곳이기도 했다. 봄이면 온갖 꽃나무가 우거지던 새벽농원이 있는 곳. 삭막한 유학 생활이 버거울 때면 꼬맹이의 얼굴과 함께 가끔 생각이 나던 곳. 그럴 때면 한두식의 얼굴이 같이 생각나 늘 기억을 묻어 버리곤 했었다.

컹컹— 컹컹컹—

농원으로 들어서기도 전에 들려온 개 짖는 소리에 그는 잠시 차를 멈췄다. 이전에는 개를 키우지 않았었는데. 농원 안쪽을 흘끗 보니, 건장한 체격의 진돗개 두 마리가 경계하듯 차를 향해 짖어 대고 있었다.

효은의 집으로 들어서기 전, 재신은 무의식중에 오래전 그가 살던 옆집을 먼저 살폈다. 늘 한두식의 소주병이 굴러다니던 허름한 시골집, 하루가 멀다 하고 매타작이 이어지던 잊고 싶은 집. 슬레이트 지붕의 낡은 집은 이제 무너지기 일보 직전이었다. 잡풀이 무성하게 자란 것으로 보아 사람이 살지 않은 지 꽤 된 것 같았다.

"오셨어요, 소장님."

차가 농원으로 들어서자, 효은이 반가운 얼굴로 현관문을 열고 나오며 그를 맞았다. 효은의 집도 기억과 조금 달라져 있었다. 낡았던 곳을 군데군데 보수하고 증축을 한 모양이었다.

"준비는 다 됐습니까."

그는 차창 밖으로 얼굴을 내밀고 물었다. 배낭을 짊어진 효은이 얼른 차로 다가왔다.

"네. 여기까지 오시게 해서 죄송해요. 차라도 한잔 드릴까요?"

"아니, 됐습니다. 바로 출발하죠."

재신은 빨리 이곳을 떠나고 싶은 마음에 효은을 채근했다. 벌써 해묵은 기억들이 밀려들고 있었다. 농원에 흐드러지게 피어난 박태기꽃이 더욱 그런 기억들을 부추겼다.

어릴 적 꼬맹이는 독이 있는 박태기꽃을 한 움큼씩 따 먹고 몇 번이나 배앓이를 했었다. 이북이 고향인 농원 할아버지는 박태기나무를 이북식으로 구슬꽃나무라 부르곤 했다. 꽃이 지면 피어나는 심장 모양의 잎에선 사과 향기가 났다. 그리고……

"얼른 출발해요. 수목원이 제법 커서 세세히 둘러보려면 시간이 꽤 걸릴 거거든요."

효은이 자연스레 조수석에 앉으며 경쾌하게 말했다. 그 모습에 생각이 바로 끊겼다.

안전벨트를 매며 싱긋 웃는 그 모습에 자꾸 눈길이 간다. 밀려드는 샴푸 향기에 정신이 산란해지고 있었다. 뒷좌석에 앉으라고 말하려다가 그만두었다. 효은이 가까이에 있는 것이 좋았기 때문이다.

"소장님이 와 주셔서 정말 다행이에요. 차 때문에 정말 걱정이 많았거든요."

효은이 한시름 덜었다는 듯 유쾌하게 웃었다.

"그렇습니까."

재신은 무표정하게 대꾸하고 차를 출발시켰다.

그립고 정들었던 효은의 집, 할아버지의 손때가 잔뜩 묻은 낡은 새벽농원의 간판, 어릴 적 추억이 가득한 60년 된 박태기나무. 눈에 밟히는 모든 것들을 뒤로한 채 용림리를 떠났다. 다시는 이곳을 찾지 않으리라 다짐하면서.

□ ◆ □

천리포수목원의 첫인상은 그리 특별할 것이 없어 보였다. 매표소나 입구는 그저 일반 화원 정도의 느낌이었기 때문이다. 하지만 나무가 울창하게 우거진 산책로를 따라 걷다가 커다란 호수가 나타나자, 그 방대한 규모와 아름다운 풍광에 놀라지 않을 수 없었다. 울창한 숲 너머로 바다가 눈앞에 펼쳐졌을 땐 마치 숨은 비경이라도 발견한 것처럼 숨이 탁 트이는 기분이었다.

"천리포수목원은 외국인이 세운 곳이에요. 1950년대에 미군 장교로 한국에 왔는데, 한국을 너무 사랑해서 한국인으로 귀화까지 한 분이죠. 본래 이름이 칼 페리스 밀러. 한국식 이름이 민병갈이에요."

효은은 부지런히 걸으며 정성 어린 설명을 늘어놓았다. 나무를 사랑하는 할아버지 밑에서 자란 손녀답게 수목원에 대한 애정이 철철 넘치는 목소리였다.

배경처럼 들려오는 바닷바람의 소리, 바람에 스치는 솔잎 소리, 잔잔한 파도 소리와 더불어 효은의 목소리는 마치 음악처럼 들렸다.

"그분이 1970년대에 한 시골 농부의 부탁으로 천리포 일대의 땅을 샀는데, 본래는 되게 척박한 땅이었대요. 농사도 짓기 힘든 그런 땅이요. 그 황무지에 나무를 심고 꽃을 심어서 오랫동안 가꾸고 가꾼 끝에, 지금의 수목원이 되었다네요. 국내 최다 수종을 보유한 식물원이기도 하죠."

"그렇습니까."

"네. 처음엔 심는 족족 나무들이 다 죽어 나갔대요. 바닷바람이 너무 세고 땅의 염분도 높은 모래땅이라 나무들이 적응을 하지 못한 거죠. 그래서 나무들이 정붙이고 살게 하려고 온갖 노력을 다 기울이셨다나 봐요."

의외의 이야기에 그는 조금 놀랐다. 나무란 것이 심으면 심는 대로 다 웬만큼 자라는 것이 아니었던가. 그 정도로 척박한 땅에 수목원을 만든 집념 자체가 무모하면서도 대단하게 생각되었다.

조곤조곤 이야기를 이어 나가는 효은의 지식에도 감탄이 흘러나왔다. 이곳을 한두 번 와 본 것 같지 않아 보였기 때문이다.

그 외에도 효은은 여러 가지 나무들에 대한 이야기를 끊임없이 해 주었다. 계절마다 색깔이 변한다는 삼색참죽나무 이야기, 민병갈 선생이 발견했다는 토종 호랑가시나무인 완도호랑가시 이야기, 목련에 대한 애정과 특별한 식물들의 이야기 등등.

"저기 가시가 뾰족뾰족 돋아난 나무 있잖아요. 걔는 가시주엽나무라는 이름을 가지고 있는데, 낙타가 그 나뭇잎을 매우 좋아한대요. 그래서 낙타로부터 자신을 보호하기 위해서 가시를 만들어 내는데요. 재미있는 건 가시가 나무 전체가 아닌 낙타의 키가 자라는 위치까지만 돋아난다고 해요. 자연의 섭리가 참 오묘하죠."

그런데 어느 순간부터 그는 설명을 듣고 있지 않았다. 효은의 목소리만을 듣고 있었다. 나무들도 보고 있지 않았다. 효은의 얼굴만을 보고 있었다.

그 사실을 깨닫기 무섭게 그는 얼굴을 굳혔다. 꼬맹이에 대한 관심이라기엔 도를 넘어가고 있는 듯한 기분이 들었기 때문이다.

"소장님?"

"……네."

"그러니까 우리 수목원도 여기처럼 바다와 어우러진 장점을 크게 부각시키면 좋겠다고요."

"그렇겠죠."

재신은 무표정하게 대꾸하며 그녀에게서 두어 걸음 떨어져 걸었다.

하지만 설명을 듣다 보면 이내 거리는 가까워져 있었고, 어느새 또 효은만을 바라보고 있었다.

그것은 어릴 적 그때와 비슷했다. 꼬맹이의 울음이 그냥 넘겨지지 않았고, 난처한 모습을 두고 볼 수 없었던 그때와 별반 다르지 않은 듯했다. 그 시절 효은은 그에게 그런 존재였으니까.

세상 유일하게 그의 도움이 필요한 존재, 그에게 살아갈 가치가 있음을 알게 해 주는 존재. 그때의 꼬맹이는 분명 그랬다.

"이제 수목원에 대해서 감이 좀 오세요?"

효은이 묻고 있었다. 재신은 차근히 고개를 끄덕였다.

"덕분에."

"다행이네요. 도움이 된 것 같아서요."

효은이 흩날리는 머리를 넘기며 환하게 웃었다. 싱그러운 바닷바람이 불었고 솔잎이 쏴아 소리를 냈다. 또다시 향긋한 샴푸 냄새가 밀려들었다.

그 순간 주위의 공기가 변한 듯했다. 재신은 잠시 숨을 죽였다. 그리운 추억을 떠올리게 하던 꼬맹이가 일순 여자로 보였다. 그것도 아주 매력 가득한.

그는 숨을 고르며 주먹을 한 번 쥐었다 폈다. 저 멀리 갈매기가 끼룩 소리를 내며 날았다. 봄을 머금은 바닷바람이 또다시 가슴을 헤집고 갔다. 단 한 번도 설레 본 적 없는 심장이 쿵쿵 소리를 내며 제 존재를 드러내고 있었다.

□ ◆ □

둘은 수목원에서 멀지 않은 식당에서 늦은 점심을 했다. 바다가 내려다보이는 작은 한식당이었다. 불고기정식과 산채비빔밥을 시켜 놓고서 이전처럼 말없이 식사를 했다.

식당은 전망이 아주 좋아서, 커다란 통유리 너머로 서해 바다가 시원하게 펼쳐져 있었다. 쾌청한 하늘에 흰 구름이 두둥실 흘러가고 그 아래 푸른 바다가 넘실거렸다. 물이 조금 빠져나간 천리포의 끝자락 풍경은 그야말로 평화로워 보였다.

"그런데 소장님은 어떻게 건축가가 되셨어요?"

바다를 쳐다보다 눈을 돌리던 재신과 눈길이 마주치자, 효은은 문득 생각나서 물었다. 조용한 침묵이 어색하기도 하고, 이제는 시선을 피하는 것도 답답해져서였다. 한눈에도 건축가란 직업이 딱 어울리는 남자였지만 또 다른 이유가 있을지 궁금하기도 했다.

"그냥. 새집이 좋아서 시작했죠. 내가 살아 보고 싶은 집을 내 손으로 지어 보려고."

재신의 대답은 단순했다. 그래서 괜스레 더 호감이 생겼다. 효은은 빙그레 웃으며 다시 물었다.

"그래서 지으셨어요? 살아 보고 싶은 집이요."

"내 집은 아직 못 지었습니다."

"아이러니한 일이군요."

"그러게 말입니다."

재신은 그렇게 말하며 반찬으로 나온 부추전을 효은의 앞으로 밀어 주었다. 그녀의 젓가락이 계속 그쪽으로 향하는 걸 눈치챈 모양이었다.

효은도 메추리알장조림을 그의 앞쪽으로 밀어 놓았다. 왠지 그가 그것을 좋아할 것 같았기 때문이다. 한승도가 좋아하던 음식이었다.

"효은 씨는 어떻습니까. 조경가가 된 것에 만족해요?"

재신이 메추리알을 하나 집으며 물었다.

그는 우아한 젓가락질로 단번에 메추리알을 잘 집었다. 한승도는 꼭 숟가락으로 퍼먹었는데.

그 하나의 차이가 은근한 실망으로 다가와서 효은은 그의 젓가락을 아쉽게 쳐다보았다.

"다른 일은 생각해 본 적이 없어서 잘 모르겠어요. 어릴 적부터 보고 자란 게 다 그런 거였으니까요. 농원 하시는 할아버지 따라서 나무 관리하는 데도 많이 가 보고요."

"할아버지를 매우 잘 따랐나 봅니다."

"아기 때 부모님이 돌아가셔서 내내 할아버지 손에서 컸으니까요. 제겐 둘도 없는 분이죠."

"요양원에 들어가셨다니 많이 안타깝겠습니다."

"네. 몸이 불편해지셔서 간병이 필요한 상황이었거든요. 그래서 어쩔 수 없이……."

효은이 간병인을 두고서 농원에서 모시겠다고 했을 때 할아버지는 아주 펄쩍펄쩍 뛰었었다. 할애비 똥 기저귀나 갈라고 너를 그리 애지중지 키웠는지 아냐며. 그리고 이장님을 통해 바로 요양원을 알아봐서 그길로 들어가 버리셨다.

이후에는 면회를 가서 뵈는 게 전부였다. 그나마도 농원 일이 바빠서 쉽사리 시간을 내기가 힘들었다. 그립고 그리운 할아버지였지만, 이렇게밖에 하지 못하는 게 늘 마음에 걸려 있었다.

"그럼 농원 일과 회사 일을 병행하는 겁니까?"

재신이 묻고 있었다. 평소처럼 무심한 얼굴이었지만 눈빛에 뭔지 모를 미미한 안타까움이 담겨 있었다. 나름은 걱정해 주는 걸까.

"네. 할아버지는 농원을 얼른 정리하라고 하시는데, 말이 쉽지 그게 어떻게 되겠냐고요. 할아버지가 수십 년씩 키운 나무들이 태반인데 헐값에 넘겨 버릴 수도 없고요."

효은은 고개를 끄덕이며 상황을 말해 주었다. 힘든 상황이긴 했지만 그녀는 할아버지의 농원을 몹시 사랑했다. 할아버지의 애정이 가득한 나무들을 아무에게나 넘겨주고 싶지도 않았다.

"아무래도 그렇겠죠."

재신은 이해한다는 듯 고개를 끄덕이며 메추리알을 하나 더 집었다. 이번엔 숟가락이었다. 꼭 한승도처럼 안에서 밖으로 밀듯이 메추리알을 떠냈다.

효은은 무심결에 남자를 뚫어져라 쳐다보고 말았다. 어떻게 눈매가 닮아도 이렇게까지 닮을 수 있을까. 숟가락질마저 비슷한 것은 대체 어떤 이론으로 설명이 가능한 걸까.

호감이 지나쳐 병이 되어 가고 있는 것 같았다. 부풀어 오르는 그리움에 가슴이 터질 것만 같았다. 그에게서 자꾸만 한승도를 떠올리는 스스로가 정말이지 못나고 어리석게 느껴졌다.

"······효은 씨?"

"······네?"

그가 뭔가를 물었던 것 같아서 효은은 얼른 대답했다. 하지만 무얼 물었던 건지 알 수 없었다.

"농원을 제대로 값 쳐주고 사겠다는 곳이 있으면 팔 거냐고 물었습니다."

그가 무심히 그녀를 쳐다보며 말했다. 무슨 딴생각을 했는지 궁금해하는 듯도 했다.

"아······. 아무래도 못 팔 것 같아요. 어린 시절 추억이 다 거기 있거든요. 다른 데서 산다는 건 생각도 해 본 적이 없고요."

효은은 쓰게 웃으며 그렇게 대답했다.

정말이지 그랬다. 할아버지와의 추억도, 한승도와의 추억도 모두 그곳에 있었다. 그리고 언젠가 한 번쯤은 한승도가 찾아와 주지 않을까 그런 생각도 있었다. 매일같이 그런 생각으로 기다렸어도 18년간 아무런 소용이 없었지만.

"그렇군요."

고개를 끄덕이는 그의 얼굴에 아련함이 스쳐 갔다. 어떤 의미의 아련함인지는 알 수 없었다.

둘은 또다시 말없이 식사를 계속했다. 하지만 효은은 그 침묵이 더는 불편하지 않았다. 남자에게 묻고 싶은 것만 가득해졌다. 아주 이상한 일이었다.

돌아오는 차에서 효은은 깜빡 잠이 들었다. 새벽부터 농원 일을 한데다, 아침부터 차가 고장 나는 바람에 신경을 많이 썼던 까닭이었다. 눈을 떠 보니 차는 벌써 파주를 지나고 있었고, 몸에는 재신의 것이 분명한 겉옷이 반듯하게 덮여져 있었다.

"아. 제가 깜빡 잠이 들었나 봐요."

놓쳐 버린 시간들이 아쉬워서 효은은 안타깝게 말했다. 혼자 잠이 들어 버린 것이 미안하기도 했다.

"그러게요. 많이 피곤했나 봅니다."

남자는 대수롭지 않게 대꾸했다. 조금 열린 차창으로 바람이 불어들었고, 그는 나른한 오후의 햇살을 받으며 유유히 핸들을 잡고 있었다.

그 모습에서 갑자기 자전거를 태워 주던 한승도의 등이 떠오른 건 왜였을까.

그 순간 물어보아야겠다는 생각이 불쑥 들었다. 앞뒤 가리지 않고 무턱대고 찾아든 생각이었다.

"그런데요. 소장님. 여쭤볼 게 있는데……."

"예. 뭡니까."

"친척 중에 혹시 한씨 성을 가진 사람이 없으세요? 이종사촌이라든가, 고종사촌이라든가."

뜬금없이 들릴 듯한 질문을 덥석 뱉어 놓고 효은은 숨을 꿀꺽 삼켰다. 혹시나 뭐라도 관련 있다는 답이 들려올지도 모른다고 기대하면서.

"없습니다."

하지만 남자의 대답은 단호했고 실망스러웠다.

"그러면 혹시 한승도라는 이름은 들어 본 적 없으세요?"

"……없습니다."

당연한 일일 터였다. 서울에서 김 서방 찾기도 아니고.

효은은 무턱대고 질문한 것을 후회하고 말았다. 분명 어처구니없고 터무니없는 질문으로 들렸을 테니까.

"그 사람이 누군데 내게 묻는 겁니까?"

시골길로 접어들며 그가 다시 물었다. 효은은 무어라 답할 말이 없어 솔직히 털어놓고 말았다.

"소장님과 많이 닮은 사람이에요."

"어디가 그렇게 닮았죠?"

"눈매도, 입매도, 까칠한 성격도, 글씨도, 그림 잘 그리는 것도, 심지어 메추리알을 좋아하는 것까지……."

말로 요약하고 보니, 정말이지 닮은 곳이 수없이 많았다. 서로 다른 사람이 어떻게 이렇게까지 닮을 수 있을까 싶을 정도로.

"나 같은 사람이 또 있다니 우습게 들리는군요. 한번 만나 보고 싶기도 하고."

남자의 말은 다소 시니컬하게 들렸다. 몹시도 닮았다는 그녀의 말에 기분이 조금 상한 것 같기도 했다. 하긴, 남과 닮았다는 말이 그리 좋게 들리지는 않았을 터였다.

"그냥 혹시나 해서 여쭤본 거예요. 아, 성은 바뀌었을지도 몰라요. 어머니한테로 갔다고 했으니까 어머니 성으로요."

"어떻든 나는 모르는 사람입니다. 나랑 그 정도로 닮은 사람은 본 적도 없고."

"역시 그렇겠죠."

효은은 실망을 감추지 못하고 깊이 한숨을 내쉬고 말았다. 괜히 물어봤다는 생각만 가득해졌다. 얼마나 이상하게 보였을까.

불편한 침묵이 잠시 흘렀다. 그러는 동안 차는 용림리를 달려서 금세 집에 도착했다. 세찬이 돌찬이가 컹컹 소리를 내며 농원으로 들어서는 차를 반갑게 맞이했다.

"오늘 정말 감사했습니다."

효은은 차에서 내리며 고개를 꾸벅 숙였다. 괜한 질문으로 남자와의 사이에 벽을 만들어 버린 것 같아 후회가 되기도 했다.

"아니요. 잘 안내해 줘서 내가 고마웠습니다."

남자의 대답은 정중했지만 차갑게 느껴졌다. 조금은 친근하게 느껴졌던 분위기가 다시 원래대로 싸늘하게 돌아간 느낌이었다.

"아, 혹시 허브티 좋아하세요?"

안절부절못하던 효은은 남자의 차가 출발하기 전에 얼른 물었다. 갑자기 냉랭해져 버린 분위기를 어떻게든 돌려 보고 싶었기 때문이었다.

"아니요. 좋아하지 않습니다."

하지만 남자는 딱 잘라서 말했다. 곧 차를 출발시킬 눈치였다. 효은은 이렇게 불편하게 헤어지고 싶지 않아서 조금 더 우겨 보았다.

"그래도 직원들 중에 좋아하는 분들이 계실 텐데, 조금 드릴게요. 제가 애지중지 키운 허브들이거든요. 완전 유기농에 정성만 먹고 자란 애들이라고요. 잠깐만 기다리세요."

그녀는 남자의 대답을 듣지도 않고 안으로 뛰었다. 그리고 허브티를 담은 병 몇 개를 챙겨서 서둘러 종이 백에 곱게 담았다.

밖으로 나가 보니, 다행히 남자는 차를 출발시키지 않고 있었다. 마뜩잖은 얼굴로 쳐다보는 그를 슬쩍 바라보고는 조수석의 문을 열어 종이 백을 슬며시 올려 두었다.

"그럼 조심해서 가세요."

"그러죠. 그럼 목요일에 봅시다."

남자는 의례적인 인사를 남기고 차창을 닫았다. 그리고 바로 차를 출발시켰다.

효은은 남자의 차가 멀어져 가는 것을 지켜보다 한숨을 길게 내쉬며 바닥에 털썩 주저앉았다. 긴장으로 숨이 터져 나가는 기분이었다.

이유를 알지 못하는 세찬이 돌찬이가 꼬리를 흔들며 그녀의 주위를 맴맴 돌았다. 그녀의 마음을 달래 주려는지 힘내라는 얼굴로 컹컹 짖었다. 그래도 기분은 나아지지 않았다. 후회가 막심한 오후였다.

□ ◆ □

　재신은 조수석에 올려진 종이 백을 바라보며 얼굴을 굳혔다. 효은의 호의가 부담으로 다가와서였다. 느슨해진 마음이 꼬맹이에게 곁을 주었고, 결국 그를 알아보게 만들고 말았다. 일로 만나는 거야 어쩔 수 없지만, 더는 가까이해선 안 될 것 같았다.

　하지만 그런 객관적인 상황과는 상관없이 심장이 거칠게 뛰어 대고 있었다. 효은이 그의 모든 것을 기억하고 있었고 그리워하고 있었다. 그 얼굴, 표정에서 다 드러나고 있었다. 그 사실이 은연중에 그를 기쁘게 했다.

　뚜르르르—

　갑자기 핸드폰 벨 소리가 들린 것은 차가 용림리를 다 빠져나와서였다. 조수석 부근에서 들려온 그 벨 소리는 그의 것이 아니었다. 아마도 효은이 핸드폰을 흘리고 내린 모양이었다.

　그는 갓길에 차를 세우고 조수석 아래에서 핸드폰을 찾아 들었다. 벨은 그때까지도 계속 울리고 있었다.

　[준형]

　남자의 이름으로 생각되는 글자가 핸드폰 액정에 떠다니고 있었다. 그 순간 왠지 모르게 기분이 씁쓸해졌다. 효은에게 남자가 있으리란 생각을 왜 하지 못하고 있었을까. 어쩌면 남자 친구가 아닐 수도 있었다. 동료일 수도 있고 그저 아는 사이인 사람일 수도 있었다. 하지만 그런 가정을 하고 있는 스스로가 못내 한심해졌다.

재신은 핸드폰을 포켓에 넣고서 차의 시동을 걸었다. 그리고 다시 차를 돌려 용림리로 향했다. 효은에게 핸드폰을 돌려주고 가야 마음이 편할 것 같았기 때문이다.

그가 다시 시골길로 접어들었을 무렵, 날렵한 스포츠카 한 대가 빠르게 그의 차를 추월해 갔다. 비좁은 시골길에서 마치 곡예 하듯 달려가는 차의 모습에 저도 모르게 눈살이 찌푸려졌다.

그런데 스포츠카는 내내 그의 앞을 빠르게 달렸다. 용주산 기슭의 깊숙한 곳, 용림리의 끝자락에 다가갈 때까지도. 그곳에 아직 사람이 살고 있는 집이라고는 꼭 한 집, 효은의 집밖에 없었다. 갑자기 기분이 크게 가라앉았다. 묘한 경계심이 찾아들고 있었다.

□ ◆ □

효은은 세찬이의 머리를 쓰다듬다 깜짝 놀라 벌떡 일어서고 말았다. 바람에 나부끼는 농원의 간판 너머로 빨간 스포츠카 한 대가 격렬히 속도를 내며 들어서고 있었기 때문이다. 눈에 익히 익은 스포츠카였다.

"준형아."

효은은 차에서 내리는 준형을 난감한 얼굴로 맞았다. 동철에게 애기는 들었지만, 정말로 여기까지 찾아오리라고는 생각지 못했다. 반가운 손님이 아님을 알아차린 듯, 세찬이 돌찬이가 험한 얼굴로 짖고 있었다.

"잘 지냈어?"

준형이 예전과는 조금 다른 어투로 물었다. 오만함과 자신만만함이 가득했던 그때와 달리, 3년이 지난 지금은 한결 부드럽고 누그러진 목소리였다.

"나야 늘 잘 지내지. 여기까진 웬일이야?"

효은은 여상하게 인사를 건넸다. 손님이 찾아왔으니 응당 안으로 들어가자고 해야겠지만 준형에겐 내키지 않는 일이었다. 연락도 없이 이렇게 불쑥 찾아온 것이 달갑지가 않았다.

"너 보러 왔지. 나 변호사 시험 붙었어."

"응. 동철이한테 얘기 들었어. 축하해."

효은은 웃지도 않고 인사를 건넸고, 준형은 쑥스럽게 고개를 끄덕이며 그 인사를 받았다.

준형을 다시 보자니, 새삼 그가 승도와 전혀 닮지 않았다는 것이 확연히 드러났다. 그때는 왜 닮았다고 생각했을까. 까칠한 말투며 날카로운 눈매가 비슷하게 느껴졌었다. 하지만 재신을 보고 나니 확연히 알 것 같았다. 정말 한승도와 닮은 게 어떤 인상인지, 어떤 말투고 어떤 성격인지를.

"그래서 말인데, 남효은 너도 나를 못 잊고 있는 것 같아서. 동철이 얘기도 그렇고."

한참 준형을 살피고 있자니, 문득 그가 말해 왔다. 엉뚱한 이야기에 효은은 눈을 동그랗게 뜨고 말았다.

"응?"

"다시 시작해 보면 어떨까 해."

"무슨 소리야? 내가 너를 못 잊다니?"

말도 안 되는 소리에 효은은 기막힌 얼굴을 하고 말았다. 하지만 준형은 전혀 개의치 않고 할 말을 했다.

"3년이 지난 지금까지도 사귀는 남자가 없잖아. 남자 사귄 것도 내가 처음이었고."

"나는 다 잊었거든. 딱히 너라서 사귄 것도 아니었거든."

효은은 딱 잘라서 확실히 말해 주었다. 준형이 뭔가 착각을 하고 있는 것 같았기 때문이다. 하지만 준형은 그녀의 말에 고개를 저었다. 짠하다는 얼굴로 그녀를 바라보며 우울하게 말을 덧붙였다.

"너 자존심 상한 거 잘 알아. 그게 다 내 잘못이라는 것도."

"그렇게 잘 알면 찾아오지 말았어야지. 다 끝난 사이잖아."

"미워하는 것도 감정이 남았다는 증거 아니야?"

마음이 상했는지 준형의 목소리가 다소 까칠해졌다. 날카로운 눈매로 노려보는 모습이 금방이라도 그녀를 어떻게 할 것만 같았다.

효은은 그가 오해 없이 제대로 알아듣도록 또박또박 말해 주었다.

"나 너 미워한 적 없어. 그저 내가 생각한 사람이 아니어서 실망했을 뿐이지."

"네가 생각한 그 사람이 어떤 사람인데?"

준형은 물러설 생각이 없어 보였다. 턱끝을 치켜올리며 시비조로 다시 물었다. 효은은 그런 그를 똑바로 마주 보며 또렷하게 말해 주었다.

"있어. 내 첫사랑. 닮은 줄 알았는데 생각해 보니까 하나도 안 닮았더라고."

준형이 말도 안 된다는 듯 얼굴을 험악하게 찌푸렸다. 마음이 몹시 상한 눈치였다.

"그런 얘긴 한 적 없잖아."

"그건 미안하게 생각해. 나도 처음엔 그래서 너한테 호감이 생겼는지 몰랐어. 나중에 알고 보니 그랬더라고."

그 말이 그의 심기를 건드렸는지 준형의 눈에서 불꽃이 튀었다. 그가 날카로운 눈을 하며 효은을 벽으로 밀쳤다. 경계하듯 컹컹 짖는 세찬이의 밥그릇을 발로 차며 목소리를 높였다.

"야, 남효은! 너 그걸 말이라고 해? 너 진짜. 사람을 뭘로 보고……."

컹컹— 컹컹컹—

그 순간 개들이 더욱 요란하게 짖기 시작했다. 인근에서 차 소리도 들렸다. 누가 오고 있는 모양이었다.

그리고 금세 은빛의 세단 한 대가 마당으로 들어와 섰다. 재신의 차였다.

"소장님!"

효은은 반가운 마음에 얼른 차 앞으로 뛰어가 섰다. 조금 전에 좋지 않게 헤어졌던 그였기에 더욱 반가움이 컸다.

"핸드폰을 두고 내려서."

그는 차에서 내리지도 않은 채 차창만 열고 핸드폰을 건네주었다.

"아. 제가 깜빡 잊고 내렸나 봐요. 감사합니다."

효은은 활짝 웃으며 핸드폰을 받았다. 그러다 그의 시선이 준형에게 닿아 있는 것을 발견하고 저도 모르게 변명 아닌 변명을 하고 말았다.

"대학 시절 친구예요. 곧 갈 거예요."

"그렇습니까."

재신은 별 관심 없다는 듯 무심히 대꾸했다. 하지만 바로 차를 돌려 나갈 거라고 생각했던 것과 달리 그 자리에 그대로 있었다.

효은은 다행이라고 생각하며 준형을 외면한 채 그에게 계속 말을 걸었다. 일이 바쁜 척이라도 해야 준형이 얼른 이곳을 떠날 것 같았기 때문이다.

"아. 저 그동안 수목원 구상 더 해 놓은 게 있는데, 괜찮으시면 들어가서 보고 가실래요? 아까 말씀드리려고 했는데 말씀을 못 드려서요."

효은은 무슨 말을 늘어놓고 있는지도 모른 채 주절주절 이야기를 꺼냈다. 당연히 재신이 거절할 거라 생각했던 것은 물론이었다.

"그러죠. 잠깐이라면."

그래서 그의 입에서 긍정의 답이 나오자 놀란 것은 오히려 그녀였다.

재신은 솜씨 좋게 차를 움직여 농원의 한쪽에 주차시키고, 그대로 내려서 차에 기대어 섰다. 차 키를 빙빙 돌리며 준형을 바라보고 있었다.

"준형아, 보다시피 나 일이 좀 급하거든. 할 얘기 더 있으면 나중에 전화로 얘기해."

효은은 준형에게 얼른 떠나 달라는 눈치를 주며 말했다. 하지만 준형은 꿈쩍도 하지 않았다. 아이가 고집을 부리듯 오만하게 버티고 선 채로 유유히 말했다.

"잠깐이면 끝날 일 같은데, 여기서 기다릴게. 네 첫사랑 얘기는 듣고 가야지. 안 그럼 너무 억울하잖아?"

"옆집 오빠야. 오래전에 이사 간. 이제 됐어?"

효은은 한숨을 내쉬며 솔직히 말해 주었다.

"얼마나 대단한 첫사랑이었기에 지금까지 못 잊어?"

"너는 죽었다 깨나도 몰라, 그 마음. 그러니까 이만 가."

그래, 세상이 오로지 자기 중심으로 도는 준형은 죽었다 깨나도 모를 마음이었다. 그런 준형을 한승도와 닮았다고 생각했던 것 자체가 크나큰 모순이었다.

"이름이 뭔데?"

"한승도."

준형은 이름까지 듣고 나자 얼굴을 험악하게 굳혔다. 그리고 재신의 얼굴을 한 번 더 훑어본 다음 자신의 스포츠카에 올랐다.

"전화할게."

그 말을 끝으로 준형의 차가 떠났다. 부연 먼지를 일으키며 농원을 빠져나갔다.

효은은 저도 모르게 가슴을 쓸어내렸다. 잔뜩 긴장했던 마음이 풀

리자 그 자리에 주저앉을 뻔했다. 재신이 지금 이곳에 있어서 다행이
란 생각뿐이었다.

"나도 이만 가죠."

문득 차에 기대어 있던 재신이 빙긋 웃으며 말했다.

"네? 제 아이디어 스케치 보고 가시려는 것 아니었어요?"

"그냥. 도움이 필요한 것 같아서."

"아……. 차라도 한잔하고 가세요. 운전하느라 많이 피곤하실 텐
데."

"그럽시다, 그럼. 온 김에 스케치도 보고 가도록 하죠."

재신이 성큼 걸음을 옮겨 현관문 쪽으로 향했다. 마치 잘 아는 곳
에 온 듯 자연스러운 걸음이었다.

효은도 얼른 뒤를 따랐다. 무럭무럭 자라나는 그에 대한 호감에 가
슴이 두근두근 방망이질을 치고 있었다.

재신은 천천히 집 안으로 걸음을 옮겼다. 18년 만에 들어와 본 효
은의 집 안은 예전과 많이 달라져 있었다. 하지만 거실 벽에 걸린 족
자와 할아버지가 아끼던 수석들만큼은 모두 그대로였다.

재신은 충동적으로 집 안으로 들어온 것을 잠시 후회했다. 오래전
추억들이 물밀듯이 밀려들었기 때문이다.

한두식이 술에 취해 심하게 매타작을 할 때면, 보다 못한 할아버지
가 집으로 데려와 자주 재워 주었었다. 할머니가 살아 계실 적에는 이
집에서 밥도 많이 얻어먹었다.

늦은 밤, 꼬맹이가 혼자 있게 될 때면 할아버지는 그에게 꼬맹이를 재워 달라 부탁을 하기도 했었다. 그렇게 울며 보채던 효은을 여러 번 재워 주기도 했었다.

늘 따뜻한 온기가 넘치던 옆집이 부러웠다. 아마도 그가 그의 집을 지었더라면 조금쯤은 효은의 집을 닮은 집을 지었을 것이다. 채광이 좋은 할아버지의 방, 울보 꼬맹이가 잠들기 좋은 방을 염두에 두어서.

하지만 지금은 할아버지가 계실 때와 조금 달랐다. 외딴 산기슭에 홀로 자리한 이 집은 젊은 여자 혼자 살기에는 너무도 위험해 보였다. 만약에 강도가 들거나 나쁜 마음을 먹은 사람들이 찾아들기라도 한다면…….

"뭘 좋아하실지 몰라서 다 가져와 봤어요. 커피, 녹차, 보이차, 허브티요."

그가 거실을 둘러보고 있자니 효은이 차를 담은 쟁반을 내왔다. 이것저것 공들여 담아 온 티가 나는 것이, 어릴 적의 효은이 생각났다. 틈만 나면 이런저런 음식을 만들어서 그의 집으로 갖다줬었다. 그리고 그가 다 먹을 때까지 지켜보다가 접시를 다시 가져가곤 했었다.

그는 효은이 해 주는 음식들을 무척이나 좋아했었다. 어렴풋하지만 그때 그 맛을 기억할 수 있을 정도로. 효은의 음식은 모두 달았다. 김치볶음밥에도 설탕을 넣어 무척이나 달콤했었고, 떡볶이에도 물엿을 듬뿍 넣어 달콤했었다. 아마도 12살짜리의 요리가 가진 한계였을 것이다. 하지만 객관적인 맛있음과는 거리가 있었을지 몰라도 그 모든 음식들이 그는 좋았었다.

"로즈마리로 하죠."

재신은 쟁반을 한참 들여다보다 효은이 공들여 키웠을 허브 중의 하나를 골랐다.

곧 효은이 차를 우려 건네주었고, 그는 기꺼운 마음으로 허브 향을 음미했다. 직접 재배해 말린 거라 그런지 향이 풍부하고 짙었다.

"그런데 아까 그 사람, 무슨 관계입니까. 단순히 대학 친구는 아닌 것 같아 보이던데."

그는 아까부터 궁금했던 것을 넌지시 물어보았다.

효은은 멋쩍은 얼굴로 순순히 답을 주었다.

"아. 전 남친이에요. 다시 사귀자고 하는데 저는 그런 마음이 아니어서 조금 난감하던 차였어요."

전 남친. 달갑지 않은 그 명칭이 귀에 밟혔다. 효은의 취향이 그런 쪽이었다니 의외라 생각되기도 했다. 첫인상만으로 판단하기는 좀 그렇지만, 남자는 오만하고 자기중심적인 데다 철딱서니 없는 스타일로 보였기 때문이다.

"첫사랑 얘기는 뭡니까."

"제가 예전에 첫사랑을 닮아서 좋아했던 거라고 그랬더니, 꼭 그 얘기를 듣겠다지 뭐예요."

"그래서. 그 한승도란 사람이 그 남자를 닮은 겁니까?"

재신은 기막힌 마음에 대놓고 물어보고 말았다. 효은이 기억하는 그의 모습이 그런 스타일이었다고 생각하니 기분이 몹시 별로였기 때문이다.

"아뇨. 전혀요. 눈매가 비슷하다고 생각했는데 그냥 착각이었죠. 너무 보고 싶으니까 그런 착각도 막 생겨나더라고요."

효은이 씁쓸하게 웃으며 말했다.

조금은 쳐져 보이는 그 어깨가 안쓰러워 다독여 주고 싶은 마음마저 들었다. 상황이 이렇지만 않다면 말해 주고도 싶었다. 내가 한승도라고. 네가 그토록 그리워하는 한승도가 여기 있다고.

하지만 재신은 다른 말을 꺼냈다.

"나한테도 닮았다고 한 것 같은데."

"맞아요. 소장님은 정말 많이 닮으셨어요. 어른 버전 한승도가 꼭 소장님 같지 않을까 싶을 정도로요."

"착각일 겁니다. 역시 첫사랑이 만들어 낸 환상 같은 거겠죠."

재신은 그렇게 못을 박았다. 더는 효은이 그와 한승도를 엮어서 생각하길 바라지 않았다. 한승도는 효은의 추억 속에나 살아 있는 존재일 뿐 현재의 권재신은 아니었으니까.

"……네. 어쩌면 그럴지도 모르죠."

효은은 그다지 동의하지 않는 눈치였지만 씁쓸하게 고개를 끄덕였다. 그리고 새로 구상했다는 아이디어 스케치를 가져와서 그의 앞에 펼쳐 놓았다.

재신은 묵묵히 그녀의 스케치를 살폈다. 주인을 닮아 경쾌하고 아기자기한 느낌의 스케치는 보는 것만으로도 눈을 즐겁게 했다. 다채로운 아이디어들이 살아 숨 쉬는 수목원의 구상 또한 쏠쏠한 재미를 주었다.

그런데 아까 그 둘의 대화를 듣던 순간 심장이 부풀어 터질 듯하던 그 느낌은 무엇이었을까.

'얼마나 대단한 첫사랑이었기에 지금까지 못 잊어?'

'너는 죽었다 깨나도 몰라, 그 마음. 그러니까 이만 가.'

18년이 흐르도록 잊지 못하는 효은의 첫사랑, 그가 바로 그 자신이었다.

뜻 모를 환희가 밀려들어 가슴이 크게 벅차올랐다. 동시에 거대한 유리 조각 하나가 심장에 박힌 듯 어딘가가 크게 아렸다.

거짓과 위선으로 점철된 나를 알고도 너는 그렇게 근사한 첫사랑으로 나를 기억할까.

그녀의 첫사랑이라는 기쁨과 그녀를 속일 수밖에 없는 상황의 모순이 가슴을 짓누르며 크게 충돌하고 있었다.

6

공장으로 들어간 트럭은 목요일이 되어도 수리가 끝나지 않았다. 수리는커녕 비용이 막대하게 들어가니 차라리 새 차로 교체하는 게 나을 거라는 충고만 들었을 뿐이다.

하지만 효은은 차를 수리하는 쪽을 택했다. 할아버지의 손때가 묻은 귀한 트럭을 낡았다고 해서 헌신짝처럼 내팽개쳐 버리고 싶지 않았기 때문이다.

대중교통을 이용하려니 출근 시간이 두 배나 걸려서 효은은 아예 회사에서 먹고 자고를 하던 참이었다. 그런데 목요일 밤이 애매했다. 주 4일 근무라 금요일은 출근을 하지 않는다. 그래서 목요일 밤에는 집에 들어가야 하는데, 재신의 회사까지 들렀다 가려면 파주 부근에서 대중교통이 끊기기 때문이었다. 뭐, 택시를 타면 되겠지.

어떻든 맡은 일은 해야 했으므로 효은은 화분 관리 용품과 스케치 북을 싸 들고서 택시를 이용해 재신의 회사로 갔다. 그리고 부지런히 화분의 관리부터 했다.

외부 미팅을 나갔다던 재신은 9시가 넘어서야 사무실로 돌아왔다. 화분 관리가 끝나고도 한참이 지난 시간이었다. 덕분에 효은은 한참을 미팅 룸에 앉아서 그를 기다려야 했다.

"늦어서 미안합니다."

지친 얼굴로 미팅 룸으로 들어선 재신은 바쁘게 재킷을 벗으며 사과부터 해 왔다.

"아녜요. 저녁은 드셨어요?"

"먹었습니다. 효은 씨는요."

"저도 먹었어요."

재신은 고개를 끄덕이며 탁자에 앉았다. 분초를 다투며 바쁘게 사는 듯한 남자는 숨 돌릴 사이도 없이 스케치북을 펼쳐 보이며 바로 이야기를 시작했다.

"리조트 구상안 스케치를 다시 해 봤습니다."

"네."

그에게 좀 쉬었다가 이야기하자고 말하고 싶었지만 효은은 그러지 못했다. 이야기가 빨리 마무리되어야 그가 쉴 수 있을 것 같았기 때문이다.

"파도가 모여서 꽃이 되는 형태예요. 어떻습니까."

재신의 설명은 간략하고 추상적이었다. 그래서 바로 이해가 되지 않았다. 하지만 그가 스케치를 펼친 순간 그게 무슨 뜻인지 한눈에 들어왔다.

스케치북엔 파도의 조각을 형상화한 아름다운 건물 다섯 개가 그려져 있었다. 그리고 각각의 파도 조각은 또한 꽃잎의 조각도 되었다. 그러니까 파도 모양을 한 다섯 개의 꽃잎이 원형으로 모여서 꽃을 이루는 형태를 하고 있는 것이었다. 중앙엔 원형의 유리온실을 설치해 암술 수술이 있는 중심부를 대신하는 구조였다.

"와. 정말이지 엄청난데요."

효은은 놀라운 형상화에 박수를 치며 감탄을 보냈다. 그 의미에 있어서도, 디자인적으로도 굉장한 작품이 나올 것 같았기 때문이다.

파도가 모여서 꽃이 된다.

은랑도의 수목원을 설명하는 데 있어서 그보다 더 훌륭한 형상화는 있을 것 같지 않았다.

그는 세부적인 사항들에 대해서도 상세히 설명해 주었다. 설명을 들으면 들을수록 그가 얼마나 이 건물에 애정을 쏟아붓고 있는지 잘 알 수 있었다. 건물의 조형미는 물론 담긴 의미도 아주 각별하게 느껴졌다.

효은도 그동안 구체화시킨 수목원의 스케치를 펼쳐 놓고 한참이나 그와 의견을 주고받았다. 얼마나 열띠게 이야기를 했는지 의논이 끝나고 나니 벌써 11시가 넘어 있었다.

일이 모두 끝나자 그녀는 시간을 확인하며 서둘러 짐을 챙겨 나갔다. 그런데 다른 때와 달리, 그녀가 나가는 길에 재신도 같이 따라나섰다.

퇴근을 하려는 모양이었다.

"트럭은 고쳤습니까."

엘리베이터를 같이 타고 내려가며 문득 그가 물었다.

"아뇨, 아직."

그녀의 대답에 그가 의아한 듯 한쪽 눈썹을 치켜올렸다.

"그럼 집에는 어떻게 갑니까."

"택시 타고 가는데요."

잠시 침묵이 흐른 끝에 그가 다시 말했다.

"……바래다주죠."

"네?"

"어차피 우리 집이 그쪽 방향입니다. 가는 길에 바래다주겠다고요."

그의 말뜻은 잘 알았지만 조금 이상했다. 그녀의 집은 파주를 지나서도 더 북쪽이었다. 아무리 그의 집이 멀다 해도 그런 곳이 집에 가는 도중일 리 없었기 때문이다.

"댁이 어디신데요."

"성북동."

"그럼 한참 전이잖아요. 가는 길에 바래다주시는 게 아니라 일부러 한 시간이나 더 위로 올라가셔야 하는 거라고요."

"오늘 오래 기다리게 한 데 대한 보답이라고 해 두죠."

재신은 단호하게 잘라 말했다. 꼭 바래다주겠다는 어투였다.

"아녜요. 그냥 택시 타고 갈게요."

과한 친절에 효은은 고개를 저었다. 가뜩이나 피곤해 보이는 사람한테 그렇게까지 도움을 받고 싶지 않았다.

"내가 바래다주겠다잖습니까."

남자는 물러서지 않았다. 엘리베이터에서 내리기 무섭게 그녀의 배낭을 빼앗아 들며 주차장으로 향했다.

"너무 친절하신 것 아니에요?"

"내가 친절합니까."

"아주요."

남자는 말도 안 된다는 듯 피식 웃었다. 그리고 피로한 얼굴로 말해 왔다.

"일단 차는 타요. 그럼 오늘만 친절할 테니까."

결국 그가 이겼다. 효은은 못 이기는 척 그의 차를 타고 말았다.

사실은 그와 함께 있는 것이 좋았다. 바래다주는 것이 싫을 리 없었다. 하지만 저도 모르게 계속 그에게로 기우는 마음이 두려웠다.

강남에서 용림리까지는 차로 한 시간 반. 자정에 가까워 막히지도 않는 도로 위에서 차는 조용히 달렸다. 음악도 틀지 않은 고요한 차 안에서 둘은 간간이 일 얘기만 주고받았다. 효은은 이런저런 얘기를 할 때마다 웃음을 지었고, 재신은 룸미러로 그 얼굴을 곁눈질하며 눈을 떼지 못했다.

재신은 효은을 집에 내려 주고서도 바로 차를 출발시키지 못했다. 개들이 계속 짖었지만 상관없었다. 어두컴컴한 집에 불이 켜지는 것을 지켜보고 한참이 지나서야 다시 시동을 걸었다.

이 마음이 대체 무엇일까. 어린 시절 추억에 대한 그리움은 분명 아니었다. 그 시절을 함께해 주었던 작은 꼬맹이에 대한 배려라고 보기도 힘들었다. 그 마음의 정체를 그는 분명 알고 있었다. 그저 심장이 끌리는 여자에 대한 막연한 집착이었다. 마음이 복잡하기 그지없었다.

□ ◆ □

목요일은 또다시 어김없이 다가왔다. 그날도 재신은 효은과 미팅 룸에 마주 앉아 있었다. 그녀의 눈빛, 손길 하나하나에서 눈을 떼지 못했다.

효은에 대한 마음은 갈수록 깊어져서 이제는 무얼 어찌할 수 없는 지경에 이르고 있었다. 분초를 아껴서 일에 집중해도 모자랄 시기이건만 효은에게 온통 정신이 팔려서 무슨 얘기가 오가고 있는지도 제대로 알 수 없었다. 그저 길게 이어지는 효은의 설명을 들으며 간간이 간단한 대꾸만 할 뿐이었다.

"그러니까 이쪽을 전통 정원으로 하고, 이쪽을 야생 화원으로 구성하겠다는 겁니까."

"네. 그 편이 훨씬 조화롭게 보일 것 같아서요. 리조트를 나서면 바로 야생화들이 눈에 들어오니까 숙박객들에게도 좋을 것 같고요."

"그렇군요."

"수목원 출입구는 침엽수원으로 시작해서 습지원으로 이어지는 구조예요. 울창한 숲을 보다가 탁 트인 습지를 보게 되면 시야가 환해질 테니까 극적 효과를 노려 보는 거죠."

"괜찮은 생각입니다."

그렇게 그가 효은의 설명을 한참이나 듣고 있을 때였다.

"그런데 소장님, 그거 혹시 뭐예요?"

스케치를 펼쳐 놓고 한참을 이야기하던 효은이 그의 팔을 가리키며 문득 물었다. 의아함을 한껏 담은 얼굴이었다.

"무얼 말입니까."

그는 스케치에 시선을 고정한 채 무심히 대꾸했다. 효은의 향기가 자꾸만 코끝을 스쳐서 도무지 생각이란 것을 제대로 할 수 없었다.

효은이 갑자기 벌떡 일어선 것은 그 순간이었다. 무언가를 발견한 듯 그의 팔을 낚아채며 비명 같은 탄성을 내질렀다.

"흉터요! 이 흉터."

그제야 그는 아차 싶어 서둘러 셔츠의 소매를 내렸다. 일에 열중하느라 걷었던 소매를 내리는 것을 잊어버린 것이 화근이었다. 효은이 팔꿈치의 흉터를 발견한 모양이었다. 혹시나 싶어 조심해 오긴 했지만, 18년이 지난 지금까지도 그것을 기억하고 있을 줄은 알지 못했다.

"번개 모양의 흉터요. 해리포터 같은."

효은은 황망한 눈길로 그를 쳐다보며 탁자를 돌아 그에게로 다가왔다. 반드시 확인을 해야겠다는 듯 단호한 걸음걸이였다. 그녀는 그의 팔을 재빨리 붙든 채 그가 내렸던 소매를 다시금 홱 걷어 올렸다.

"이, 이거…… 진짜 뭐예요? 왜…… 이게 소장님 팔꿈치에…….'"

효은의 얼굴에 충격이 크게 스쳐 갔다. 분명하게 알아차린 것 같았다.

"별거 아닌 흉터입니다."

재신은 딱딱하게 얼굴을 굳히며 소매를 내려 버렸다. 하지만 효은도 물러서지 않았다. 떨리는 눈으로 그를 쏘아보며 말없이 해명을 요구했다.

"맞죠? 맞는 거죠? 내가 찾는 그 사람이…… 맞는 거죠?"

재신은 무어라 할 말을 찾지 못했다. 눈 딱 감고 잡아떼기에는 이미 효은에게 너무 많은 것을 보여 버렸다.

"왜 거짓말했어요? 한승도가 아니라고. 왜! 나한테까지 왜!"

"……."

"말 좀 해 봐요. 아니면 아니라고, 맞으면 맞다고 말 좀 해 보라고요!"

재신은 결국 눈을 질끈 감아 버렸다. 계속해서 몰아붙이는 효은에게 더 이상 사실을 숨길 수도 없었다.

"……맞아, 한승도."

효은의 눈가에 눈물이 글썽이고 있었다. 배신감을 가득 느낀 듯 우아한 곡선을 그리는 어깨가 가느다랗게 떨리고 있었다.

"왜 거짓말했어요?"

"말할 수 없는 사정이 있어서."

재신은 무겁게 대답했다. 떨리는 그녀의 어깨를 안아 주고 싶었지만 그러지 못했다. 지금의 효은은 절대 가까이해서는 안 될 여자였으니까.

"내가 알아보지 못했다면, 끝까지 숨길 생각이었어요?"

"……그래."

효은은 그대로 스케치북을 덮었다. 이내 가방을 둘러메고 자리에서 벌떡 일어났다. 몹시도 화가 난 눈치였다.

재신은 그녀의 팔을 잡았다. 하지만 무얼 더 어찌하진 못했다.

"……바래다줄게."

"됐어요!"

"바래다준다니까."

그는 끝까지 고집을 부리며 자리를 박차고 나가는 효은을 부리나케 따라나섰다. 효은의 트럭이 오늘도 공장에서 나오지 못했다는 사실을 알고 있었다.

차는 조용히 달렸다. 둘 모두 특별히 할 말을 찾지 못했다. 둘 사이에 감도는 팽팽한 긴장과 상관없이, 자정에 가까운 밤 풍경은 부드럽고 평화로웠다. 차창 밖으로 하얀 봄꽃들이 스쳐 지나고 주황의 가로등 불빛이 빠르게 멀어져 갔다.

"화가 많이 났나?"

차가 파주로 접어들 무렵, 내내 침묵을 지키던 재신이 무겁게 물었다.

"네. 아주 많이요."

가시 돋친 효은의 대답에 그가 나직이 한숨을 내쉬었다. 그리고 무표정한 얼굴로 다시 물었다.

"한승도가 대체 네게 무엇이기에."

"말했잖아요, 첫사랑. 아주 그리운 첫사랑."

효은은 들으라는 듯 또박또박 그에게 말을 뱉었다. 그의 앞에서 그토록 여러 번 얘기했건만 그는 끝까지 잡아뗐었다. 얼마나 바보같이 보였을까. 얼마나 우스웠을까.

"그래서. 한승도를 만나면 대체 무얼 하고 싶었는데."

"글쎄요. 예전엔 아마도 연애를 하고 싶었겠죠. 그 사람도 저를 좋아했다면요."

한마디도 하고 싶지 않다는 결심과 달리, 입에선 말이 줄줄 흘러나왔다. 솔직한 속마음이었다. 만나서 연애를 하고 싶은 마음이 없었다면 그게 어디 첫사랑이겠는가.

"지금은 어떤데."

"고백이라도 해 보겠죠. 이만큼이나 좋아했다고. 늘 보고 싶었다고. 기다렸다고."

효은은 남 얘기 하듯 말을 뱉었다. 눈앞의 남자가 마치 한승도가 아니라는 듯이.

"그리고 또."

"영화쯤은 같이 보자고 할 것 같아요. 그리고 사귀자고 한 번쯤 말은 꺼내 보겠죠. 싫다고 하면 어쩔 수 없지만."

"그렇군. 영화."

재신은 무얼 생각하는지 말을 곱씹었다. 하지만 뭐 상관없었다. 효은은 그저 생각나는 대로 말을 이었다.

"네. 한 번도 같이 못 봤잖아요. 그땐 너무 어려서."

"만약에 따로 만나는 사람이 있다고 한다면?"

"그래도 한 번은 밀어붙여 볼 것 같아요. 연애란 건 언제든 깨질수 있는 거니까. 다음 타자가 여기 있으니 혹시라도 깨지거든 나중에라도 돌아봐 달라고."

아마도 따뜻하게 흘러드는 봄바람 때문이었을 것이다. 그런 말을 거침없이 이 남자에게 털어놓을 수 있었던 것은.

그만큼 그녀는 한승도가 그리웠고 보고 싶었다. 어느 날 갑자기 그가 사라졌을 때, 그녀는 생의 커다란 보호벽을 송두리째 빼앗긴 기분이었다. 울면 나타나 주지 않을까 하는 어이없는 마음으로 죽도록 울어 대기도 했었다. 아니, 가만히 있어도 매일같이 눈물이 났다. 그립고 그리워서 죽을 것만 같았다.

"시한부로 만나 보는 건 어떻게 생각해?"

차가 시골길로 접어들고 있었다. 갑작스레 들려온 남자의 질문에 효은은 멍한 얼굴을 하고 말았다.

"네?"

"두 달이든, 세 달이든 첫사랑의 환상이 깨지지 않을 만큼만 만나보는 건."

재신의 말에 효은은 잠시 고민해 보았다. 아니, 고민할 것도 없었다. 단 하루, 아니 일주일이라도 한승도와 함께할 수 있다면 뭐든 좋을 것 같았다.

"……그것도 나쁘지 않겠죠. 한승도라면. 미련 없이 보내 줄 수 있을 정도로요."

효은은 결국 그렇게 대답을 했다. 남자는 잠시 침묵을 지켰다. 어둠 속에서 비쳐 드는 희미한 가로등 불빛이 준수한 그 얼굴을 유려하게 비추고 갔다.

"내가 그렇게 하겠다고 하면 어떻게 할래?"

차가 집 앞에 도착할 무렵 그가 고저 없이 물었다. 효은은 무슨 말 뜻인지 알 수 없어서 눈만 동그랗게 뜨고 말았다.

"네? 무슨……."

"첫사랑 그거, 내가 해 줄 수 있다는 말이야. 최소한 두 달 정도는."

속을 알 수 없는 남자의 답은 간결하고 깔끔했다. 밥 한 끼 같이 먹자는 말처럼 여상하게 들리기도 했다.

컹컹— 컹컹컹—

차창 밖에서 세찬이 돌찬이가 요란하게 짖어 대고 있었다. 하지만 효은은 내릴 생각도 하지 못한 채, 남자의 얼굴만 뚫어져라 바라보았다. 심장이 격하게 요동을 치고 있었다.

재신은 스스로 말을 꺼내 놓고도 몹시 긴장했다. 그런 말을 입 밖으로 낼 생각은 없었다. 그는 충동적으로 행동하는 사람이 아니었고, 효은에게 정체를 드러낼 생각도 없었으니까.

그런데 효은의 고백을 듣는 순간 마음이 크게 흔들려 버렸다. 첫사랑이든 무엇이든 그녀에게 무언가가 되어 주고 싶었다.

무엇 하나 마음에 들지 않았다. 효은이 이렇게 외딴곳에 혼자 살고 있다는 것도, 여전히 그를 잊지 못해 그리워하고 있다는 것도.

무어라도 해 주고 싶었다. 무엇이든 되어 주고 싶었다. 그래서 저도 모르게 터져 나온 말이었다. 그답지 않게, 앞뒤 생각할 겨를도 없이.

"소장님이 저한테…… 왜요?"

한참이나 놀란 얼굴로 쳐다보던 효은이 가라앉은 목소리로 물었다. 믿을 수 없다는 듯 눈을 동그랗게 뜬 채였다.

"내가 효은이 너한테 관심이 있으니까."

"그런데 왜 시한부예요?"

"……결혼을 하게 될지도 모르겠으니까."

"지금 장난하는 거죠."

"그런 건 아니야."

재신은 속으로 이를 악물었다. 만약에 결혼이란 것이 걸려 있지 않았다면 어땠을까. 보다 더 온전하게, 보다 더 당당하게 효은에게 손을 내밀 수 있지 않았을까. 시한부라는 어쭙잖은 단어를 덧붙일 필요도 없이.

효은은 한참이나 그를 쳐다보았다. 그리고 나직한 목소리로 또박또박 말해 왔다.

"내가 소장님한테 관심이 있는 건 맞아요. 한승도니까. 하지만 그런 식은 싫어요. 정혼자도 있는데."

효은의 얼굴이 크게 어두워져 있었다. 꺼내지 않느니만 못한 얘기를 꺼내고 만 듯한 분위기였다.

하지만 재신은 물러서고 싶지 않았다. 결혼 이야기가 나온 이상, 그에게 주어진 시간은 고작해야 서너 달일 테니까. 그 후에는 손을 내밀고 싶어도 내밀 수가 없을 테니까.

그는 얼굴을 굳혔다. 그리고 내내 충돌하던 모순 속에서 결단을 내리고 말았다. 말을 꺼내는 건 어렵지 않았다. 다만 후회하지 않기를 바랄 뿐이었다.

"……내 결혼이 만약에 정략이라면?"

"네?"

"피치 못할 사정이 있어서 이름도 바꾸고 살아간다면?"

효은은 충격으로 가득한 눈을 한 채 아무런 말도 하지 못했다. 그 모습이 눈에 밟혀 더욱 가슴이 아렸다.

"그냥 가정이야. 선택은 효은이 네 몫으로 남겨 두지. 내게 주어진 기간은 길어야 석 달일 거야."

재신은 그렇게 말하며 여전히 충격에 빠져 있는 효은의 안전벨트를 풀어 주었다. 얼굴은 아무렇지도 않은 듯 태연을 가장하면서.

효은은 고개를 꾸벅 숙이고 천천히 차에서 내렸다. 하얗게 질린 얼굴로 말 한마디 없었다.

여전히 개들이 컹컹 소리를 내며 짖고 있었다. 재신은 무거운 마음을 추스르며 차를 움직여 효은의 집을 빠져나왔다.

후회하고 싶지 않았다. 그러지 않기를 간절히 바랐다. 자정을 넘긴 새벽바람이 차갑게 불어 들고 있었다.

□ ◆ □

"남 실장, 너 어디 아픈 거 아니야?"

걱정스러운 민기의 목소리에 효은은 작업을 멈추고 멍하니 고개를 들었다. 민기가 뭔가 미심쩍다는 듯 그녀의 이마에 손을 대어 보고 있었다.

"아뇨, 아픈 데 없는데요."

효은은 얼른 말하며 작업하던 파일로 시선을 돌렸다. 서너 개의 스케치를 다듬어 평면도를 그려 가고 있던 중이었다.

"근데 요 며칠 얼굴이 왜 그래? 웃지도 않고 아주 죽상을 하고서는."

"그냥 생각이 많아서요."

"무슨 생각? 공모전이 불안해?"

"아뇨, 그런 게 아니라……."

정혼자가 있는데 따로 만나 보자는 남자를 어떻게 생각하세요, 하는 물음이 입 밖으로 나올 뻔했다.

"아무것도 아니에요. 농원 일 때문에 좀 심란해서요."

"아무래도 그렇겠지. 공모전은 너무 부담 갖지 말고 해. 워낙 쟁쟁한 업체들이 맞붙었잖아. 3등만 해도 상금이 5천만 원이나 되고."

"네."

속 모르는 민기는 사람 좋은 얼굴로 그녀의 어깨를 토닥여 주었다. 그리고 비타민 음료 한 병을 안겨 주고 금세 다른 직원에게로 옮겨 갔다.

하지만 효은은 작업에 제대로 집중하지 못했다. 머릿속이 못내 복잡했다. 권재신이 정말로 한승도라니. 그가 결혼을 앞두고 그녀에게 그런 식의 만남을 제안했다니. 모든 것이 뒤죽박죽이라 정리도 다 되지 않았다.

그동안 그의 앞에서 했던 무수한 말들이 모두 후회로 다가왔다. 그럼에도 그에게 기운 마음들이 하나도 사라지지 않는다는 사실이 더욱 곤혹스러웠다. 아니, 오히려 그의 말들에 심장은 더욱 들떠 요란하게 쿵쿵댔다.

사실은 한 달이든 두 달이든 좋았다. 가벼운 만남이든 무거운 만남이든 좋았다. 그와 함께 이야기하고 걸어 다녔던 모든 시간들이 좋았으니까. 한승도와 함께 영화를 보고 식사를 하고 수목원도 가는 게 내내 꿈꾸었던 일들이었으니까.

하지만 그는 결혼 상대가 있는 남자였다. 그래서 이젠 뭐가 뭔지 알 수 없게 되어 버렸다.

뚜르르르—

한참 머리를 감싸 쥐고 있을 때 핸드폰이 울렸다. 준형의 전화였다.

효은은 전화를 받지 않았다. 그럼에도 전화는 몇 번이고 다시 걸려 왔다. 그녀가 받을 때까지 계속 걸어 댈 기세였다.

"어. 준형아."

전화가 다섯 번째 다시 걸려 왔을 때 결국 효은은 전화를 받고 말았다.

— 영화 시사회 표 구했는데.

예전에도 그랬듯 준형은 앞뒤 다 자르고 본론부터 말해 왔다.

"그래서?"

— 금요일인데, 민기 형한테 물어보니까 너 금요일은 출근 안 한다면서.

"농원 일이 바빠. 그래서 민기 선배가 편의를 봐주는 거고."

효은은 짜증스럽게 대답했다. 준형이 얼른 전화를 끊기를 바라면서. 하지만 눈치 없는 준형은 전혀 그럴 생각이 없는 것 같았다.

— 바람도 좀 쐬면서 일해야 능률이 오르지. 저녁때 데리러 갈게.

"바쁘다니까."

— 그럼 예쁘게 차려입고 기다려. 금요일에 보자고.

"나 시간 없어서 안—"

전화는 그대로 뚝 끊겼다. 준형은 예전과 다름없이 여전히 막무가내였다. 처음엔 그런 것조차 카리스마라고 생각했었다. 한승도도 조금은 막무가내인 면이 있었으니까.

하지만 재신을 만나고서야 알았다. 승도의 막무가내엔 모두 그녀에 대한 배려가 짙게 포함되어 있었다는 걸. 준형과 같은 마음은 단한 점도 없었다는 걸.

그러고 보니 내일이 목요일이었다. 그 남자의 얼굴을 어떻게 보지.

효은은 한숨을 길게 내쉬며 작업하던 연필을 빙빙 돌렸다. 그조차한승도를 흉내 내며 연습한 거라는 사실에 새삼 한숨이 흘러나왔다.

□ ◆ □

목요일, 재신은 일찍 외부 미팅을 마치고 들어와 효은을 기다렸다. 일주일 내내 효은은 메일도, 전화도 한 통이 없었다. 그 일주일을 그는 암흑처럼 보냈다. 효은이 무슨 생각을 하고 있는 건지 알 수 없으니 마음이 점점 초조하고 착잡해졌다.

효은이 사무실로 들어선 건 7시가 지나서였다. 화분 관리를 위한 용품을 담은 커다란 가방을 짊어지고서.

그녀는 그를 향해 고개를 꾸벅 숙인 채 사무실의 화분들을 관리하는 데만 열중했다. 그리고 한참이 지나서야 그가 기다리고 있는 미팅룸의 문을 열고 들어섰다. 몹시 피로해 보이는 얼굴이었다.

"일전의 스케치로 평면도를 일부 그려 봤어요."

효은은 바로 종이를 펼쳐 보이며 업무 이야기로 들어갔다. 그에게는 일절 시선을 주지 않은 채였다. 재신도 말없이 평면도를 살폈다. 그녀에게 괜한 부담을 주고 싶지 않아서였다.

"위치들이 조금씩 바뀌었군."

"네. 공간을 좀 더 넓게 잡았어요. 산책로를 늘리느라고요. 외부 산책로를 따라 데크를 설치했으면 합니다."

효은은 평면도에 거의 얼굴을 묻다시피 하며 말했다. 그와 절대 시선을 마주치고 싶지 않은 듯했다. 그 모습이 우습기도 하고 안타깝기도 해서 재신은 쓴웃음을 터뜨리고 말았다.

"이봐, 남효은 씨. 내가 뭐 잡아먹기라도 하나? 왜 그렇게 시선을 피해?"

"그냥. 소장님 얼굴 보기가 부담스러워서요."

효은이 여전히 얼굴을 숙인 채 대꾸했다.

"나한테 관심은 있다면서."

"그러니까 더 문제죠. 관심도 있고, 한승도인 데다 친절하기까지 하시니까요."

"그게 무슨 소리야?"

의아하게 묻는 그의 말에 효은은 그제야 고개를 들었다. 그의 눈을 조심스레 맞춰 오며 답을 해 왔다.

"넘어갈까 봐 조심하는 중이란 뜻이에요. 임자 있는 남자랑 따로 만나고 하는 취미는 없으니까요."

"좋아, 그럼. 그건 내가 경솔했다고 사과하지. 효은 씨 첫사랑을 찾아 주고 싶은 마음에 너무 앞서 나갔어."

"네. 너무 나가셨어요."

굳은 얼굴로 대꾸하는 효은이 설렐 만큼 사랑스러웠다. 재신은 그런 마음을 속으로 묻으며 무표정하게 물었다.

"그럼 영화나 한 편 보는 건 어때? 승도와 영화는 꼭 보고 싶었다면서."

효은은 잠시 고민하는 듯했다. 그리고 이내 고개를 끄덕였다.

"……뭐 그 정도라면 좋아요."

"말 나온 김에 날짜를 잡자. 언제가 좋겠어?"

재신은 핸드폰을 열어 스케줄을 살폈다. 꽉 찬 일정에서 날짜를 비우기가 쉽지 않았다. 그동안 개인 시간이라고는 거의 가지지 않고 살아온 그였기에 당연한 일이었다.

"아. 내일 저녁에 혹시 시간 되세요?"

문득 효은이 손뼉을 탁 치며 물었다. 까만 눈에 이채가 서리는 것이 뭔가 재미있는 일이라도 있는 모양이었다.

재신은 그 모습에 심장이 두근거리는 것을 느끼며 가만히 고개를 끄덕였다.

"없더라도 내야지. 내가 한 제안인데. 무슨 영화를 좋아해?"

"공포 영화 빼고는 다 좋아해요."

"좋아, 그럼. 같이 볼만한 걸로 예매해 볼게. 파주에서 보면 될까?"

"네. 좋아요."

효은의 얼굴에 웃음이 돌고 있었다. 어쩌면 처음부터 이렇게 제안을 해야 했는지도 몰랐다.

"그런데 소장님 얼굴 좀 자세히 들여다봐도 될까요?"

한창 스케줄을 조정하고 있는데 효은이 문득 물었다. 그 눈에 서린 것은 아련한 그리움 같은 거였다. 아마도 그가 아닌 한승도에 대한 그리움일 터였다.

재신은 저도 모르게 얼굴을 굳혔다. 어쩌면 그의 깊은 곳에는 어릴 적 추억 속의 한승도가 아닌, 현재의 권재신으로 그녀에게 인정받고픈 마음이 자리하고 있는지도 몰랐다.

"마음대로 하시길."

그의 말이 떨어지기 무섭게, 효은의 얼굴이 코앞으로 바짝 다가왔다. 까만 눈동자가 바쁘게 움직이며 그의 얼굴을 살피기 시작했다.

아주 가까운 거리였다. 효은만이 지닌 과일 향 같은 향기와 함께, 동그랗게 예쁜 이마와 가느다란 목선이 도드라지게 눈에 들어올 만큼.

"눈매랑 입매는 정말 똑같아요. 콧대는 더 높아진 것 같고. 얼굴은 훨씬 갸름해지고 각이 졌고, 눈썹의 흉터는…… 사고의 흔적인 거죠."

효은이 가만히 손을 들어 그의 눈썹을 매만졌다. 떨리는 손길이 천천히 눈썹 위의 흉터를 따라 움직였다. 순간 그는 숨을 죽였다. 보드라운 손길이 주는 촉감에 몸이 반응하고 있었기 때문이다.

"……사고를 알아?"

그를 죽음 직전까지 몰아넣었던 처참했던 사고를 효은이 알고 있었을 줄은 몰랐다.

"잘은 몰라요. 차가 빗길에 미끄러졌고, 한씨 아저씨가 사경을 헤매다 큰 병원으로 옮겨졌고, 한승도…… 그러니까 승도 오빠는 중상을 입은 상황이어서 어머니가 데려갔다는 것 정도."

"맞아."

"한씨 아저씨는 어떻게 되셨어요?"

"……나도 잘 몰라. 그 이후론 본 적이 없으니까."

그가 사고 후에 정신이 들었을 때 한두식은 곁에 없었다. 이후 어머니께 들은 바에 의하면 한두식이 휠체어를 타는 신세가 되었고, 초기엔 영욱이 일정 정도 도움을 주었던 모양이었다. 하지만 이후에는 자취를 감춰 버렸고 더 이상 그의 소식을 알 길이 없게 되어 버렸다.

"만나면 묻고 싶은 얘기가 참 많을 것 같았는데……."

효은이 그의 눈썹에서 손을 떼며 말했다. 발그레해진 뺨과 아련함을 담은 눈동자가 시선을 잡아끌었다.

"무슨 얘기들 말이지?"

"그동안 어떻게 살아왔는지, 용림리엔 왜 한 번도 오지 않았는지…… 내가 보고 싶지는 않았는지…….”

"열심히 살아서 나름 성공한 건축가가 되었고, 용림리엔 갈 수 없는 사정이 있었고. ……울보 꼬맹이는 늘 가슴 한편에 추억으로 자리하고 있었고. 답이 되었나?”

그의 답에 효은이 가만히 웃으며 고개를 저었다.

"아뇨. 그렇게 건조하게 말고요.”

"나중에 차차 더 얘기하기로 하지.”

그는 그렇게 말을 돌리며 다시 평면도로 시선을 내렸다. 효은의 미소에 또다시 가슴이 출렁이고 있어서였다.

"내내 보고 싶었어요. 내내 기다렸고.”

귓가에 울려오는 효은의 목소리가 심장을 커다랗게 뒤흔들었다. 먹먹해진 가슴이 요동을 쳤다.

그 순간 재신은 깨달았다.

첫사랑.

어쩌면 효은은 너무 일찍, 혹은 너무 늦게 그에게 찾아온 첫사랑인지도 몰랐다.

7

　금요일, 효은은 퍼플페더와 라인골드의 화분 작업을 하느라 몹시
바빴다. 새벽부터 일용직 아주머니들과 함께 일을 시작해 오후 늦게
까지 정신없이 작업을 했다. 부랴부랴 일을 마치고 나니 벌써 5시 반
이었다.

　효은은 일당을 지급하고 아주머니들을 보내기 무섭게 외출 준비를
했다. 영화 시작 시간이 7시였다. 샤워를 하고 파주까지 가려면 시간
이 빠듯했다. 숨 쉴 틈도 없이 바쁜 시간이었지만 가슴은 기대로 크게
부풀고 있었다.

　바로 어제 보았지만 그가 보고 싶었다. 그의 모든 말들이 가슴에
알알이 날아와 박혔다.

'열심히 살아서 나름 성공한 건축가가 되었고, 용림리엔 갈 수 없는 사정이 있었고. ⋯⋯울보 꼬맹이는 늘 가슴 한편에 추억으로 자리하고 있었고. 답이 되었나?'

울보 꼬맹이. 그 말을 곱씹어 보자니 저도 모르게 웃음이 났다. 그의 기억 속의 그녀는 늘 울음바다였었던 모양이었다.

그는 그동안 어떻게 살았을까. 왜 한승도란 이름을 버리고 권재신으로 살아야 했는지, 그와 결혼을 약속한 여자는 어떤 사람인지, 용림리에는 왜 올 수 없었던 건지. 모든 것이 궁금한 것투성이였다.

컹컹— 컹컹컹—

샤워를 하고 가벼운 화장을 마치기 무섭게 밖에서 세찬이 돌찬이가 짖었다. 누가 오고 있는 모양이었다.

그제야 그녀는 잊고 있었던 준형의 전화를 떠올렸다. 금요일에 오겠다고 했었지. 바쁘다고 했었던 그녀의 말을 완전히 무시한 채로.

아니나 다를까, 밖으로 나와 보니 준형의 새빨간 스포츠카가 쌩하니 마당으로 들어서고 있었다.

"기다리고 있었나 보네."

차를 주차시키기 무섭게 밖으로 나오며 준형이 말했다. 당연히 그를 기다렸을 거라는 듯 태평하고도 자신만만한 얼굴이었다.

효은은 그런 그를 지켜보며 가만히 고개를 저었다.

"아니. 약속이 있어서 얼른 나가 봐야 돼. 바쁘다고 했었잖아. 다 듣지도 않고 일방적으로 얘기하고 전화 끊은 건 너라고."

거짓말을 하지 않아도 되어서 다행이라고 생각했다. 그래서 일부러 오늘 재신과의 약속을 잡은 것이기도 했다. 준형은 그저 코웃음을 쳤다.

"무슨 약속? 농원하고 회사밖에 모르는 네가."

"있어. 그런 게."

"나 정말로 너하고 다시 시작하고 싶어. 그땐 내가 너무 너를 막 대했던 것 같고. 본의 아니게 자존심 때문에 상처도 많이 줬었지."

준형이 심각한 얼굴로 말해 왔다. 그답지 않게 진중하고 간절한 얼굴이었다. 하지만 효은은 크게 고개를 저었다. 이미 다 끝난 사이에 준형이 갑자기 왜 이러는지 알 수 없었다.

"이젠 다 괜찮아. 아무 상관도 없고. 다 끝난 관계니까. 이렇게 막무가내로 막 찾아오고 하는 거 결례라고 생각 안 해?"

"그렇게 안 하면 네가 안 만나 줄 것 같으니까."

"나는 절대 다시 시작할 생각 없어. 따로 만나는 사람도 있고. 그러니까 다시는 이렇게 찾아오지 마."

효은은 굳은 얼굴로 확실히 못을 박았다. 허언도 조금 섞었다. 그러지 않으면 준형이 몇 번이고 다시 찾아올 기세였으니까.

준형이 인상을 크게 쓰며 그녀의 팔을 잡았다.

"만나는 사람 누구? 그때 그 남자?"

"너는 알 필요 없잖아. 내가 누구를 만나든."

"야, 남효은. 너 진짜 내가 이렇게까지 얘기하는데—"

컹컹— 컹컹컹—

갑자기 개들이 짖는 바람에 준형이 이야기를 멈췄다. 멀리서 들려오는 차 소리. 누가 오고 있는 모양이었다.

차는 금세 농원 앞으로 모습을 드러내었다. 햇빛에 반짝이는 은빛의 세단. 재신의 차였다. 파주에서 만나기로 한 터라 그가 여기까지 올 줄은 몰랐기에 효은은 조금 당황했다.

"무슨 일입니까."

차가 마당으로 들어서기 무섭게 재신이 차에서 내리며 물었다.

"아. 저 그게……."

효은이 뭐라 말하기도 전에 성큼성큼 다가온 그가 준형의 팔을 그녀에게서 떼어 놓았다. 거침없이 단호한 손길이었다.

"오늘 약속 잊지 않았겠죠, 효은 씨."

재신이 날카로운 눈으로 준형을 쏘아보더니, 그녀를 향해 굳은 얼굴로 물었다. 효은은 얼른 고개를 끄덕였다.

"네. 막 나갈 참이었어요. 여기까지 오실 줄은 몰랐는데요."

"데리러 왔습니다. 바쁜 얘기 아니면 이만 가죠. 저 친구와 큰 볼일은 없을 듯한데."

"네. 준형이는 금방 갈 거예요."

당연한 듯 흘러나온 그녀의 말에 준형이 말도 안 된다는 듯 눈을 부라렸다. 재신을 노려보며 목소리를 높였다.

"대체 그쪽은 효은이와 무슨 사이인데 계속 끼어드는 겁니까."

"일 때문에 만나는 사이입니다. 효은이 첫사랑이기도 하고."

재신은 태연한 얼굴로 그렇게 말하며 효은의 팔을 잡았다. 효은은 얼굴이 발개진 채로 얼른 준형을 향해 고개를 끄덕였다.

"준비됐으면 가죠, 효은 씨."

"네. 가방 가지고 나올게요."

효은은 얼른 안으로 들어가 가방을 챙겨 들고 신발도 갈아 신고 나왔다. 준형은 아직도 가지 않은 채 붉으락푸르락한 얼굴로 서 있었다.

"준형아. 미안한데, 이제 정말 찾아오지 않았으면 해."

"야. 남효은 너……."

"나 만나는 사람 있다고 했잖아. 그러니까 이제 그만해."

효은은 그렇게 말하며 재신의 차에 올랐다. 준형에겐 일말의 눈길도 주지 않은 채였다.

결국 준형은 바로 그의 차에 올라 인사도 없이 차를 출발시켜 버렸다. 자존심이 몹시 상한 눈치였다. 좋지 않은 결말이었지만 차라리 다행인지도 몰랐다. 그가 다시는 찾아오지 않을 것 같았으니까.

"괜찮은 거야?"

재신이 효은의 안전벨트를 매어 주며 물었다. 꼭 어릴 적 자전거 뒤에 태우고 챙겨 주던 그때의 기분이었다. 아니, 그것이랑은 조금 달랐다. 숨결이 스치고 손길이 스칠 때마다 가슴이 두근두근 떨렸다.

설레지 않으려고 애써도 설레었고, 두근거리지 않으려 애써도 심장이 제멋대로 뛰었다. 영화를 같이 보자고 한 것이 잘한 일인지 잘못한 일인지도 알 수 없었다.

"네. 별일 아니었어요."

효은은 희미하게 웃으며 그렇게 말했다.

"예매한 영화는 어때?"

그가 차를 출발시키며 물었다.

"마음에 들어요. 추리물을 좋아하거든요."

효은은 기분 좋게 고개를 끄덕였다. 그가 고른 영화는 쌍둥이 동생의 죽음을 파헤치는 형의 이야기를 그린 것인데, 호평 일색으로 한창 흥행 중인 영화였다.

차는 천천히 시골길을 빠져나와 파주 시내로 향했다. 둘은 영화 얘기도 하고 일 얘기도 하면서 도란도란 대화를 나누었다. 하지만 서로 사적인 이야기는 피했다. 그렇게까지 파고들었다간 관계가 걷잡을 수 없이 흘러갈 것만 같았기 때문이다.

□ ◆ □

파주 시내에 자리한 영화관은 농원에서 30분 거리였다. 차는 금세 목적지에 도착했고, 둘은 말없이 엘리베이터에 올랐다. 금요일 저녁답게 엘리베이터는 영화를 보러 가는 사람들로 크게 붐볐다. 재신은 묵묵히 그녀의 앞에 서서 밀려드는 사람들로부터 막아 주었다. 효은은 그녀의 앞을 가로막은 그의 등을 바라보며 새삼 그의 자전거를 떠올렸다. 그의 뒷자리에 앉으면 늘 보이던 커다랗고 든든한 등이 생각났다. 지금이 꼭 그때의 기분이었다.

엘리베이터에서 내리자 영화관의 커다란 라운지가 보이고, 작은 카페와 함께 팝콘을 파는 판매대가 보였다. 상영관은 그 건너편에 자리하고 있었다. 재신이 팝콘 판매대로 다가가며 그녀를 향해 물었다.

"팝콘은 무슨 맛을 좋아해?"

"글쎄요. 맞혀 보세요."

효은이 장난스러운 미소를 머금으며 대답하자, 그는 각양각색의 팝콘이 튀겨지고 있는 판매대를 죽 훑어보았다. 그리고 어렵지 않게 하나를 골랐다.

"갈릭을 좋아할 것 같은데."

"와. 맞아요. 갈릭을 제일 좋아해요."

효은은 그가 맞힌 것이 신기해 손뼉을 치며 좋아했다. 그리고 그녀도 그의 취향을 점찍어 보았다.

"저도 맞혀 볼게요. 소장님은 오리지널이요. 그냥 고소한 맛."

"맞아. 반반으로 하면 되겠군."

그가 웃으며 고개를 끄덕였다. 그 웃음이 좋아서 효은은 저도 모르게 넋을 잃고 바라보았다. 평소엔 차갑고 견고하기 짝이 없게 보이는 사람이지만, 웃을 때만큼은 그런 기운이 모두 날아가 버려 몹시 편안하게 느껴지는 사람이 되었다. 그래서 그 웃음이 좋았다. 그가 자주 웃어 주었으면 싶었다.

둘은 팝콘과 콜라를 안고서 상영관 안으로 들어섰다. 효은의 취향대로 고른 맨 뒷좌석에 자리를 잡았다. 곧 광고 영상이 나오고 영화관의 불이 꺼졌다.

영화의 첫 시작은 장례식이었다. 형이 동생의 죽음을 추도하며 그 사망에 의문을 가지게 되는 장면. 효은은 숨을 죽이며 화면에 몰두했다. 빠르게 진행되는 전개에 눈을 뗄 수가 없었다.

하지만 영화에 대한 집중력은 금세 흩어지고 말았다. 옆에 앉은 남자에게 자꾸만 온 신경이 쏠리고 있었기 때문이다. 가까운 거리에서 느껴지는 그의 체취가, 팝콘을 집으며 스치는 손길이 자꾸만 정신을 산란하게 만들었다.

첫사랑과 영화를 함께 본다는 게 이런 느낌일 줄은 몰랐다. 영화보다 곁에 앉은 남자의 옆얼굴에 더 신경이 쓰이고, 팝콘을 집는 손이 또다시 스치지 않게 매번 조심하며, 혹여 음료수 마시는 소리가 들리지 않을까 조심조심 콜라를 넘기는 작은 순간들. 그저 들뜬 기분으로 기대했던 것과는 많이 다른 긴장의 연속이었다.

그래서 효은은 중간중간 줄거리를 놓쳤다. 눈길은 화면에 닿아 있었어도 신경이 온통 다른 데 쏠려 있었기 때문이다. 영화가 끝나고 불이 켜졌을 땐 작은 안도의 한숨마저 흘러나왔다. 기나긴 긴장의 터널을 지나온 기분이 들었다. 그러면서도 이젠 이 남자와 헤어져야 한다는 사실에 커다란 아쉬움이 함께 찾아들었다. 마음이 이리저리 널을 뛰는 기분이었다.

꽃향기가 산들산들 불어 드는 5월의 봄밤은 영화만 보고 끝내기엔 아까운 날씨였다. 둘은 인근의 호수 공원을 잠시 걸었다. 밤낮의 풍경이 모두 아름다운 호수 공원은 효은이 몹시 좋아하는 곳이기도 했다.

"한승도와 또 하고 싶었던 것이 있으면 얘기해 봐. 오늘은 뭐든 들어줄 테니."

한적한 산책로를 걸으며 재신이 말했다. 여유롭게 웃으며 손을 내미는 것이, 정말로 뭐든 들어줄 것 같은 기세였다.

"지금 하고 있잖아요. 공원을 함께 걷는 것."

효은은 싱긋 웃으며 그의 손을 피했다. 본래 바랐던 것은 손을 잡고 걷는 것이었지만 그 말은 하지 않기로 했다. 손을 잡으면 더욱 걷잡을 수 없이 설렐 테고, 그럼 더 많은 것을 함께하고 싶어질 테니까. 욕심이 계속 생길 테니까.

"그런데 왜 이름을 바꾼 거예요?"

나무로 된 계단을 오르며 효은은 내내 궁금했던 것을 넌지시 물어보았다. 새하얗게 꽃을 피운 조팝나무가 노란 가로등 아래에서 은은하게 빛을 발하고 있었다.

"새아버지가 그러길 바라서."

"아. 새아버지가 생겼군요. 뭐 하는 분이세요?"

"……정치."

정치인 아버지라니 상상이 잘 가지 않았다. 어쩐지 술에 절어 살던 한 씨와는 정반대편에 서 있는 존재 같았기 때문이다.

"결혼할 여자분은요? 정략이라지만 그래도 사랑하는 마음이 조금은 있는 거 아녜요? 그러니까 결혼을 약속한 거고."

"아니, 전혀. 집안끼리의 약속이야. 집안 편의에 따라 만나 온 거고."

한승도와는 전혀 어울리지 않는 다른 세계 같았다. 정치인 아버지도, 말로만 듣던 정략결혼이란 형태도. 건축가 권재신과도 어울리지 않았다. 설계하는 건물마다 건축 잡지에 표지로 실릴 정도로, 견고한 자기 세계를 구축해 가는 촉망받는 건축가가 아니었던가.

"용림리에는 왜 올 수 없었던 거예요?"

나무로 만든 긴 다리를 건너며 효은은 또다시 물었다. 가장 궁금했던 사실이었다. 그래도 한 번쯤은 찾아와 줄 줄 알았는데, 18년 동안 단 한 번을 못 본 것이 내내 아쉬웠다.

"유학을 다녀왔어. 8년 동안."

"아아, 그랬군요. 어디로요?"

"프랑스."

"그래도 10년은 한국에 있었던 거잖아요."

"그보다 더 중요한 이유가 있긴 있었어. 나와 어머니의 과거가 새 아버지의 발목을 잡으면 안 되었거든."

그렇게 말하는 재신의 얼굴에 그늘이 졌다. 이전에 느꼈던 낯선 거리감 또한 그에게서 느껴지고 있었다. 그런데 재신의 말이 조금 이상했다. 그의 과거가 무슨 이유로 새아버지의 걸림돌이 된다는 이야기일까.

"왜 발목을 잡는 건데요?"

효은의 질문에 재신은 잠시 침묵을 지켰다. 대답을 망설이는 듯했다. 하지만 이내 그녀를 똑바로 바라보며 속내를 털어놓았다.

"……한두식이 오랫동안 이혼을 안 해 줬어. 새아버지랑 어머니가 함께 사는 동안에도. 정치인에겐 치명적인 결함이 될 수 있는 얘기지."

그럼 그의 새아버지가 오랫동안 유부녀와 동거를 한 셈이 되었다는 얘길까. 효은은 후우 한숨을 내쉬며 그의 말을 들었다. 어쩐지 커다란 비밀을 공유한 것 같은 기분이 들었다.

"이렇게 다 말해 줘도 되는 거예요?"

"아니. 효은이 너니까."

그가 가까이 다가서며 말했다. 견고한 그 눈빛이 무엇을 담고 있는지 알 수 없었다. 다만 그의 입에서 흘러나오는 '효은이'란 살가운 호칭이 몹시 마음에 들었다. '너'라는 한층 가까워진 표현도.

아마도 그래서였을 것이다. 향기롭게 흘러드는 한밤의 꽃바람에 취해서. 마음을 들뜨게 만드는 노란 가로등 불빛에 시야가 아득해져서.

"나 한승도를 만나면 꼭 하나 해 보고 싶은 게 있었는데……."

"뭐든."

재신이 자상한 미소를 지으며 고개를 끄덕였다. 그래서 더욱 용기가 났다.

"한 번만 안아 봐도 돼요?"

말을 꺼내 놓고 바로 후회했다. 하지만 재신은 지체 없이 답을 해 왔다.

"물론."

그는 주저하지 않았다. 성큼 한 발을 내밀어 그녀에게 가까이 다가들었다. 그리고 가볍게 팔을 들어 그녀의 어깨에 얹었다.

사람 하나 들어갈 정도의 공간밖에 남지 않은 가까운 거리. 그가 코앞에서 그녀를 내려다보고 있었다.

효은은 떨리는 팔을 조심스레 들어서 그의 등에 감았다. 그의 가슴에 머리를 기대고 심장의 박동 소리를 들었다. 이렇게 꼭 한 번 그의 품에 안겨 보고 싶었더랬다.

그런데 따뜻할 줄 알았던 포옹 역시 긴장의 연속이었다. 청량한 그의 체취가 훅 끼쳐 들자, 가슴이 미친 듯이 뛰어 대고 얼굴이 귀까지 화끈거렸다. 머리 위로 쏟아지는 그의 숨결에 어찌할 바를 모르고 숨을 삼켜야 했다.

"……이제 됐어요."

효은은 떨리는 숨을 어렵사리 고르며 그에게서 떨어졌다. 그의 등에 둘렀던 팔을 풀며 아쉽게 그를 놓아 주었다.

"이별 의식이에요."

"이별 의식?"

"네. 첫사랑을 놓아주는 이별의 의식. 저도 이제 제 갈 길을 가야죠. 더 이상 한승도한테 미련 같은 거 갖지 말고. 그래야 되는 거잖아요."

효은은 그렇게 말하며 미련 가득한 마음을 떨쳐 내려 애썼다.

"그렇군."

그가 알겠다는 듯 묵묵히 고개를 끄덕였다. 언제나처럼 무슨 생각을 하고 있는지 알 수 없는 눈동자였다.

"그럼 이제 일로만 만나는 건가."

"네. 일로만……."

효은은 되돌리고 싶은 마음을 꾹꾹 억누르며 그렇게 말끝을 흐리고 말았다.

불어 드는 바람에 조팝나무꽃의 싱그러운 향기가 밀려들었다. 새하얀 산딸나무꽃이 바람에 산들산들 나풀거렸다. 둘은 오래도록 말이 없었다. 유혹 가득한 5월의 봄바람이었다.

이후에도 목요일의 협업은 계속되었다. 그와 다시 만난 목요일, 효은은 은연중에 그에게로 향하는 마음을 다잡기 위해 안간힘을 써야했다. 대화는 일에 관한 것이 전부였지만, 그의 목소리 손짓 하나하나에 시선이 끌리고 마음이 흔들렸기 때문이다.

이미 마음에 담아 버린 사람을 일로만 만난다는 건 쉬운 일이 아니었다. 아니 더더욱 어려운 일이었다. 마음은 첫사랑을 잊겠다는 결심과 정반대로 달려서 일주일 내내 그가 그립고 보고 싶었으니까.

그는 더 이상의 흔들림이 없어 보였다. 철저하게 선을 긋던 처음의 모습대로 돌아갔으며, 자상한 배려나 친절은 보여 주지 않았다. 대신 일에 관한 한 처음보다 훨씬 열정적이어서 리조트도 수목원 설계도 더할 나위 없이 만족스러운 모습을 갖추어 가고 있었다.

두 번의 목요일이 그렇게 지났다. 5월도 중반을 향해 가고 있었다. 그리고 비가 추적추적 내리던 그다음의 목요일이었다.

효은은 출근 준비를 하다 말고 힘에 부쳐 바닥에 주저앉았다. 전날부터 오르기 시작한 열이 가라앉지 않더니 급기야 39도를 넘어가고 있었다. 목이 아프고 정신이 몽롱한 데다 머리가 깨질 것처럼 아팠다. 온몸이 죽도록 쑤셔 오는 것이 독감에 걸린 것 같았다.

병원에 가야 하는데.

하지만 병원은 읍내에나 나가야 있었고, 이 상태로 트럭을 몰고 가

다간 사고를 내기 십상일 터였다. 택시 호출 앱도 소용없었다. 몇 번이나 호출을 해 보았지만 이렇게 외딴곳까지 호출에 응하는 택시가 없었기 때문이다.

어떻게든 움직여 보려고 했으나 결국 포기하고 말았다. 일단 민기에게 병가를 내겠다고 문자 메시지를 보낸 뒤 어렵사리 침대에 누웠다.

외딴곳에 혼자라는 건 이럴 때 더욱 뼈저리게 느껴졌다. 병에 걸려 아무것도 할 수 없어 무기력해졌을 때. 할아버지가 끓여 주시던 전복죽이 생각나고, 밤을 새워 곁을 지켜 주시던 주름진 얼굴이 생각났다. 할아버지가 몹시 보고 싶었다.

효은은 까무룩 잠이 들었다 깨었다를 반복하면서 어떻게든 고통을 이겨 내 보려고 애썼다. 하지만 애를 쓰면 쓸수록 열은 더 심하게 오르는 것 같았고, 온몸을 짓누르는 통증은 더욱더 심해져 갔다.

수정에게 전화해 병원에라도 데려가 달라고 할까. 문득 그런 생각마저 들었다. 하지만 임신 중인 수정에게 독감이 옮기라도 하면 정말 큰일일 터였다.

전화벨이 울린 것은 날이 캄캄해졌을 즈음이었다. 그녀가 비몽사몽간으로 침대에서 밖으로 나가지 못하고 있을 때.

핸드폰을 들어 보니 재신의 전화였다. 그제야 오늘이 목요일이라는 것이 생각났다.

"……네. 소장님."

효은은 나오지 않는 목소리를 억지로 짜내 겨우 전화를 받았다. 정신이 몽롱하고 귀가 먹먹해 스스로의 목소리가 어떻게 나오고 있는지도 알 수 없었다.

— 아프다면서요.

재신은 다짜고짜 그 말부터 해 왔다.

"네. ⋯⋯독감 같아요. ⋯⋯어떻게 아셨어요?"

— 민기 전화를 받았습니다. 오늘 아파서 미팅하러 못 올 거라고.

"네. 죄송해요. ⋯⋯약속 못 지켜서."

— 지금 약속이 문젭니까. 움직일 수 있으면 일어나서 문 좀 열어 봐요.

그가 굳은 목소리로 말했다. 마음이 급한지 다소 성마르게 들리기도 했다.

"⋯⋯네?"

효은은 그의 말뜻을 알 수 없어 멍하니 되묻고 말았다. 무슨 문을 열라는 걸까.

— 집 앞에 와 있으니까 문 좀 열어 보란 말입니다.

그제야 효은은 바깥의 소리에 귀를 기울여 보았다. 아득한 정신에 세찬이 돌찬이가 짖고 있는 소리가 들리는 것도 같았다.

효은은 억지로 몸을 일으켜 침대에서 겨우 내려왔다. 그리고 어기적어기적 현관으로 나가 문을 열었다.

문이 열리기 무섭게 눈앞에 보인 것은 내내 그리웠던 그 얼굴이었다. 마음을 접겠다 마음먹고도 뜻대로 되지 않았던 그리운 얼굴.

161

놀라서 휘청하는 그녀의 어깨를 재신이 잡았다. 그리고 그녀를 부축하며 천천히 안으로 들어섰다.

"뭘 좀 먹긴 먹었습니까."

그의 물음에 그녀는 멋쩍게 고개를 저었다.

"병원은?"

역시 고개를 젓는 그녀의 모습에 그가 눈살을 크게 찌푸렸다.

"좀 누워 있어요. 차에 다녀올 테니."

재신은 그녀를 침대에 눕혀 주고 바로 밖으로 나갔다. 그리고 종이백 하나를 들고서 금세 다시 돌아왔다.

그가 가지고 들어온 것은 유명 죽집의 마크가 새겨진 새하얀 종이 가방이었다. 오는 길에 죽을 사 가지고 온 모양이었다.

그는 쟁반을 가져다가 죽 그릇을 올려놓고 반찬도 놓아 주었다. 뚜껑을 연 죽 용기에서 김이 모락모락 솟아올랐다. 그녀가 좋아하는 전복죽이었다.

숟가락을 건네주는 그의 모습에 까닭 없이 눈물이 났다. 가슴이 못내 아렸다. 효은은 괜스레 흐릿해 오는 눈가를 비비며 숟가락을 받아 들었다.

"……감사합니다."

"얼른 먹어요."

그는 고개를 끄덕이며 죽을 호호 불어 식혀 주었다. 이마를 짚어 열을 재 보며 그녀의 상태를 살피기도 했다.

효은은 천천히 죽을 입에 떠 넣었다. 몽롱한 정신에 입맛은 깔깔했지만, 종일 아무것도 못 먹어서인지 따뜻한 죽이 들어가니 조금 살 것 같았다.

"일은 어쩌고 여기까지 오신 거예요?"

몇 숟가락 먹다가 문득 마음에 걸려 물었다. 질문이 마음에 들지 않았는지 그는 대뜸 인상을 썼다.

"지금 일이 문젭니까. 얼른 먹고 나갑시다. 병원 다녀오게."

"굳이 병원까진……."

"요즘 독감이 그냥 낫는 줄 압니까. 병원에 다녀오는 게 현명할 겁니다."

재신은 그녀가 죽을 먹는 내내 그녀의 곁을 지켰다. 반쯤 먹고 더 이상 못 먹을 것 같아 숟가락을 내려놓자, 상을 치우고 그녀의 점퍼를 찾아서 걸쳐 주었다.

"나갑시다."

그는 그녀를 거의 안다시피 하여 밖으로 데리고 나왔다. 차 문을 열고 조수석에 앉힌 뒤 안전벨트까지 꼼꼼히 매어 주었다. 마치 몸도 제대로 가누지 못하는 어린아이가 된 기분이었다. 그래도 그런 보살핌이 좋았다. 그가 오지 않았더라면 꼼짝없이 침대에서 나오지도 못한 채 내내 혼자 앓았을 테니까.

"좀 자요. 병원에 도착하면 깨워 줄 테니."

그가 차를 출발시키며 말했다. 일반 병원은 문을 닫았을 시간이니 응급실이 있는 종합 병원까지 가려면 꽤 멀리까지 가야 할 터였다.

"A형 독감입니다."

검사를 마친 의사는 그렇게 진단을 내렸다. 페라미플루 수액과 함께 감기 몸살 약을 처방해 준다고 했다. 그러고도 바로 낫지는 않을 거라며, 며칠간 고열과 통증이 계속될 거라고 했다.

효은은 수액을 맞느라 병원의 침대에 누웠다. 30분 정도 되는 그 시간이 몹시 길게 느껴졌다. 그동안 재신이 계속 곁을 지켜 주었다. 든든한 보호자가 생긴 덕분에 효은은 한결 안심이 되었다. 수액을 맞는 동안 깜빡 잠이 들기도 했다.

집으로 돌아오는 길에 재신은 마트에 들러 필요한 음식과 물건들을 샀다. 세심한 그 모습에 새삼 지난날의 한승도가 생각났다. 다 잊을 거라고 생각했는데. 그렇게 결심하고 또 결심했는데. 잊히기는커녕 더욱더 기억이 선명해졌다.

"무슨 생각을 그렇게 합니까."

집으로 돌아와 침대에 눕혀 주며 그가 물었다.

효은은 몽롱한 정신을 가다듬으며 멍하니 대답했다.

"소장님이 여전히 친절하다는 생각. ……어릴 때도 지금도요."

"첫사랑과는 이별하겠다고 하지 않았습니까."

재신이 묵묵히 베개를 받쳐 주며 말했다.

"네. 그러니까요. ……소장님은 여기 왜 오신 거예요?"

"나는 이별한 적 없으니까. 내 관심은 여전히 유효하고, 남효은은 내게 소중한 사람이니까."

그가 이불을 꼼꼼히 덮어 주며 거침없이 말했다. 그 손길이 더없이 자상하고 따뜻했다.

"자꾸 그러지 마세요. 가뜩이나 아파서 마음 약해져 있는 사람한테."

"……좀 자요. 쉬어야 열이 빨리 내릴 겁니다."

그는 그렇게 말하고 잠시 밖으로 나갔다. 그리고 물에 젖은 수건을 들고서 다시 돌아왔다. 이마에 물수건을 올려 주고서 침대 옆에 걸터앉았다.

"안 가실 거예요?"

"열 내리는 것 보고 갈 겁니다. 안심하고 자요. 내가 곁에 있을 테니까."

그는 그렇게 말하며 그녀의 손을 꼭 쥐어 주었다. 든든하고 커다란 손이 세심하게 그녀의 손을 토닥였다. 그 가벼운 손길이 뭐라고 크게 안심이 되었다.

효은은 곧 잠이 들었다. 가만히 있어도 늘어지는 몸에 병원까지 다녀오느라 몹시 피로했기 때문이다. 아니 어쩌면 재신이 곁에 있어 주었기 때문일지도 몰랐다. 그가 꼭 필요한 순간에, 마치 마법처럼.

효은이 다시 눈을 뜬 것은 깊은 새벽이었다. 열은 여전히 내리지 않고 있었으며, 약에 취한 정신은 더욱더 몽롱했다. 목이 말라 침대에서 내려와 보니 재신이 캄캄한 방 한편에 앉은 채 잠이 들어 있었다.

그녀는 어렵사리 몸을 움직여 이불장에서 이불을 하나 꺼냈다. 편하게 누워서 자라고 말하고 싶었으나 그렇게 하지 못했다. 그저 조심스레 이불만 덮어 주었다. 너무 곤히 잠들어 있는 것 같아서 그를 깨우고 싶지 않아서였다.

효은은 내려앉는 눈꺼풀을 비비며 천천히 부엌으로 향했다. 얼굴은 아직 내리지 않은 열 때문에 몹시 뜨거웠고, 온몸이 통증으로 쑤셔서 걸음을 내딛기도 힘이 들었다. 힘 하나 들어가지 않는 다리가 걸음마다 휘청거렸다.

부엌의 불을 켜자 환한 불빛에 눈이 크게 부셨다. 약 기운에 취한 머리가 몹시도 어지러웠다. 그래서였을까. 물을 따라 마시다 그만 컵을 떨어뜨리고 말았다. 유리컵이 바닥에 깨지면서 파편이 사방에 튀어 버렸다.

"아……!"

효은은 얼른 수습을 하려고 했지만 몽롱한 정신에 파편이 제대로 다 보이지도 않았다. 통증으로 욱신거리는 몸이 잘 움직여지지도 않았다.

"무슨 일입니까."

갑자기 묵직한 목소리가 들린 것은 그때였다. 재신이 얼른 다가와 그녀의 손을 유리 파편에서 떼어 냈다.

"컵이 깨져서……."

그는 그녀가 말을 다 꺼내기도 전에 번쩍 안아 들었다. 단단한 팔이 그녀의 몸을 받치고 탄탄한 가슴이 머리에 닿았다. 따뜻한 숨결이 머리 위로 아득하게 쏟아져 내렸다.

그는 그녀를 안은 채로 천천히 거실을 가로질렀다. 방으로 데려가 침대에 눕히는 그 짧은 시간이 효은에겐 아주 길게 느껴졌다.

그는 그녀를 눕혀 놓고 다시 밖으로 나갔다. 그리고 컵에 물을 떠서 가져다주었다.

"물은 가져다 달라고 하지 그랬습니까."

"그런 것까지 부탁하고 싶지 않아서……."

효은은 부끄러움을 감추며 묵묵히 물을 마셨다.

"다쳤군."

그녀의 손을 바라보던 그가 문득 말했다. 그러고 보니 손에서 피가 흘러내리고 있었다. 손가락을 베인 모양이었다.

"구급상자는?"

"……거실 탁자 아래."

그는 금세 구급상자를 찾아왔다. 길게 베인 손끝에 지혈제를 뿌리고 한동안 꾹 누르고 있었다. 한참이 지나서 피가 멈춘 것을 확인하고는 밴드로 꼼꼼히 감아 주었다.

재신은 그러고도 손을 놓지 않았다. 그녀의 이마에 손을 대고 열을 짚어 보며 걱정스러운 얼굴을 했다.

"열이 내리지를 않는군."

"……의사가 며칠은 갈 거라고 했잖아요."

효은이 희미하게 웃으며 말했다.

그가 가만히 그녀의 어깨를 토닥여 주었다. 아이를 대하듯 조심스럽고 자상한 손길이었다.

"다시 자요. 푹 쉬어야 얼른 나을 테니까."

"소장님은 이만 가 보세요. 벌써 새벽이잖아요."

"열 내리는 것 보고 간다고 했잖습니까."

"그래도······."

효은은 난감한 얼굴을 했으나 그가 곁에 있는 것이 싫지 않았다. 이런 상황이라 더욱 의지가 되었다.

결국 그녀는 또다시 잠이 들었다. 그가 내민 손을 꼭 쥔 채로. 할아버지가 요양원으로 들어가신 이후로 가장 달게 자는 잠이었다.

□ ◆ □

효은은 싱그러운 아침 햇살 속에서 눈을 떴다. 침대에서 일어나 보니 강한 햇살이 선명하게 비쳐 들고 있었다. 약을 먹고 푹 잔 덕분에 몸이 한결 개운해져 있었다.

재신은 곁에 있지 않았다. 마치 꿈이라도 꾸었던 것처럼. 대신 집 안에 따뜻한 온기가 돌고 있었고, 어디선가 고소한 냄새가 흘러들고 있었다.

효은은 천천히 침대에서 일어나 거실로 나가 보았다. 탁자엔 그가 작업을 하다 놔둔 것인 듯 노트북과 스케치북, 여러 서류들이 단정하게 놓여 있었다.

재신은 주방에 있었다. 요리를 하는 그의 뒷모습을 발견하던 순간 효은은 크나큰 안도감을 느꼈다. 휑하던 집 안이 그의 존재 하나로 인해 꽉 찬 느낌이 들었다.

"일어났습니까."

인기척을 느꼈는지 그가 뒤를 돌아보았다.

"……네. 아직까지 계실 줄은 몰랐어요. 출근은……."

"걱정 말아요. 효은 씨 괜찮아지면 갈 겁니다."

그는 그렇게 말하며 냄비의 음식을 그릇에 떠서 식탁에 내려놓았다. 고소한 참기름 냄새가 나는 야채죽이었다.

"좀 들어요."

그가 숟가락을 손에 쥐어 주며 말했다. 마치 자신의 집에 와 있는 듯 여유롭고 편안한 목소리였다.

"……네. 잘 먹겠습니다."

효은은 천천히 죽을 입에 떠 넣었다. 아주 맛이 있었다. 생각해 보면 한승도도 요리를 곧잘 했었다. 한씨 아저씨가 술에 절어 살다시피 했었기에 어릴 적부터 살림을 하며 살았으니까.

"소장님은 안 드세요?"

"효은 씨 먹는 것 보고."

그가 지그시 웃으며 말했다. 자상한 그 미소에 가슴이 아려 와 효은은 그저 고개만 꾸벅 숙였다.

"……감사해요."

"뭐가."

"여러 가지로요."

"그럴 것 없습니다. 내가 좋아서 하는 일이니까. 효은 씨 아픈 것도 싫고."

그는 그렇게 말하며 죽을 한 그릇 떠서 식탁에 마주 앉았다. 깊이를 알 수 없는 눈동자가 오롯이 그녀에게 닿아 있었다.

속을 낱낱이 파고드는 것만 같은 눈길을 피하며 효은은 죽으로 시선을 내렸다. 그리고 꽤 많은 양의 죽을 꾸역꾸역 다 먹었다. 그에게로 향하는 마음을 피할 길이 없었다.

"내 제안은 여전히 유효합니다. 최소한 두 달만큼은. 그러니 마음대로 이용해 먹어요. 아플 땐 부르고, 도움이 필요할 땐 마음껏 써먹고."

다시 침대로 데려다 눕히며 그가 말했다. 효은은 아무런 답을 하지 못했다.

그날 그는 하루 종일 그녀와 함께 있어 주었다. 그녀의 체온이 38도 아래로 내려가는 것을 보고서야 집으로 돌아갔다. 그리고 몇 번이나 전화가 걸려 왔다. 걱정을 한껏 담은 목소리였다.

효은은 결국 마음을 접지 못했다. 깊고 깊어진 마음이 병이 되어 가고 있는 것만 같았다.

□ ◆ □

햇살이 비쳐 드는 호텔의 창밖으로 새하얀 조팝나무꽃이 바람에 화사하게 흔들거렸다.

"오랜만이네."

쉴 새 없이 핸드폰을 확인하던 예서가 그제야 그를 쳐다보며 말했다. 일이 많이 밀려 있는지 여전히 분주하고 바쁜 모습이었다.

그동안 예서가 해외에 나가 있어 만남을 가지지 못했다. 두 달 만에 마주 앉은 자리였지만 반가움보다는 의무감이 더욱 큰 만남이었다. 그도, 예서도.

"그러게."

재신은 창밖의 조팝나무를 바라보던 눈길을 돌려 무심히 대꾸했다. 효은과 함께 걷던 공원의 조팝나무도 꼭 저러했었다.

"슬슬 결혼 얘기 꺼내시는 분위기인데 너희 집은 어때?"

"마찬가지지."

예서의 말에 재신은 묵묵히 고개를 끄덕였다.

도회적이고 시크한 예서의 얼굴 위로 한여름 햇살 같은 얼굴을 한 여자 하나가 겹쳐 들었다. 질끈 묶은 긴 머리가 누구보다 잘 울리는 생명력 넘치는 여자 하나가.

"너는 나랑 결혼하는 거 괜찮아?"

예서가 영 내키지 않는다는 얼굴로 물었다.

그에 대한 반감이라기보다는 생각보다 빨리 찾아온 결혼 독촉에 대한 반감일 것이었다. 둘은 그런 면에서 비슷한 동질감을 가지고 있었으니까.

"……무슨 답을 원하는 건데."

재신은 가슴을 짓눌러 오는 효은의 얼굴을 떠올리며 무심히 대꾸했다. 이미 정해져 있는 답이었고, 피해 갈 생각은 없었다. 단 한 번도 의문을 가져 본 적 없는 삶이었으니까.

그런데 작고 말간 그 얼굴이 못내 마음에 걸렸다. 첫사랑에 이별을 고하던 그 모습이 가슴에 대못처럼 박혀서 사라지지를 않았다.

아픈 건 좀 괜찮아졌는지, 밥은 잘 먹고 있는지, 너무 무리하고 있는 것은 아닌지, 모든 것이 시시각각 마음이 쓰여서 견딜 수가 없었다.

"글쎄. 네가 결혼을 늦춰 주었으면 하는 마음 반, 네가 나를 좋아해 주었으면 하는 마음 반."

예서가 여유롭게 웃으며 말했다. 길고 하얀 손가락이 우아하게 찻잔을 스친다. 첫사랑에 절박했던 효은의 모습과는 너무도 대조되는 모습이었다.

"너를 좋아하긴 해. 사랑은 아니지만. 그건 너도 마찬가지잖아."

재신은 솔직한 속내를 털어놓았다.

"그래. 군이 분류하자면 우리는 동료 같은 부류지."

빙긋 웃으며 말한 예서가 찻잔에 각설탕을 넣어 빙글빙글 저었다. 그리고 작게 한숨을 내쉬며 다시 물었다.

"7월쯤 상견례 하고 9월엔 식을 올렸으면 하시는 것 같던데. 너무 빠르지 않아?"

"빠르지."

재신은 무심히 고개를 끄덕였다.

"야, 권재신. 네 결혼이야. 강 건너 불구경하듯 좀 하지 말라고."

예서가 싱긋 웃으며 타박을 해 왔다.

내 결혼. 재신은 낯설게 들리는 그 말에 속으로 가만히 조소를 보냈다.

만약 그가 이 결혼을 거부하면 어떻게 될까. 단 한 번도 해 보지 않았던 그 생각을 재신은 요즈음 하고 있었다. 결론은 늘 부정적인 쪽으로 향할 수밖에 없었지만.

영욱은 지역구의 가장 든든한 우군을 잃게 될 것이고, 다음 선거는 또다시 패배할 확률이 매우 높을 것이다. 미경의 우울증은 더욱 깊어질 수도 있고, 영욱의 재기는 이제 불가능해질지도 모른다.

"예서야."

하얗게 흐드러진 창밖의 조팝나무를 바라보며 재신이 문득 입을 열었다.

"응?"

"만약에 갑자기 사랑이라도 찾아오면 너는 어떻게 할래?"

뜬금없는 그의 질문에 예서가 다소 어이없다는 얼굴을 했다.

"갑자기 무슨 사랑? 34년 동안 못 찾은 사랑이 그렇게 쉽게 나타나겠니?"

"그래도 만약."

"그 마음을 접는 게 당연하겠지. 결혼은 집안끼리의 약속이야. 그 뒷감당을 어떻게 하려고."

예서는 한순간의 망설임도 없이 그렇게 말해 왔다. 예서 역시 정해진 답을 가지고 살아온 인생이었다. 그 틀을 벗어난 답을 찾기란 쉽지 않을 터였다.

"권재신. 너 혹시……. 아니다. 너같이 정 없는 남자가 그럴 리 없지."

무슨 눈치를 챘는지 예서가 어두운 얼굴로 말해 왔다. 가만히 고개를 젓던 그녀가 다시 말을 덧붙였다.

"만약에라도 결혼 깰 생각이면 나는 반대야. 이쪽 세계에서 너만큼 통하는 상대 찾기도 힘들고."

재신은 그런 그녀를 묵묵히 바라보았다.

혼자서 끙끙 앓고 있을 효은의 얼굴이 떠오르자, 결혼을 깨고 싶다는 말이 목 끝까지 치솟아 올랐다. 두 달이 아니라 평생을 내주고 싶은 마음이 심장에서 파도처럼 일렁거렸다.

하지만 그는 그 마음을 바닥까지 꾹꾹 눌렀다. 영욱을 생각한다면 절대 가져서는 안 될 마음이었으니까.

"아니. 결혼을 깰 생각은 없어."

그는 자신에게 다짐하듯 단호하게 말했다. 소담한 자태로 하얗게 흔들리는 조팝나무꽃을 애써 외면했다. 새하얀 꽃잎 몇 개가 바람에 눈부시게 낙하하고 있었다.

스쳐 지나갈 마음일 것이다. 반드시 그래야 했다. 효은이 그렇게 첫사랑에 이별을 고했듯, 그도 그래야 할 것이었다.

□ ◆ □

열은 다시 높게 올랐다. 삭신이 쑤시는 고통도 더욱 심해졌다. 약도 무엇도 소용이 없었다. 까무룩 의식을 잃었다 깨기를 반복하며 효은은 크게 앓았다. 시간이 어떻게 흘러가고 있는지도 알 수 없었다.

비몽사몽간에 민기의 전화를 받았고, 며칠은 더 출근이 힘들겠다는 얘기를 했다.

그리고 재신의 전화가 왔다.

— 좀 어떻습니까.

"……많이 괜찮아졌어요."

그녀는 있는 힘껏 목소리를 쥐어짜서 괜찮은 척을 했다. 계속 아픈 것을 알면 그가 또다시 찾아올 것 같아서였다.

— 전혀 괜찮지 않은 목소리인데.

"괜찮아요. ……그리고 소장님하고는 상관없는 일이잖아요."

— 내가 상관있습니다. 아플 땐 부르라고 했잖습니까.

"……이번 주 목요일엔 찾아뵐 수 있을 거예요. 이만 끊겠습니다."

효은은 더 이상 통화를 하기 힘들어서 전화를 끊고 말았다. 그리고 또다시 이불 속으로 파고 들어가 고통 속에서 긴 잠을 잤다.

쿵쿵. 쿵쿵쿵.

다시 정신이 들었을 땐 문이 쿵쿵 소리를 내며 요란하게 울리고 있었다. 세찬이 돌찬이도 크게 짖어 대고 있었다.

밖으로 나가 보니 재신이었다. 그가 하얗게 굳은 얼굴로 그녀를 바라보며 서 있었다.

"……또 무슨 일이세요?"

효은은 휘청거리는 몸을 겨우 가누며 어렵게 목소리를 냈다. 아무렇지도 않아 보이고 싶었지만 뜻대로 되지 않았다.

"전화를 받지 않기에. 큰일이 생겼나 해서."

그가 그녀의 얼굴을 날카롭게 살피며 말했다. 손으로 이마를 짚어 열을 재어 보더니, 바로 그녀를 안아 들고 침대로 데려다 눕혔다.

"바쁘지 않으세요?"

"……바쁘지."

"그런데 왜 이렇게 자꾸……."

"네가 신경이 쓰여서."

굳은 얼굴로 한숨처럼 내뱉는 말에 걱정이 한가득 묻어 있었다.

"밥은?"

"……먹었어요."

"거짓말."

그는 바로 알아채고 부엌으로 향했다. 금세 죽을 데워서 방으로 가지고 왔다.

"……소장님. 진짜 나한테 왜 이러세요?"

효은은 쟁반에 단정하게 놓인 죽 그릇을 바라보다 원망하듯 그에게 말을 내뱉고 말았다.

"무얼."

"왜 자꾸 찾아와서 나를 흔드냐고요. 왜 잊고 싶어도 잊을 수도 없게 만드냐고요."

그녀를 바라보는 재신의 눈길이 잠시 흔들렸다. 이내 표정을 지운 그가 무겁게 말해 왔다.

"그럼 네가 아픈데 어떻게 할까. 이렇게 외딴 데서 혼자 앓고 있는데."

"금방 나을 거예요. 이러는 거, 결혼할 분한테 미안하지도 않아요?"

"아픈 사람 돌봐 주는 게 왜 미안한 일이어야 하지?"

그는 흔들림 없는 목소리로 말했다. 무엇 하나 문제 될 것 없다는 투였다.

"이제 오지 마세요."

"다 나으면 찾아올 일도 없을 거야. 그러니까 얼른 먹어. 쓸데없는 데 신경 쓰지 말고."

그는 숟가락으로 죽을 떠서 그녀의 입에 넣어 주었다. 단호하게 밀 어붙이는 말과 달리 손길은 자상하고 따뜻했다.

효은은 결국 꾸역꾸역 죽을 입에 떠 넣고 말았다. 그가 곁에 있는 것이 위안이 되어서, 받으면 안 될 도움을 받고 있는 것 같아서 자꾸 눈물이 났다. 아마도 아파서 마음이 몹시 약해져 있기 때문일 것이다.

"효은아."

그가 엄지손가락으로 차근히 눈물을 닦아 주었다. 그리고 천천히 그녀를 품에 안고 다독여 주었다. 그 품이 너무도 따뜻하고 안락해서 눈물이 났다. 떨어지고 싶지 않아서 눈물이 났다.

"……사실은 두 달이라도 좋았어요. 아니, 한 달. 일주일이라도."

결국 효은은 속마음을 털어놓고 말았다. 떨리는 목소리로 흘러나 온 고백에 재신의 팔이 움찔 떨렸다.

"소장님한테 나는 뭐예요……? 뭔데 자꾸 이러는 거예요?"

효은은 그의 품에 파묻힌 채로 나지막이 물었다.

"……첫사랑."

묵직하게 울려온 그 말에 가슴이 철렁 내려앉았다. 동시에 속 모르는 심장이 환희로 들끓는 것만 같았다.

"두 달이면 끝날까요? 이렇게 아픈 게. 그립고 보고 싶은 게."

"글쎄."

"소장님은 왜 그렇게 멀쩡해요? 왜 이렇게 나만 아프고 나만 그리워요?"

"멀쩡하지 않아. 아프고 그립고 걱정되고……."

무거운 목소리가 심장을 울렸다. 효은은 그를 밀어 내며 그 품에서 천천히 떨어져 나왔다. 마음속에서 수없이 많은 말이 소리 없이 오갔다. 하지만 그녀는 그 무엇도 입 밖으로 꺼내지 못했다. 대신 못내 아려 오는 눈을 질끈 감았다가 떴다.

"좋아요, 그럼."

"……뭐가."

"두 달만 해 봐요. 이 마음이 다 타서 소진되도록. 첫사랑이고 뭐고 다 부서져서 재조차 남지 않을 만큼."

재신이 숨을 크게 들이켜는 것이 느껴졌다. 늘 고고하던 눈동자가 크게 떨리고 있었다.

"후회하지 않을 자신 있어?"

"후회는 소장님이 하게 되겠죠."

효은은 자포자기하듯 그에게 쏘아붙였다.

그래, 다 끝내 버리자. 미련 한 톨 남지 않을 만큼 다 태워 버려서 다시는 첫사랑 같은 거 생각조차 나지 않도록.

"효은아, 나는……."

재신의 말은 더 이상 흘러나오지 못했다. 효은이 불쑥 그를 끌어안아 버렸기 때문이었다.

재신은 더 이상 냉정을 유지하지 못했다. 가느다랗게 안겨 온 효은의 몸을 으스러져라 끌어안았다. 뜨겁게 열이 오른 이마에 입술을 대고, 발갛게 달아오른 뺨에 키스를 했다. 밭은 숨을 할딱이는 작은 입술이 못내 유혹적으로 다가오고 있었다.

그는 보드라운 그 입술을 뜨겁게 삼켰다. 자연스레 벌어진 입술 사이로 절박하게 혀를 밀어 넣었다. 입술과 입술이 맞닿고 혀와 혀가 얽혀 들었다. 재신은 더욱 깊게 파고들었다. 혀의 뿌리 끝까지 휘감아 잡아당기며 미치도록 달콤한 타액을 빨아 삼켰다.

놓고 싶지 않았다. 지켜 주고 싶었다.

부디 시간이 더디게 흐르기를. 더 많은 순간을 함께하기를.

그 순간 그는 깨닫고 있었다. 그저 스쳐 지나갈 마음이란 건 애초부터 존재하지 않았다는 걸.

8

모란꽃이 만발한 요양원의 5월은 곱고 화사했다. 잘 꾸며진 정원
엔 각양각색의 꽃나무들이 즐비했고, 화단에는 새하얀 데이지와 핑크
빛 패랭이, 주황빛 금잔화가 한가득 꽃을 피우고 있었다.

효은은 할아버지의 휠체어를 밀고 밖으로 나왔다. 눈부신 햇살에
할아버지의 주름이 더욱 깊어 보였다.

"뭘 또 여기까지 왔어?"

휠체어를 밀면서 정원을 천천히 거니노라니, 할아버지가 슬그머니
핀잔을 주었다. 매번 찾아올 때마다 바쁜데 뭐 하러 왔느냐며 면박을
주시는 할아버지였다.

"할아버지 보러 왔죠. 너무 보고 싶어서."

효은은 그렇게 말하며 할아버지의 핀잔을 웃어넘겼다. 정말로 그

180

랬다. 아파서도 그랬고 외로워서도 그랬다. 할아버지가 내내 보고 싶었더랬다.

"아, 할애비 말고 남자를 사귀라니까. 너 할애비 세상 떠나면 이제 혼자야. 어쩌려고 연애 한번을 제대로 못 하고 그래?"

"했잖아요, 연애."

"그게 연애야? 어디서 거지발싸개 같은 놈을 물어 와서는."

할아버지가 눈을 부라리며 휠체어를 탁 쳤다. 준형을 몹시도 마음에 들어 하지 않았던 할아버지였다. 사내자식이 믿음직한 구석이 하나 없다며.

"그땐 제가 보는 눈이 너무 없어서."

효은은 멋쩍게 말하며 휠체어를 반대 방향으로 돌렸다. 구부정한 할아버지의 뒷모습을 바라보자니 새삼 세월의 무게가 짙게 느껴졌다.

그녀가 한승도를 만나게 되었다는 걸 알면 할아버지는 뭐라고 말씀하실까. 어릴 적 그렇게 안타까워하셨던 그가 멋지게 자라서 훌륭한 건축가가 되었다는 걸 알면 할아버지는 얼마나 기뻐하실지. 그런 말조차 할 수 없는 현실이 안타까웠다.

"거 뭐냐. 서울서 은행원 한다는 이장 아들. 인물도 훤칠하니 잘 컸던데 한번 만나 볼텨?"

할아버지는 또다시 그 이야기를 꺼냈다. 매번 찾아올 때마다 듣는 이야기였다. 그녀가 누구라도 만나서 어서 빨리 결혼을 하길 바라는 눈치셨다.

"아뇨. 그리고 그분 사귀는 사람 생겼다고 하던데."

"그러게 만나 보랄 때 진작 만나 봤으면 좋았잖아. 그 읍내 배나무 과수원집 아들은? 읍사무소 다니니까 공무원이라 안정적이고. 그 집이 땅도 많고 아주 알부자야."

"별로예요. 할아버지 마음에나 들지, 제 취향은 아니라고요."

"그렇게 까다롭게 구니까 남자가 없는 겨."

"마음에 안 드는 걸 어떡해요."

뾰로통한 그녀의 말에 할아버지가 허허 웃어 보였다. 화사한 모란 꽃을 한참이나 눈여겨보시더니 농원 생각이 나는지 아련한 눈을 하셨다.

"농원은. 부동산에 내놓기는 한 거냐?"

"……아뇨, 아직. 나중에 정 힘에 부치면 그때 내놓을게요."

효은은 할아버지의 눈치를 살피며 조심스레 말했다. 빨리 농원을 팔아 버리라는 할아버지의 말을 내내 무시해 온 터였기 때문이다.

"얼른 농원 팔고 도시에 작은 아파트라도 하나 사. 너 그리 외진 데서 혼자 사는 거 생각하면, 내가 걱정이 돼서 밤에도 자다가 벌떡벌떡 일어나."

"나중에요. 혼자 사는 게 정 힘겨워지면."

태평하게 흘러나온 효은의 말에 할아버지가 발끈하며 인상을 썼다.

"내가 아주 농원을 팔아 버리고 요양원엘 들어왔어야 하는데."

"무슨 말씀을 그렇게 하세요? 할아버지도 안 계시는데 농원마저 없으면 나더러 어떻게 살라고요."

요양원을 찾아올 때면 매번 오가는 실랑이였다. 할아버지는 농원

182

을 빨리 팔아 버리라 하시고, 그녀는 도저히 팔 수가 없었으니까.

"효은아."

"네, 할아버지."

"내 요즘 꿈자리가 뒤숭숭한 게 아무래도 갈 날이 머지않은 모양이다."

오늘따라 안색이 좋지 않던 할아버지가 평소답지 않게 약한 말씀을 하셨다. 효은은 속이 몹시 상해서 목소리를 높이고 말았다.

"말도 안 돼요. 이렇게 정정하신데 무슨 그런 소릴 하세요?"

"그러니까 마음에 드는 남자 있으면 이것저것 재지 말고 꽉 잡어. 할애비 눈감기 전에 너 결혼하는 것 보는 게 마지막 소원이니까."

할아버지가 그렇게 말하며 그녀의 손을 꼭 쥐었다.

마음이 몹시 무거워졌다. 심장을 송두리째 가져가 버린 남자가 현실에 존재하는데 잡을 수가 없는 상황은 어떻게 해야 할까요, 할아버지. 입 밖으로 내보낼 수도 없는 그 말을 효은은 속으로 꼭꼭 묻었다.

"네, 그럴게요, 할아버지."

효은은 걱정 가득한 얼굴로 바라보는 할아버지를 향해 애써 웃음을 보냈다. 태양과 함께 피고 진다는 주홍빛 금잔화가 유독 시선을 끌었다. 꽃말이 이별의 슬픔이라던가.

그녀는 애써 금잔화를 외면하며 바람에 날리는 민들레 홀씨로 눈길을 보냈다. 서서히 더위가 찾아드는 5월의 오후, 봄의 끝자락에서 여름이 묻어나고 있었다.

재신은 토요일 아침 일찍부터 찾아왔다. 귀에 익은 차 소리와 함께 세찬이 돌찬이가 짖었고, 곧이어 현관문 두드리는 소리가 들렸다.

효은은 온실에서 새벽일을 하다 말고 밖으로 나가 그를 맞았다. 온다는 소식도 없이 찾아온 터라 더욱 반갑게 느껴졌다.

"어쩐 일이세요? 온다는 얘기는 없었잖아요."

효은은 남루한 작업복에 흙투성이인 자신의 차림을 바라보며 쑥스럽게 말했다. 바로 어젯밤에도 전화 통화를 한 터였지만 그를 직접 마주하는 기분은 말할 수 없이 기뻤다.

"보고 싶어서."

그가 그녀의 머리를 쓸어 주며 말했다. 따뜻한 손길이 머릿결을 따라 움직이며 귓가를 스쳤다. 그 작은 스침이 무어라고 숨이 떨렸다. 효은은 긴장으로 숨을 들이켜며 가만히 입술을 떼었다.

"……저도요."

"괜찮으면 여기서 작업을 했으면 하는데. 효은이 너는 네 일 하고, 나는 내 일을 하고."

그가 가만히 웃으며 말했다. 그 웃음이 좋아서 효은은 함박웃음을 터뜨렸다. 그와 함께 작업을 한다니 생각만 해도 가슴이 설레었다.

"네. 좋아요."

그녀는 얼른 고개를 끄덕이며 그를 안으로 이끌었다. 그리고 바로 작업 준비를 했다.

할아버지가 쓰시던 커다란 작업 탁자에 그와 그녀의 노트북이 놓이고 스케치북이 놓였다. 허브티를 따라 놓고 간단한 간식거리도 늘어놓았다.

늘 혼자 있던 공간은 따뜻한 온기와 함께 남자의 존재감으로 가득 찼다. 끝을 알고 시작한 만남이었지만, 그것만으로도 효은은 충분히 행복했다.

둘은 나란히 앉아서 작업을 했다. 일에 몰두하다 보니 둘 다 말이 없었다. 연필과 마커가 종이를 그으며 지나가는 사각사각 소리, 마우스가 달깍거리는 소리만 침묵 속에 고요히 울리고 있었다.

먼저 침묵을 깬 것은 재신이었다. 한참 작업을 진행하다 문득 물었다.

"나와 특별히 하고 싶은 일은 없어? 일만 하면서 보내기엔 시간이 아까운데."

같이해 보고 싶은 것은 무척 많았다. 하지만 일 때문에 낼 수 있는 시간이 많지 않았다. 효은은 곰곰 생각하다 아쉽게 대답했다.

"있어요. 인사동 데이트나 식물원 데이트 같은 거. 근데 지금은 일이 바빠서. 오후엔 농원 일도 해야 하거든요. 내일 출하해야 할 화분들이 있어서요."

재신이 알겠다는 듯 묵묵히 고개를 끄덕였다. 그리고 뜻밖의 제안을 해 왔다.

"그럼 지금 농원 일을 같이하고, 오후엔 데이트를 나갈까?"

"농원 일을 같이요?"

"그래. 웬만한 일은 내가 도울 수 있을 테니까."

재신은 자신만만하게 말해 왔다. 손에 흙을 묻히는 건 어딘지 그와 어울리지 않아 보였지만 그의 제안은 나쁘지 않았다.

"소장님 일도 바쁘신 거 아니에요?"

"바쁘지. 하지만 데이트보다 바쁘지는 않아. 나중에 밤을 새워서라도 하면 되는 일이고."

그가 흔쾌히 말했다. 효은은 환하게 웃으며 고개를 끄덕였다.

"뭐 좋아요. 소장님이 도와주신다면야 저야 좋죠."

"그런데 언제까지 소장님이라고 부를 셈이지?"

"그럼 뭐라고 불러요. 재신 씨?"

"그 편이 훨씬 낫군."

재신 씨. 효은은 낯설디낯선 그 말을 조심스레 속으로 불러 보았다. 하지만 그 말 역시 유효 기간이 존재하는 말일 것이다.

"그럼 두 달 동안만 그렇게 부를게요."

"……그래. 두 달 동안."

재신의 얼굴이 다소 어두워졌다. 하지만 언제 그랬냐는 듯 금세 냉정함을 되찾았다.

효은은 그에게 할아버지의 작업복과 작업화를 내어 주었다. 목에 두를 수건과 목장갑도 꺼내 주었다. 그리고 둘이 나란히 온실로 향했다. 그녀가 애지중지 키우는 관엽 식물들이 자라는 커다란 하우스였다.

"무엇부터 하면 되지?"

목장갑을 끼면서 재신이 물었다. 할아버지의 작업복을 걸친 남루한 차림이었지만, 그럼에도 불구하고 남자는 더없이 빛이 났다. 그가 곁에서 숨 쉬고 있다는 사실만으로도 더없이 설레고 심장이 뛰었다.

"여기부터 저기까지 화분을 갈아 줄 거예요. 좀 더 큰 화분으로요. 일단 식물들을 화분에서 꺼내면 돼요. 뿌리가 다치지 않게 조심조심요."

효은은 되도록 시선을 마주치지 않으려 애쓰며 얼른 답을 주었다. 이렇게 계속 그를 쳐다만 보고 있다간 일을 제대로 하지 못할 것 같아서였다.

그는 웃으며 고개를 끄덕이고 바로 작업에 돌입했다. 커다란 소철 하나를 붙들고 잠시 실랑이를 벌이더니 곧 솜씨 좋게 화분에서 분리해 내었다.

효은은 미리 배합해 둔 흙을 새 화분에 채웠다. 그리고 정성스레 소철을 옮겨 심었다. 상토에 펄라이트, 산야초, 질석, 훈탄, 특별한 효소와 부식토 등등을 황금 비율로 섞은 새벽농원만의 특별한 배합토였다.

재신이 곧 또 다른 식물을 화분에서 분리해 냈고, 효은은 새 화분에 흙을 채우고 옮겨 심는 작업을 계속했다. 둘 모두 말이 없었다. 조용한 온실 속에서 돌과 흙이 쓸리고 부딪치는 소리만 연이어 들릴 뿐이었다.

효은은 부지런히 작업에 몰두했다. 그러면서도 신경은 온통 함께 작업을 하는 남자에게로 쏠려 있었다. 걷어붙인 소매 아래로 드러난 단단한 팔뚝과 힘을 쓸 때마다 셔츠 아래로 움직이는 탄탄한 근육이 자꾸만 시선을 끌었다. 그의 시선이 그녀에게로 향할 때마다 발개지는 얼굴을 감추기도 힘이 들었다.

마음을 온통 가져가 버린 사람과 한 공간에 있다는 건 그런 거였다. 오래전 한승도를 몰래 좋아할 때 가졌던 치기 어린 풋사랑과는 차원이 달랐다. 숨소리 하나에 신경이 쓰이고, 눈짓 하나에 가슴이 떨렸다. 말 한마디에 의미를 곱씹게 되고, 가벼운 스침 하나에 심장이 뒤흔들렸다.

두 달간의 가볍고 미련 없는 연애.

효은은 자신이 최선의 선택을 한 것인지 점점 자신이 없어졌다. 흔들리는 마음을 어쩌지 못해 불구덩이를 파고든 것은 아닌지 후회가 되었다. 그가 너무 좋아서, 몹시도 좋아서 후회되고 또 후회되었다.

둘이 함께한 작업은 생각보다 금방 끝이 났다. 늦은 점심을 함께 먹고 오후엔 인사동으로 나올 수 있었다.

특별히 가 보고 싶은 곳은 없었다. 해 보고 싶은 것도 없었다. 그와 함께 사람 많은 익명의 거리를 걷는다는 것만으로도 그저 좋았으니까.

어느 순간 재신이 손을 내밀었고, 그녀는 그 손을 잡았다. 그리고 재신이 조심스레 깍지를 껴 왔다. 손가락이 마디마디 닿아 오던 그 순간, 효은은 그 생경한 느낌에 숨을 삼켜야 했다. 단단히 얽힌 손가락이 그와 함께 있음을 생생히 입증해 주는 것만 같았고, 그 미묘한 감촉이 아찔한 느낌으로 다가와 심장이 요동을 쳤다.

"특별히 해 보고 싶은 건 없어?"

짙푸른 담쟁이넝쿨로 가득한 쌈지길로 들어서며 재신이 물었다.

"없어요. 그냥 걷고 싶어요. 이렇게 둘이서."

"갖고 싶은 건?"

"그것도 특별히 없어요."

"오르골은 어때?"

마침 수제 오르골 공방이 눈에 들어오자, 재신이 걸음을 멈추었다. 도자기며 유리로 만들어진 각양각색의 오르골들이 즐비한 집이었다. 효은은 시선을 사로잡는 독특한 오르골들을 바라보며 가만히 고개를 끄덕였다.

"좋아요."

뭐라도 기념이 될 만한 것을 남겨 두는 것도 나쁘지 않을 것 같았다. 두 달이 지나든, 일 년이 지나든 오늘을 잊지 않도록. 그와 함께 있었던 날들을 기억하도록.

둘은 공방 안으로 들어가 오르골을 구경했다. 수많은 형태의 오르골을 눈에 담고 음악도 틀어 보고 하면서 평범한 연인들처럼 데이트를 즐겼다. 그리고 매화 그림이 새겨진 도자기 오르골 하나씩을 샀다. You are my destiny. 당신은 나의 운명. 오르골에서 흘러나오는 음악은 그랬다.

중간에 삼청동으로 넘어가는 길에선 무료로 진행하는 미술 전시회도 잠깐 보았다. 삼청동의 돌담길을 함께 걷고 운현궁에도 들렀다. 골목의 운치 있는 식당에서 저녁을 먹고, 예쁜 카페에 들러서 차도 한 잔씩 마셨다.

평범하고 흔한 데이트 코스. 그것이 무어라고 효은은 몹시 들떴다. 하루 종일 입가에서 미소가 가시지를 않았다.

둘은 밤늦게까지 함께 시간을 보내다 자정이 다 되어서야 용림리로 돌아왔다. 재신은 그녀를 데려다준 뒤 짧은 키스를 남기고 집으로 돌아갔다.

그리고 혼자 남겨진 효은은 더없는 적막을 느꼈다. 할아버지가 요양원으로 들어가셨을 때에도 느껴 보지 못했던 깊은 외로움. 재신이 떠나고 난 집은 그랬다.

효은은 그와 함께 작업을 했던 탁자에서 새벽까지 일했다. 잠이 오지 않았다. 그래서 오르골을 틀었다. 단조풍의 느리고 감미로운 음악이 천천히 흘러나왔다.

You are my destiny.

You are what you are to me.

You are my happiness.

That's what you are.

그녀는 음악을 따라서 가사를 나직이 읊조렸다. 오르골을 수십 번 틀고서야 겨우 잠이 쏟아졌다. 외롭고 적막한 밤이었다.

□ ◆ □

재신은 그다음 토요일에도 찾아왔다. 둘은 오전에 함께 농원 일을 마치고, 오후에는 마곡동의 서울식물원으로 일을 겸한 데이트를 나갔다. 서울식물원은 온실이 잘되어 있는 곳이라, 은랑도 수목원의 온실 설계에 참고하기 위해서이기도 했다.

"여기 온실의 천장은 유리처럼 보이지만 유리가 아니래요. 초극박막 불소수지 필름이라던가, 무게가 유리의 1/100에 불과한 최첨단 소재라고 하더라고요. 그래서 디자인 측면에서 유리보다 훨씬 자유로운 형태를 만들어 낼 수 있었던 것 같아요."

온실로 들어서며 효은이 설명해 주었다.

재신은 그 소재를 잘 알고 있는지 바로 고개를 끄덕였다.

"ETFE를 말하는 거군. 빛의 투과율도 유리보다 훨씬 높은 소재야. 천장이 오목한 형태의 건물인 것도 유리로는 불가능하고."

"네. 천장이 오목한 건 빗물을 받아 사용할 수 있도록 하기 위해서래요. 온실 전체의 모양은 세포의 형태에서 영감을 받아 디자인했다고 하더라고요."

둘은 온실의 구조와 형태를 유심히 살피며 천천히 온실 안을 거닐었다. 주말이라 식물원엔 사람들이 많았고, 여기저기서 사진을 찍기에 여념이 없었다.

효은은 희귀 식물들이 나타날 때마다 그 앞에서 걸음을 멈추었다. 벌써 세 번째 방문하는 거지만, 올 때마다 새롭게 느껴지는 식물들 앞에서 발이 떼어지지 않았다.

석가모니가 그 아래에서 수행을 했다는 인도보리수, 일 년에 단 이틀만 꽃을 피운다는 빅토리아수련, 바닷가 소금물에서 자란다는 맹그로브, 어린 왕자의 상징과도 같은 바오밥나무, 화려함과 우아함을 동시에 갖춘 다양한 품종의 하와이무궁화 등등.

"인도보리수는 24시간 내내 산소를 풍부하게 내보낸대요. 그래서 종교적 수행자들이 그 아래에서 수행을 많이 한다고 하더라고요. 석가모니 또한 그 아래에서 수행을 했고요."

그녀의 설명에 재신이 웃으며 고개를 끄덕였다. 부드럽게 휘어지는 눈가에서 냉랭함이 사라지는 그 순간이 좋았다. 그는 그녀가 이것저것 얘기해 주는 것을 무척 좋아하는 듯했다.

"빅토리아수련은 단 이틀만, 그것도 밤에만 꽃을 피운대요. 첫날에는 순백의 꽃이 피는데, 색깔이 점점 붉게 변해서 둘째 날에는 빨간색이 된대요. 향기가 무척 진하고 매혹적이어서 한 번 보면 절대 잊을 수 없는 꽃이 된다죠."

효은이 연못 앞에서 걸음을 멈추며 말했다. 재신은 그런 그녀의 모습을 묵묵히 눈에 담았다. 둥근 잎을 가진 가시투성이의 수련은 특별할 것이 없어 보였지만 효은의 이야기를 들으니 그 식물이 다시 보였다. 지치지도 않는지, 바지런히 걸음을 옮기며 식물들을 눈에 담는 효은의 모습이 몹시도 사랑스러웠다.

온실을 나와서도 그녀의 설명은 계속되었다. 호숫가를 거닐며 산책하는 동안에도 이런저런 식물들에 얽힌 이야기를 끊임없이 들려주었다. 식물 이야기를 할 때면 그녀의 눈은 그 어느 때보다도 반짝거렸고, 입가에는 미소가 끊이지를 않았다.

그 모습이 지나치게 매혹적이어서 재신은 가끔씩 눈길을 피했다. 사람들이 북적거리는 곳이라는 것도 잊고서 그녀에게 키스를 해 버릴지도 몰랐기 때문이다.

드넓은 식물원을 한 바퀴 돌고 나니 금세 어두워졌다. 저녁을 먹고 나니 밤중이었고, 용림리로 돌아오니 9시가 넘어 있었다.

"좀 더 같이 있다 가면 안 돼요?"

헤어지기 아쉬운지 효은이 집 앞에서 그를 잡았다. 머뭇머뭇 흘러나온 목소리가 안타깝게 들렸다. 한참이나 고민하다 꺼낸 말이라는 걸 알았다. 그래서 거부할 수가 없었다.

"좋아. 잠깐이라면."

재신은 고개를 끄덕이며 안으로 들어섰다. 밀려 있는 일이 많았지만 상관없었다. 그 또한 당장은 효은과 헤어지고 싶지 않았다.

부엌으로 들어간 효은이 간단한 차를 준비했다. 포트에 물을 끓이고 허브티를 망에 담으며 분주히 움직였다. 재신은 곁에 선 채로 그 모습을 묵묵히 지켜보았다.

"소장님…… 아니 재신 씨랑 결혼할 여자분은 어떤 사람이에요?"

효은이 지나가는 말처럼 물었다. 하지만 표정은 담담하지 못했다. 까만 눈동자에 우수가 서리고 야무진 입가가 조금 떨렸다.

재신은 무거운 마음을 묻으며 담담히 답을 주었다.

"디자인을 해. 사업체를 꾸려서 소품들을 팔고. 수제 가방, 옷, 구두, 지갑 같은 것. 독자적인 브랜드를 가지고 있지."

"아아. 사장님이구나."

"그래. 자기 사업에 대한 애착이 큰 사람이지. 야망도 크고. JK의 료재단의 장녀인데도 불구하고 집안과는 전혀 다른 길을 택했지."

재신은 그런 점에서 예서를 높이 샀다. 사랑 같은 감정이 아니라도 결혼을 생각할 수 있었던 가장 큰 이유였다.

하지만 그 또한 효은을 만나기 전의 일이었다. 지금은 점점 자신이 없어지고 있었다. 이런 마음으로 진행한 결혼이 예서에게나 그에게나 도움이 될 수 있을지, 혼자 남겨진 효은은 어떻게 해야 할지, 아니 그가 정말로 효은을 놓을 수나 있을지 모든 것이 혼란이었다.

무엇보다 욕망이 생기고 있었다. 지켜 주고 싶다는 마음을 넘어선 남자로서의 욕망. 효은을 온전히 품고 싶다는 욕망.

처음으로 가슴을 뒤흔든 여자였다. 심장이 떨린다는 게 무엇인지를 알게 해 준 여자. 말갛게 벌어진 입술 하나에 심장이 뛰고, 작게 스치는 손길 하나에 남자로서의 욕망이 불끈거렸다.

"대단한 분인 것 같네요."

효은이 가라앉은 목소리로 말했다. 담담한 척 웃고 있었지만 입가가 어색하게 떨렸다. 그 모습이 못내 가슴이 아려서 재신은 그녀의 어깨를 가만히 끌어안았다.

"나에겐 네가 훨씬 대단해. 할아버지에 대한 사랑도 그렇고, 혼자서 꿋꿋이 농원을 꾸려 가는 것도 그렇고."

"농원이 너무 소중해서 그런 것뿐이에요."

"아무나 할 수 있는 일이 아니야, 절대. 네가 자랑스러워. 할아버지도 분명 그렇게 생각하실 거야."

"할아버지는 걱정만 태산이신걸요. 얼른 농원 팔아 버리고 결혼하라고 성화시고."

효은이 빙그레 웃으며 말했다. 할아버지 이야기가 나오자 그늘 한

점 없는 미소를 보이는 그녀였다.

"할아버지는 좀 어떠셔?"

"반년 전에 쓰러지신 뒤로 상태가 많이 안 좋으세요. 몸 왼쪽은 거의 못 쓰시고."

"걱정이 많겠네."

"그래도 그만하시길 다행이죠. 그때 돌아가시는 줄 알고 정말 가슴을 졸였었거든요. 며칠을 울고불고…….'"

효은의 이야기를 들으며 재신은 미경을 떠올리고 영욱을 떠올렸다. 낳아 주고 키워 준 부모였지만 그는 그들에게 그 정도만큼의 애정은 없었다.

미경은 어릴 적 한두식의 폭력을 피해서 집을 나갔고, 그는 내내 엄마가 없는 집에서 폭력에 시달려야 했다. 그때가 여섯 살이었던가, 일곱 살이었던가. 그를 향해 '엄마가 미안해'를 연발하며 하염없이 울어 대던 미경의 모습을 기억한다. 그날 미경은 집을 나가서 다시는 돌아오지 않았다.

다시 만난 것은 그가 열여섯, 사고로 사경을 헤매다 눈을 떴을 때. 경찰의 수소문으로 연락이 닿았다고 했었다. 그때 새아버지 영욱도 처음 만났다. 한두식과는 판이하게 다른 품격 있고 점잖은 남자였다. 대신 속내를 숨기는 데 익숙한 사람이었고 그것은 아들이 된 그에게도 마찬가지였다.

살가움이란 것은 그래서 재신에게 몹시 낯선 단어였다. 가족 간의 정이란 것도 마찬가지였다. 그저 폭력 속에서 벗어나 안정적인 환경

195

에서 자라게 해 준 것에 대한 감사함이 전부였다.

둘은 거실로 나와 소파에 나란히 앉았다. 천천히 차를 마시며 은랑도에 대한 이런저런 이야기를 나누었다.

배가 끊겨 은랑도에서 나오지 못했던 것, 어쩔 수 없이 빈집을 찾아서 묵어야 했던 일들, 지네를 잡아 주던 효은의 모습과 곰탕을 함께 먹었던 추억들이 아련히 스쳐 지났다.

"은랑도 수목원의 이름을 생각해 봤는데요."

찻잔을 톡톡 두들기던 효은이 문득 웃으며 말을 꺼냈다.

"응."

"파도의 정원."

"파도의 정원?"

"네. 어떻게 생각하세요?"

소박하지만 운치 있게 들리는 이름이었다. 마음에 잔잔한 파도를 몰고 오는 이름이기도 했다.

"잘 어울려."

효은이 너하고.

뒷말은 하지 못했다. 하지만 그에게 은랑도의 수목원은 이미 효은의 정원이나 마찬가지였다. 공모전에 당선이 되든 되지 않든.

"그럼 주제를 그렇게 해서 공모전에 제출할까요?"

"좋아. 근사하네."

수목원과 리조트 설계는 이제 마지막으로 온실의 설계만 남겨 두고 있었다. 그것이 마무리되면 곧 외주로 돌릴 모형과 CG 작업으로 넘어가게 된다. 그러면 둘이서 깊이 논의해야 할 일은 줄어드는 셈이 되었다. 대신 프레젠테이션 준비에 몰두해야 할 것이다.

"아. CG 작업 해 줄 업체를 알아봤는데요. 좀 보시겠어요?"

효은이 문득 생각난 듯 말했다. 방으로 들어가 노트북을 가지고 나오며 빙긋 웃었다.

"실적이 화려해요. GH호텔 부산 지점이랑 혜명대학병원 신축 병동도 여기서 조감도 작업을 했고요."

둘은 노트북을 앞에 놓고 머리를 맞대었다. 업체의 포트폴리오를 함께 살펴보며 이런저런 품평을 했다. 그러는 사이, 앉은 거리가 몹시 가까워졌다. 무릎이 맞닿고 어깨가 스쳤다. 효은의 향기가 바로 곁에서 짙게 흘러들었다.

노트북 화면엔 세 번째의 포트폴리오 영상이 화려하게 재생되고 있었다. 하지만 재신의 눈은 더 이상 화면을 보고 있지 않았다. 효은의 손을 가만히 감싸 쥔 채로 매혹적인 그녀의 옆얼굴을 바라보고 있었다. 부드럽게 솟은 콧날과 커다란 눈망울, 기다란 속눈썹과 도톰하게 벌어진 입술이 지나치게 유혹적이었다.

"효은아."

그의 부름과 함께 효은이 눈을 들었다. 자연스레 그에게로 향한 시선이 몹시도 가까웠다. 재신은 부드럽게 벌어진 그 입술에 조심스레 입술을 겹쳤다. 효은은 피하지 않았다. 조금 망설이는가 싶더니, 눈을 질끈 감으며 그의 목에 팔을 감았다.

입맞춤은 점점 깊고 격렬해졌다. 재신의 입술이 갈급하게 그녀의 입술을 삼켰고, 뜨거운 혀가 입술 사이를 가르고 들어왔다. 혀를 얽으며 비벼 대는 은밀한 마찰에 효은의 몸이 점점 뜨거워졌다. 아찔한 느낌과 질식할 것 같은 흥분이 둘 사이에 흘렀다. 노트북의 포트폴리오는 둘의 머릿속에서 그대로 지워졌다. 아니, 머릿속에 남아 있던 모든 현실들이 고스란히 사라져 버렸다.

효은은 그의 목을 더욱 세게 끌어안으며 그에게 매달렸다. 그저 함께만 있으면 그걸로 좋을 거라고 생각했다. 그의 곁에만 있을 수 있다면 그걸로 좋을 거라고. 하지만 깨닫고 보니 아니었다. 그와 모든 것을 함께하고 싶었다. 연인으로서 할 수 있는 그 모든 것들을.

재신이 그녀를 안으며 소파에 쓰러뜨렸다. 뜨거운 그의 입술이 뺨을 타고 내려와 목덜미에 닿았다. 그 순간 효은은 소스라치게 놀라 파드득 몸을 떨었다. 온몸으로 퍼지는 전율에 정신을 제대로 차릴 수가 없었다. 뜨거운 열기에 숨이 막히고, 타는 듯한 갈증으로 목이 말라 왔다.

어느 순간 재신의 손길이 그녀의 가슴에 닿았다. 효은이 놀라 떨어지려는 사이, 키스가 다시 깊어졌다. 혀를 깊게 얽어 넣으며 거칠게 비비는 움직임에 정신이 아득해졌다. 다시 그의 손이 셔츠를 들어 올리며 안으로 들어왔다. 흥분한 그의 손길이 브래지어 밑으로 들어와 맨가슴을 움켜쥐었다. 맞닿은 하체에서 딱딱한 그의 남성이 느껴지자, 효은은 어찌할 바를 모르고 몸을 떨었다.

"아아……."

저도 모르게 신음이 흘러나온 것은 그 순간이었다.

그리고 그 순간, 재신이 모든 움직임을 멈췄다. 굳은 얼굴로 그녀를 내려다보며 한참을 그대로 있었다. 그리고 천천히 그녀의 위에서 몸을 떼었다. 탁한 숨을 길게 내쉬며 거칠게 마른세수를 했다.

효은은 가쁜 숨을 가다듬으며 그런 그를 조용히 바라보았다. 밀려 올라간 셔츠를 내리고 옷매무새를 정돈하며 애써 가벼운 마음을 가지려 했다.

"……나는 괜찮아요."

그녀의 말에 그가 고개를 들었다. 욕망을 갈무리한 얼굴에서 아까의 흥분은 느껴지지 않았다. 평소처럼 견고한 눈빛으로 돌아와 있었다.

"이러려고 했던 것은 아니었어."

"……알아요. 미안하다는 말은 하지 마세요. 나는…… 좋았으니까."

둘 사이에 무거운 침묵이 내려앉았다. 재신은 더 말을 하지 않았다. 그저 아련한 눈길로 그녀를 바라보고 또 바라볼 뿐이었다.

재신은 재킷을 챙겨 들고 곧 일어섰다. 그녀를 한 번 더 품에 안아 주고는 세찬이 돌찬이의 배웅을 받으며 차를 타고 떠났다.

효은은 더는 외로워하지 않기로 했다. 익숙해져야 할 이별이었으니까. 그의 손이, 입술이 닿아 왔던 감촉을 되새기며 오르골을 틀었다. 그녀가 사랑하는 농원의 밤이 어슴푸레 깊어 가고 있었다.

9

비가 쏟아져 내리는 늦은 저녁이었다. 재신은 한남미술관 건축주
와의 미팅을 마치고 집으로 향했다. 여름이 찾아드는 6월의 초입, 봄
꽃들이 거의 사라진 거리는 파릇한 신록으로 채워져 가고 있었다.

빗길에 차가 정체되어 멈춰 있는 동안, 그는 또다시 효은을 생각했
다. 일은 숨 쉴 틈도 없이 바쁘게 돌아가고 있었지만 머릿속은 줄곧
일이 아닌 효은의 생각으로 가득했다.

며칠 전 소파에 효은을 쓰러뜨렸던 자신의 행동이 내내 뇌리를 떠
나지 않았다. 가슴이 돌덩이가 얹힌 것처럼 무거웠다. 놀란 얼굴로 어
찌할 바를 모르던 효은의 모습이 심장을 아프게 할퀴고 갔다.

절대 그런 취급을 받아선 안 될 여자였다. 소중한 사람에게 함부로
하고 말았다는 자책감이 온몸을 짓눌러 왔다. 스스로가 절제할 수 없

는 욕망의 덩어리가 된 기분이었다.

더욱 두려운 것은 그렇게까지 하고도 여전히 가라앉지 않는 욕망이었다. 아니 가라앉기는커녕 더더욱 크게 부풀어 참을 수 없는 지경까지 이르고 있었다. 효은과 끝까지 가고 싶다는, 그녀를 온전히 품고 평생을 함께하고 싶다는 욕망이 수도 없이 갈급하게 찾아들었다.

이런 마음으로 결혼을 할 수 있을까. 아니, 효은에게로 흐르는 마음을 끊을 수나 있을까. 모든 것이 불가능했다.

"재신입니다."

주차를 마치고 집 앞에 서자, 그를 반기는 청양댁의 목소리와 함께 문이 열렸다.

재신은 집 안으로 들어서기 무섭게 서재로 향했다. 수천 권의 책들로 가득한 영욱의 일터이자 보금자리, 그가 이 집에서 가장 거리감을 느끼는 공간으로였다.

"오늘은 일찍 집에 들었구나."

노크를 하고 안으로 들어서자, 최 실장과 대화를 나누던 영욱이 반갑게 그를 맞으며 말했다.

무슨 이야기를 나누고 있었는지 알 수 없지만, 최 실장은 재신과 눈이 마주치기 무섭게 어두운 얼굴을 했다.

영욱이 국회 의원으로 있을 때 보좌관으로 일했던 최 실장은 그가 의원직을 상실하고 나서도 계속 곁을 지켜 왔다. 비공식적인 직함으로 최 실장이라 부르고 있었지만 영욱이 내년에 당선되면 다시 보좌관으로 일할 사람이었다.

"예, 아버지. 드릴 말씀이 있습니다."

재신이 고개를 숙이며 말을 꺼내자, 영욱은 즉시 손짓을 해서 최 실장을 내보냈다. 평소와 다름없이 속을 알 수 없는 얼굴이었다.

"앉으렴. 그리 서서 할 이야기는 아닌 것 같구나."

재신은 묵묵히 소파로 건너가 그와 마주 앉았다. 굳은 얼굴로 영욱을 바라보며 종일 그를 짓눌러 왔던 고민을 토해 놓았다.

"약혼식을 올릴 생각이시라고 들었습니다."

"그래. 네 어미가 얘기를 한 모양이로구나."

"예서와 전화 통화를 했습니다."

재신의 말에 영욱이 묵묵히 고개를 끄덕였다.

"그래. 그럼 자세히 들었겠구나. 그쪽 집안에서 먼저 꺼낸 얘기다. 7월 초쯤 약혼을 하고, 가을쯤 결혼식을 올리는 게 좋겠다고 말이야. 왜, 약혼식이 마음에 들지 않는 거냐?"

"……예, 아버지."

"왜. 복잡한 절차가 하나 더 생겨서 부담이 되긴 할 테지만, 너도 찬성한 결혼이 아니더냐."

영욱이 자상한 표정으로 그를 바라다보았다. 온화하게 미소를 띤 그 얼굴을 마주하자 재신은 차마 입이 떨어지지 않았다.

영욱은 그를 재촉하지 않았다. 긴긴 침묵의 시간을 차를 우리는 것으로 보내며 그가 먼저 입을 열 때를 기다렸다.

"……제 마음이 변했다고 하면 어떻게 하시겠습니까, 아버지."

무겁게 떨어진 재신의 말에 영욱은 잠시 말이 없었다. 차를 한 모금 넘긴 뒤, 그제야 의아한 얼굴을 하며 그를 마주 보았다.

"마음이 변하다니."

재신은 숨을 길게 한 번 들이켰다. 잠시 망설임이 일었지만 결국 내내 감춰 왔던 속내를 털어놓고 말았다.

"……따로 마음이 가는 여자가 생겼습니다."

영욱이 천천히 찻잔을 내려놓았다. 내내 평온하던 그의 표정에 서서히 금이 가기 시작했다. 도저히 믿을 수 없다는 얼굴이었다.

"여자? 고작 두어 달 사이에 말이냐?"

"예. 죄송합니다, 아버지."

재신은 무거운 마음을 어쩌지 못하고 고개만 깊이 숙였다.

"그럼 그동안 예서와 만나 왔던 건 무엇이고?"

"친구처럼, 동료처럼 생각했습니다. 충분히 결혼도 가능할 거라 믿었습니다. 이 여자를 만나기 전까지는 말입니다."

영욱이 착잡한 얼굴로 그를 응시했다. 손을 깍지 낀 채로 긴 한숨을 내쉬더니 가라앉은 목소리로 물었다.

"어찌할 셈이냐. 집안끼리의 약속이다."

재신은 밀려드는 긴장 속에서 잠시 침묵을 지켰다. 그리고 이내 침착하게 입술을 떼었다. 언제가 되었든 꺼내야 할 말이었으니까.

"……결혼 얘기, 없었던 걸로 하면 안 되겠습니까."

영욱의 미간에 크게 주름이 졌다. 걱정을 한껏 담은 얼굴로 그가 말했다.

"두 달 만에 생긴 마음, 두 달이면 끝나지 않겠느냐. 수십 년의 장래를 결정하는 일이야. 어찌 그리 가벼이 그런 말을 입에 담는단 말이냐."

"접어질 마음이 아니라 말씀드린 것입니다."

재신은 단호하게 그의 마음을 전했다. 접어질 수 있는 마음이라면 입 밖으로 꺼내지도 않았을 것이다. 이대로의 결혼 진행은 예서에게도 효은에게도 못 할 짓이었다.

영욱이 굳어진 얼굴을 한 채로 차를 벌컥벌컥 들이켰다. 그리고 한숨을 크게 내쉬며 속내를 털어놓았다.

"……나는 예서 외에 그 누구도 며느리로 들일 마음이 없다. 이미 그 집안과 진행된 이야기가 너무 많아."

"아버지!"

"힘들겠지만 그 마음은 접어라. 나뿐 아니라 너를 위해서도 하는 말이야. 자기 사업을 하려면, 처가 배경이 얼마나 중요한 역할을 하는지는 너도 잘 알 것이 아니냐."

그리 말하는 영욱의 목소리는 몹시 가라앉아 있었다. 그에 대한 걱정을 한가득 담은 얼굴이었다.

재신은 가만히 고개를 저었다. 그리고 진심을 담아 정중하게 말을 이었다.

"배경은 필요치 않습니다. 이미 제 능력만으로도 충분히 먹고살 만하니까요. 그러니 아버지, 다시 한번 생각해 주십시오. 평생 처음으로 마음을 준 여자입니다."

"네 어미 생각도 해야지. 여기서 네가 결혼을 물러 버리면 그 충격이 얼마나 크겠느냐. 또 쓰러질지도 몰라. 지금도 저리 심약한데 이번엔 이겨 내지 못할지도 모르고."

영욱은 물러서지 않았다. 부드러운 목소리로 앞뒤 사정을 얘기하며 그를 설득하려 애썼다.

하지만 재신도 더는 물러설 수 없었다. 누구도 아닌 그 자신의 결혼이었고, 그 누구도 후회하지 않길 바랐으니까. 효은에게 당당히 손을 내밀고 싶었으니까.

"……제 이기심인 건 잘 압니다. 하지만 아버지, 제가 평생을 두고 후회하길 바라십니까. 길러 주신 은혜는 평생 다른 것으로 갚겠습니다. 선거에도 도움이 되도록 제가 할 수 있는 모든 것을 다하겠습니다. 그러니 아버지 제발……."

"재신아."

묵묵히 듣고 있던 영욱이 무거운 목소리로 그를 불렀다.

"예, 아버지."

"한두식이 모습을 드러냈다."

"……예?"

"네 친부 말이다. 또다시 협박질을 해 오고 있단 말이다. 선거를 앞두고 또다시 돈 냄새를 맡은 게지."

재신은 어두운 얼굴로 입을 닫을 수밖에 없었다. 묵직한 바윗덩어리가 가슴을 짓눌러 오고 있는 것만 같았다. 평생 커다란 짐 덩어리로 그를 괴롭히는 족쇄 같은 존재.

"오늘 이야기는 못 들은 걸로 하마. 사내가 정 따위에 마음 흔들리면 큰일을 못 해."

"하지만 아버지."

"이만 나가 보거라. 최 실장과 할 이야기가 아직 많이 남았구나."

재신은 묵묵히 뒤로 물러났다. 하지만 다시 한번 대화에 쐐기를 박았다. 영욱이 다 끝난 이야기로 생각하길 바라지 않아서였다.

"일단은 나가 보겠습니다. 하지만 제 마음은 결코 접지 못할 겁니다, 아버지."

영욱의 얼굴에 잠시 날카로운 표정이 스쳐 지났다. 재신은 따가운 그 시선을 뒤로하며 묵묵히 밖으로 나왔다.

창밖의 빗소리가 점점 더 커져 가고 있었다. 종일 무겁게 쏟아지던 우울한 비였다. 정원에 화사하게 피었던 조팝나무의 하얀 꽃들이 세찬 비바람에 휩쓸려 말갛게 떨어지고 있었다.

□ ◆ □

늦은 밤, 효은은 JK대학병원의 중환자실에 있었다.

요양원에서 전화가 걸려 온 것은 하늘이 노을로 발갛게 저물어 갈 즈음이었다. 그녀는 한창 회사에서 작업을 하던 중에 전화를 받았다. 할아버지가 갑자기 위독해지셔서 병원에 입원하셨다는 이야기였다. 눈앞이 캄캄해지는 것만 같았다.

그대로 일을 접고 부랴부랴 병원으로 달려왔다. 갖가지 의료 기기를 주렁주렁 매달고 중환자실에 누워 있는 할아버지는 그저 연약하고 왜소해 보이기 그지없었다. 하늘이 무너져 내리는 것만 같았다.

"할아버지!"

효은은 주름 가득한 그 손을 붙들고 끝내 울음을 터뜨리고 말았다. 지난번 요양원에서 찾아뵈었을 때까지만 해도 정정해 보이셨는데, 갑자기 이렇게 쓰러지시리라곤 생각도 못 했다.

"……효은아."

할아버지가 잘 떠지지도 않는 눈을 뜨고서 힘겹게 그녀를 불렀다.

"네, 할아버지. 저 여기 있어요."

효은은 할아버지의 손을 꼭 쥐며 황급히 눈물을 닦았다.

"나는 괜찮다……. 정말 괜찮아……. 이제 살 만큼…… 살았으니…… 미련도 없고."

실낱같은 목소리가 끊어질 듯 가늘게 이어졌다. 숨쉬기도 힘이 드는지 할아버지의 목소리는 계속 끊길 듯 끊길 듯 어렵사리 흘러나왔다.

"무슨 말씀을 그렇게 하세요? 할아버지 없으면 나는 어떻게 하라고."

"다만 혼자…… 남을 네가…… 쿨럭. 걱정이 되어서…… 눈도 편히…… 감지 못하겠구나."

"그러니까 오래 사셔야죠! 약한 마음 먹으시면 절대 안 된다고요."

효은은 입술을 악물며 목소리를 높였다. 할아버지가 이대로 무너져 버릴까 봐 몹시도 두려워서였다.

"그게 어디…… 내 뜻대로…… 되는 일이더냐. 쿨럭."

"말도 안 돼요. 오래오래 사셔서 나 결혼하는 것도 보고, 증손주 낳는 것도 보고."

바락바락 우기는 효은의 손을 할아버지가 꼭 쥐었다.

"남자부터…… 데려와야지, 인석아."

고통으로 일그러진 할아버지의 얼굴에 희미하게 미소가 어렸다. 끝끝내 그녀에겐 괜찮아 보이려는 할아버지였다.

남자. 할아버지가 효은에게 제일 바라는 것. 할아버지의 하나뿐인 마지막 소원.

"할아버지, 있어요! 나 남자 있다고요."

효은은 생각할 겨를도 없이 다급히 외쳤다. 할아버지가 그 무슨 희망이라도 가져야 오래오래 버티실 것 같아서였다.

"……남자?"

"네. 사귀는 사람이 있어요. 결혼도 하고 애도 낳고 그럴 남자요."

"……진짜?"

"네. 진짜예요. 할아버지도 보시면 마음에 꼭 드실 거예요."

효은은 막무가내로 말을 이었다. 결혼은 말도 안 되는 얘기였지만, 그래도 당분간은 만나는 사이니 아주 거짓말은 아니었으니까.

"보고…… 싶구나. 쿨럭. ……그래, 뭐 하는…… 사람인데?"

"건축가예요. 아주 잘나가는 건축가요. 유명한 건물들 설계도 많이 했어요."

"……이름은."

"권재신이에요. 안동 권씨."

그녀의 말에 할아버지가 만면에 화색을 띠었다. 안 나오는 목소리를 억지로 짜내며 어렵사리 계속 물었다.

"그런데…… 왜 여직…… 안 보여 줬어?"

"일이 바빠서요. 나 요양원 갈 때마다 시간이 안 맞아서."

"하긴, 데이트할…… 쿨럭. 시간도 없을 텐데…… 할애비까지……."

"아녜요. 할아버지. 곧 보여 드릴게요. 그 사람도 꼭 뵙고 싶어 할 거예요."

효은은 얼른 말을 꺼냈다. 할아버지가 위독하시다면 재신이 꼭 와 줄 거라고 생각하면서. 결혼 이야기 같은 건 거짓이지만 장단은 맞춰 줄 수 있을 것이다.

그녀는 부리나케 밖으로 나가 전화를 걸었다. 재신은 신호가 채 몇 번 울리기도 전에 전화를 받았다. 그리고 바로 오겠다고 말해 왔다.

다행이라고 효은은 생각했다. 이런 때에 그가 있어 주어서 다행이라고. 할아버지한테 누구라도 보여 줄 수 있어서 정말 다행이라고.

"권재신입니다."

병실로 들어선 그가 할아버지의 손을 꼭 쥐며 말했다. 할아버지는 떠지지도 않는 눈을 억지로 뜨면서 어렵사리 그의 얼굴을 살폈다.

"그래……. 자네가…… 쿨럭. 우리 효은이……."

"예. 만나는 사이입니다."

재신이 고개를 끄덕이며 정중하게 말했다. 할아버지는 그가 마음에 들었는지 희미하게 웃었다.

"유명한…… 건축가라지?"

"업계에서 제법 자리는 잡았습니다."

"내…… 꼴이 이래서…… 미안허이. 밥이라도 한 끼…… 쿨럭. 대접해야 하는데."

"대접은 제가 해 드려야죠. 얼른 나으셔서 식사도 같이하시고 그러셔야죠."

할아버지는 그를 말없이 한참이나 쳐다보았다. 힘 하나 들어가지 않는 손으로 그의 손을 매만지며 끝내 눈물을 보이셨다.

"나는…… 이미 그른 것 같아. 쿨럭. 우리 효은이를…… 잘 부탁하네."

"걱정 마십시오, 어르신. 제가 잘 보살피겠습니다. 하지만 얼른 쾌차하셔야 효은이가 마음 편히 일도 하고 그러지 않겠습니까. 마음 독하게 가지시고 잘 회복하십시오."

"그래…… 그래야지."

면회 시간은 길지 않았다. 곧 간호사가 들어와 그들을 내보냈다. 할아버지는 아쉬운 얼굴을 하셨지만 이내 손을 저으며 둘을 돌려보냈다.

재신은 바로 돌아가지 않았다. 그녀의 곁에서 병실 밖을 지키며 밤새 함께 있어 주었다.

하지만 할아버지의 상태는 계속 나빠져만 갔다. 중간중간 의사가 들어가고 간호사들이 바쁘게 들락거렸다. 간호사들을 붙들고 물어본 결과, 의식조차 잃어 가시는 것 같았다.

효은은 이러지도 저러지도 못한 채 내내 울었다. 재신이 곁에 없었더라면 그대로 쓰러져 버렸을지도 몰랐다.

그렇게 아침이 되고 또다시 밤이 되었다. 할아버지는 다시 눈을 뜨지 못했다. 의식이 없는 채로 산소마스크를 끼신 채 내내 식물인간처럼 누워 계셨다.

□ ◆ □

분홍빛을 띤 파스텔 톤의 수국이 고아하게 만개한 날이었다. 구름한 점 없는 하늘은 더없이 파랬고, 초여름 무더위가 무색하게 청량한 바람이 시원하게 불어 들고 있었다.

소식이 전해진 것은 재신이 한창 중환자실의 간병인을 알아보고 있을 때였다. 몇 날 며칠 할아버지 곁을 떠나지 못하는 효은이 안타까워 간병인이라도 구해 주려고 했을 때.

— 돌아⋯⋯가셨어요.

핸드폰 너머에서 들려온 효은의 목소리는 물기 하나 없이 차분하게 가라앉아 있었다. 이미 단단히 각오를 했던 듯 흔들림 없이 단정한 목소리였다.

"⋯⋯그래."

재신은 턱 막혀 오는 목을 가다듬으며 무겁게 응답을 했다.

— 좋으셨다고, 다행이라고⋯⋯. 재신 씨가 있어서. 그게 마지막

말씀이었어요.

효은이 천천히 또박또박 말해 왔다. 홀로 고통을 견디고 있을 그녀의 얼굴이 떠오르자 가슴이 욱신욱신 쑤셔 왔다.

"괜찮은 거야?"

— 괜찮아요. 꿈을 꾸고 있는 것만 같아서 그렇지.

"바로 갈게."

— 민기 선배가 있어 줄 거예요. 너무 신경 쓰지 않으셔도 돼요.

효은의 목소리에서 다소 거리감이 느껴졌다. 민기가 있을 테니 친근함을 드러내지 말라는 뜻일까, 아니면 이 와중에도 일이 바쁜 그를 배려해서 하는 말일까.

어느 쪽이든 효은은 큰 충격에 휩싸였을 상황에 이상하리만치 침착했고, 그것이 그를 더욱 불안하게 만들었다.

재신은 그길로 일을 접고 바로 장례식장으로 향했다. 민기가 어떻게 보든, 그곳에서 누구를 마주치든 모두 다 상관없게 느껴졌다. 오직 효은이 크게 아파하고 있다는 사실만이 가슴을 무겁게 짓눌러 왔다.

사람이 많지 않은 장례식장은 쓸쓸하고 황량해 보였다. 영정 속 할아버지의 모습은 해사하게 웃음을 띤 모습이었고, 그래서 가슴을 더욱 아려 오게 만들었다.

효은은 꽃으로 화려하게 장식된 영정 앞에 침착하게 앉아 있었다. 눈물도 다 말라 버린 듯 수척한 모습으로 조용히 자리를 지켰다.

재신은 천천히 안으로 들어섰다. 먼저 그를 맞이한 것은 민기였다.

어떻게 알고 왔냐는 듯 의아한 눈으로 바라보며 효은에게로 그를 안내해 주었다.

효은은 그와 눈을 마주치기 무섭게 울 것 같은 얼굴을 했다. 하지만 순간이었을 뿐 이내 차분한 얼굴로 되돌아갔다.

재신은 짧게 묵례를 하고 영정 앞에 섰다. 할아버지의 명복을 빌며 향을 피우고, 두 번 반의 절을 했다. 절차를 따라 상주인 효은과 맞절을 하기 위해 마주 선 순간, 그녀의 눈에 눈물이 고이는 것이 보였다. 맺힌 눈물을 질끈 닦아 내는 모습에 가슴이 선득하니 쓰라려 왔다.

둘은 마치 생경한 사이처럼 맞절을 했다. 그리고 마음 깊은 곳을 감춘 채 의례적인 인사를 나누었다.

"와 주셔서 고맙습니다. 소장님."

"별말씀을요. 상심이 크시겠습니다. 마음 잘 추스르십시오."

"예. 감사합니다. 저쪽에서 식사하고 가세요."

재신은 의례적인 대화를 나누며 효은의 파리한 얼굴을 안타깝게 눈에 담았다. 하지만 채 몇 마디 나누기도 전에 다른 문상객들이 들어섰다.

효은은 이내 일어서서 그들을 맞아야 했고, 그는 민기의 안내를 받아 식사가 차려진 건너 쪽 방으로 자리를 옮길 수밖에 없었다.

"여긴 어쩐 일이야? 어떻게 알고 왔어?"

적당한 테이블 하나에 자리를 잡으며 민기가 물었다. 일하는 아주머니들이 바로 상을 차리고 육개장과 밥을 퍼다 주었다.

"효은 씨가 직접 전화를 했더라고. 상을 당해서 이번 주 미팅은 힘들 것 같다고."

재신은 적당한 말로 둘러대었다. 민기가 그와 효은의 관계를 알게 하고 싶지 않았다. 효은의 회사 생활이 불편해지길 바라지 않아서였다. 아니, 그와 관련된 그 어떤 것으로도 효은에게 해가 되길 원치 않았다.

"하여튼 남효은 일 처리 깔끔한 건 알아줘야 한다니까. 이 와중에 그런 것까지 챙기다니."

민기는 고개를 절레절레 저으며 한숨만 푹푹 내쉬었다. 안타까운 얼굴로 전을 하나 입에 넣으며 묻지도 않은 말을 덧붙였다.

"알고 있는지 모르겠는데, 효은이 걔 할아버지랑 단둘뿐이었어. 어려서 부모 여의고 할머니도 일찍 돌아가시고. 그런데 할아버지마저 이렇게 되셔서 안쓰러워 죽겠다."

"그래."

재신은 무거운 얼굴로 고개를 끄덕이며 주위의 테이블들을 여상하게 눈에 담았다. 효은의 친구들인 듯한 몇 그룹과 할아버지의 지인인 듯한 노인분들이 자리를 잡고 있었다.

그리고 눈에 익은 몇몇 사람들이 보였다. 용림리에서 왔을 것이 분명한 그곳의 토박이 사람들이었다. 이장이 보이고 읍내 사람들이 보였다. 오래전의 기억이었지만 그는 분명히 알아볼 수 있었다. 재신은 혹여 그들이 자신을 알아볼까 무심한 얼굴을 하며 민기에게로 시선을 돌렸다.

"혹시 승도 아닌감? 한 씨 아들 승도."

곁을 지나던 노인 하나가 그의 얼굴을 빤히 들여다보며 말을 건넨 것은 그때였다. 오래전 읍내 슈퍼의 주인이었다. 재신은 낯선 얼굴을 보듯 그를 바라보며 시치미를 떼었다.

"무슨 말씀이신지요, 어르신."

"아, 자네 이름이 한승도가 아닌가?"

"아닙니다. 사람을 잘못 보신 것 같습니다만."

"그런가. 닮은 사람을 착각했나 보이."

노인은 그렇게 말하면서도 고개를 갸웃했다. 그를 다시 한번 유심히 쳐다보고는 이장이 있는 테이블로 가서 앉았다. 그쪽 테이블의 사람들이 그를 흘끗거리며 무언가 말을 하고 있는 것 같았으나 재신은 개의치 않았다. 어차피 그의 입으로 인정하지 않는 이상 그가 한승도라는 것을 입증할 길은 없을 터였다.

재신은 효은이 이쪽 방으로 한 번쯤 건너오지 않을까 하여 오래도록 자리를 지켰다. 하지만 손님을 맞느라 많이 바쁜지 효은은 모습을 드러내지 않았다.

당당하게 곁에 있어 줄 수 없는 현실이 못내 마음에 걸렸다. 뼈저리게 쓰라린 현실이었다.

□ ◆ □

할아버지와의 작별은 그 슬픔의 정도와 상관없이 정해진 절차에 따라 차곡차곡 진행되었다. 염을 하고 입관을 하고 발인을 하는 그 모든 시간 동안, 효은은 치솟는 울음을 꾹꾹 눌러 삼키며 스스로를 억척스럽게 다잡았다. 여기서 무너지면 다시는 일어나지 못할 것 같아서. 장례고 뭐고 그대로 넋을 놓아 버릴 것만 같아서.

나무로 된 유골함을 받아 들고 용림리로 돌아오면서 그제야 할아버지가 떠나셨다는 것이 실감이 났다. 한 줌의 재가 된다는 말이 무슨 뜻인지 비로소 가슴 깊이 들어와 박혔다. 심장이 바스러질 대로 바스러져 애간장이 다 타들어 가는 것만 같았다.

마을 어른들의 도움으로 할아버지를 나무 밑에 묻었다. 생전에 그토록 아끼셨던 60년 된 박태기나무 아래였다. 하트 모양의 잎이 무성히 자란 박태기나무는 할아버지의 사랑을 꼭 닮아 있었다.

"정말로 깊이 감사드립니다."

할아버지를 나무 아래에 묻는 수목장이 끝나고 나서 효은은 마을 어른들께 깊이 머리 숙여 감사를 표했다. 어른들은 며칠 새 극도로 초췌해진 그녀를 걱정하며 우려를 감추지 못했다.

"네 얼굴이 아주 말이 아니구나."

"그러게 말이야. 얼굴이 너무 상했어."

"장례 치른 직후라 홀로 있기 힘들 텐데 우리 집에서 며칠 쉬렴."

마을 이장이 그녀의 어깨를 토닥이며 말을 꺼내 왔다. 효은은 가만히 고개를 저었다.

"아녜요. 말씀은 감사하지만 집에 처리할 일도 많고 해서요."

어른들은 몇 번이나 자신의 집에 묵으라고 권해 왔다. 그래도 그녀가 응하지 않자, 걱정스러운 얼굴로 위로의 말을 남긴 채 집으로 돌아갔다.

혼자 남은 집은 황량하고 적막했다. 다시는 할아버지가 돌아오지 못하리라는 생각 때문인지 더욱 낡고 스산하게 느껴졌다.

어른들의 말씀이 맞았다. 이런 날은 혼자 있는 게 아닌 듯했다. 여름인데도 너무 추웠다. 몸이 덜덜 떨렸다. 효은은 보일러를 세게 틀었다. 두꺼운 이불을 꺼내 덮고는 침대에 웅크리고 누웠다.

피로가 그득 몰아닥치고 있었지만 잠도 오지 않았다. 몽롱한 의식 속에 할아버지의 주름진 얼굴만 또렷하게 떠오르고 있었다. 금방이라도 효은아, 하고 부를 것만 같은 생생한 얼굴이었다.

그렇게 얼마나 지났을까. 어느 순간 세찬이 돌찬이가 짖기 시작했고, 차 소리가 들렸다. 효은은 그대로 이불을 박차고 일어나 문으로 달려 나갔다. 누가 왔는지 알 것 같아서였다.

문을 열어 보니 그립고 그리웠던 그 사람이 있었다. 평소와 달리 그녀에 대한 걱정을 한껏 담은 얼굴로.

"효은아."

그가 입을 열기 무섭게 눈물이 났다. 우는 법을 잊어버린 사람처럼 꾹꾹 눌러 참았던 눈물이 그를 마주한 순간 둑 터지듯 터져 나왔다.

"왜…… 왔어요. 많이 바쁠 텐데."

입으로는 그렇게 말하면서도 마음은 뜨겁게 반응을 하고 있었다. 어깨를 안아 주는 손길에 효은은 그 품에서 무너져 내렸다. 참고 참았던 눈물이 계속해서 북받쳐 올랐다.

"혼자 두고 싶지 않아서."

"일은…… 어쩌고요."

"하루 이틀 자리 비운다고 어떻게 되지 않아."

등을 쓸어 주는 그 손길이 너무도 따뜻해서 눈물이 났다. 효은은 얼른 눈물을 훔쳐 내며 웃어 보이려 애썼다. 하지만 뜻대로 되지 않았다. 서럽게 터져 나오는 눈물은 끅끅 소리를 내며 그칠 줄 모르고 계속되었다.

그는 조용히 그녀를 안고 있었다. 아무 말도 하지 않은 채 모두 이해한다는 얼굴로 가만히 눈물을 닦아 주었다.

"……나 좀 어디 다른 데로 데려가 주면 안 돼요?"

어느 순간 무작정 그런 말이 터져 나왔다.

"어디로?"

"어디든지요. 오늘은 농원에 있기 싫어요. 할아버지 생각이 너무 나서 견딜 수가 없어요."

"바다…… 보러 갈까?"

"네. 아무 데나요."

그녀의 말에 그가 조용히 고개를 끄덕였다. 그녀를 부축하다시피 하며 밖으로 나왔다.

농원의 화사한 꽃나무들이 눈에 들어오자, 효은은 더욱 서럽게 울음을 터뜨리고 말았다. 이 집 어느 구석 하나에도 할아버지의 손길이 닿지 않은 곳은 없었다. 모든 곳에 추억이 배어 있었다. 그래서 눈물이 참아지지가 않았다. 볼수록 그리움이 북받쳐 올랐다.

재신은 그녀를 차에 태우고 무작정 달렸다. 어느 곳으로 가는지 말해 주지도 않은 채, 말없이 오래도록 차를 몰았다.

□ ◆ □

어느 순간 울다 지친 그녀는 잠이 들었고, 다시 눈을 떴을 때 사위가 캄캄해져 있었다. 차는 계속 달리고 있었다. 규칙적으로 서 있는 노란빛 가로등이 점멸하듯 빠르게 멀어져 갔다.

"……어디로 가는 거예요?"

주위를 살피며 묻는 그녀의 말에 그가 나직이 답해 왔다.

"속초해수욕장. 거의 다 왔어."

"그렇게 멀리요?"

"네가 깨어나지 않아서 계속 달렸어."

이렇게 멀리까지 왔다면 꼬박 두 시간은 잠들어 있었을 것이다. 멀리 밤바다가 보였다. 차는 어느새 주차장으로 들어서고 있었다.

아직 한여름도 아닌데 해수욕장엔 사람이 많았다. 메인 광장엔 버스킹을 하는 그룹의 음악 소리가 크게 울려 퍼지고 있었고, 멀리 바닷가에선 형형색색의 폭죽들이 요란하게 터지고 있었다.

효은은 떠들썩한 곳이라 차라리 낫다고 생각했다. 적막하고 쓸쓸한 밤바다에선 할아버지 생각이 더욱 많이 났을지도 모르니까.

차에서 내리며 재신이 어깨에 재킷을 걸쳐 주었다. 효은은 그에게서 떨어지고 싶지 않아 팔짱을 끼었다. 낯모르는 이들로 가득한 인파

속에서 재신과 바짝 붙어 걸음을 옮겼다.

"몸은 좀 어때."

"괜찮아요. 잠도 잘 만큼 잤고요."

그가 곁에 있어서인지 차에서 잔 잠은 꿀처럼 달았다. 만약 집에 혼자 있었더라면 마음대로 잠들 수조차 없었을 것이다.

"……와 줘서 고마워요. 정말 혼자 있기 싫었거든요."

"그럴 것 같았어."

둘은 파도가 치는 모래사장에 나란히 걸터앉았다. 그리고 묵묵히 바다를 바라보았다. 야간 조명에 비친 밤바다는 환하면서도 낯설었다. 쏴아아 소리를 내며 파도가 밀려왔다 다시 밀려가기를 반복했다. 마음 깊은 곳의 시름을 다 씻어 내듯이.

모래사장에 북적이는 사람들은 삼삼오오 모여서 불꽃놀이를 하는 데 여념이 없었다. 요란한 소리를 내며 타오른 폭죽은 하늘 높이 솟아올라 화려한 빛깔을 내뿜으며 한순간에 아름답게 부서져 내렸다.

"우리도 불꽃놀이를 해 볼까."

바다를 바라보던 재신이 문득 생각난 듯 말해 왔다. 무어라도 하면서 슬픔을 잊길 바라는 그의 배려였다.

"좋아요."

효은은 시름을 털어 버리듯 환하게 웃으며 고개를 끄덕였다.

이내 그가 자리에서 일어섰다. 잠깐 기다리라는 말을 남기고는 인근의 상점을 향해 성큼성큼 걸었다. 그리고 곧 한 무더기의 폭죽을 안은 채 돌아왔다. 길고 짧고 동그란 각양각색의 폭죽들이었다.

효은은 신발도 벗어 던지고 맨발로 모래사장을 걸었다. 불꽃놀이를 할 만한 적당한 자리가 보이자, 재신이 사 온 폭죽 중에서 가장 긴 것들을 모래에 파묻었다. 그리고 아이처럼 들뜬 얼굴로 폭죽에 불을 붙였다.

타다닥 타들어 가기 시작한 불꽃이 어느 순간 쌔애액 소리를 내며 하늘을 날았다. 화려한 꽃잎처럼 선명한 빛깔을 내며 눈부시게 부서져 내렸다. 답답하도록 꽉 막혔던 속이 조금은 풀리는 것 같았다.

"와. 너무 예쁘지 않아요?"

효은의 말에 재신이 웃었다.

"네가 훨씬 예뻐."

말도 안 되는 소리에 효은은 까르르 웃음을 터뜨렸다. 그리고 계속해서 폭죽을 터뜨렸다. 재신은 아이처럼 분주하게 불꽃놀이에 몰두한 그녀를 말없이 바라만 보고 있었다.

"재신 씨도 해 봐요. 진짜 재미있다니까요."

"나는 보는 게 더 좋아."

"아아, 그러지 말고요. 불붙이는 스릴이 쏠쏠하다니까요."

그녀의 말에 재신이 폭죽을 집어 들었다. 모래사장에 여러 개를 세워 놓고 차례차례 불을 붙였다. 하늘로 날아가는 불꽃이 아니라 그 자리에서 분수처럼 불꽃을 뿜어내는 불꽃이었다. 바다를 배경으로 펼쳐지는 불꽃 쇼는 마치 어느 화려한 무대의 한 장면 같았다.

둘은 그렇게 수십 개의 불꽃을 태웠다. 파도를 보고 갈매기를 보고 밤바다를 거닐며 슬픔을 함께 태웠다.

"이만 돌아갈까."

밤 9시가 넘었을 즈음, 식당에서 늦은 저녁을 먹고 난 뒤에 재신이
말했다. 효은은 가만히 고개를 저었다. 오늘은 도저히 농원에서 잠들
자신이 없어서였다.

"아뇨. 하루 자고 가고 싶어요."

그녀의 말에 재신이 잠시 침묵을 지켰다. 하지만 이내 뭔가를 결심
한 듯 고개를 끄덕였다.

"그래. 그러지, 그럼."

둘은 인근의 펜션에서 하루 묵고 가기로 했다. 4인실에 더블베드 2
개가 놓여 있는 곳이었다.

바다가 보이는 경치 좋은 펜션이었지만 효은에게 풍경은 눈에 잘
들어오지 않았다. 머릿속을 맴도는 할아버지 생각을 지워 내려 애쓰
며 묵묵히 바다만 내다보았다. 하지만 애를 쓰면 쓸수록 할아버지와
의 기억들은 더욱 또렷해졌고, 그리움은 점점 더 짙어져만 갔다.

어릴 적 할아버지 등에 업혀 잠들던 기억, 할아버지와 함께 감을
따던 기억, 체했을 때 손을 따 주시던 모습과 할아버지가 급작스럽게
쓰러져서 119를 부르던 아찔했던 기억······. 그 모든 기억들이 한꺼
번에 몰아닥쳐 견디기가 더욱 힘이 들었다. 다시 한기가 크게 밀려들
고 있었다.

"······재신 씨."

효은은 옆 침대에 걸터앉은 재신을 가만히 불렀다. 저도 모르게 떨

리듯 흘러나온 목소리에 그가 걱정스러운 얼굴을 했다.

"그래."

따뜻하고 묵직한 그 목소리에 안심이 된다. 그 품에 기대고 싶었다. 오늘만. 꼭 오늘 하루만.

오늘만큼은 아무것도 생각하고 싶지 않았다. 그에게 결혼할 사람이 있다는 사실도, 그들의 시간이 한정적이라는 것도, 더 나아가서는 안 될 관계라는 냉정한 현실조차도.

효은은 눈을 질끈 감았다. 몇 번이고 입을 열었다 다시 닫았다. 그리고 크게 떨려 오는 심장을 누르며 어렵사리 입술을 떼었다.

"나 좀…… 안아 주면 안 돼요?"

오늘만. 오늘 하루만. 아니, 아주 잠시만이라도.

재신은 말이 없었다. 굳은 얼굴로 그녀를 바라보며 묵묵히 앉아 있었다. 그리고 한참 만에 입을 떼었다.

"……무슨 뜻이지?"

"혼자…… 자고 싶지 않다는 뜻이에요."

효은은 머뭇머뭇 대답했다. 그에게서 무슨 대답이 들려올지 두려워하면서.

"……오늘은 그러지 않는 게 좋겠어."

흔들리는 눈으로 바라보던 그가 나직이 답해 왔다. 방 안의 공기가 무겁게 가라앉고 있었다.

"왜요?"

"네 마음이 약해져 있는 틈을 파고들고 싶지는 않으니까."

"내가 너무나 원한다면요? 필요할 땐 얼마든지 이용해도 좋다고 그랬잖아요."

효은은 고집스럽게 말했다.

재신은 그녀를 물끄러미 바라보다 굳은 얼굴로 고개를 저었다.

"후회할 거야. 내일 아침이 되면. 아니, 바로 당장이라도 후회할지 모르지."

"아뇨. 절대 그럴 일 없을 거예요. 후회를 하더라도 그건 내 몫이고요."

"효은아."

그가 굳은 눈으로 바라보며 그녀의 팔을 잡았다. 단단한 손이 피부에 닿아 오자 긴장한 심장이 더욱 떨렸다.

"왜요. 내가 그 정도로 매력적이지는 않은 건가요?"

"그럴 리가. 그런 말이 아니잖아."

"그럼 뭔데요. 두 달은 모두 내게 준다고 했었잖아요."

"네게 함부로 하고 싶지 않아. 이런 곳에서, 아무런 준비도 없이."

효은은 크게 고개를 저었다. 여기서 이렇게 물러서고 싶지 않았다. 그도 그녀를 원하고 있다는 것을 분명히 알 수 있었다.

"여기가 어때서. 무슨 준비가 필요한데요?"

"이리 와. 그저 온기가 필요한 거라면 얼마든지 안아 줄 테니까."

재신이 가만히 그녀의 어깨를 안았다. 효은은 그 품에서 빠져나오며 원망스레 그를 바라보았다.

"한 번이면 돼요. 오늘 딱 하루만."

"너에게 아무것도 약속할 수 없어. 이런 상황에서 너를 안는다는 것도 말이 안 되고."

"……나 너무 힘들어요. 견디기가. 눈을 감으면 할아버지 얼굴만 떠오르고, 추억들이 잔뜩 밀려들고. 할아버지가 그리워서 미칠 것만 같아요. 그러니까 나 좀 어떻게 해 줘요. 다 잊을 수 있게. 오늘만이라도 좀."

효은은 그의 옷소매를 붙들고 악을 쓰듯 말했다. 어떻게든 견뎌 보고 싶었다. 그의 품 안에서, 모든 것을 잊고서.

그가 무거운 눈으로 한참이나 그녀를 바라보았다. 그리고 찬찬히 고개를 끄덕였다. 견고한 입매가 조금 떨리는 듯도 했다.

"……좋아, 그럼. 잠깐 나갔다 올게. 그동안 씻고 있어."

말을 마친 그는 뒤도 돌아보지 않은 채 벌떡 일어나 밖으로 나갔다. 그제야 효은은 미처 방비책에 대해 생각하지 못했다는 것을 떠올렸다. 콘돔도 그 무엇에 대해서도.

재신은 한참이 지나서야 펜션으로 돌아왔다. 아마도 그녀에게 차분히 생각할 시간을 주려고 오래 시간을 둔 것 같았다. 그 사이에 그녀의 마음이 변했기를 바라는지도 몰랐다.

안으로 들어선 그가 다정한 손길로 그녀의 머리를 쓸어 주었다. 떨리는 어깨를 품에 안으며 조용히 물었다.

"……하겠다는 생각은. 여전한 거야?"

"네."

"마음의 준비 같은 건."

나지막이 들려온 그의 목소리에 효은은 담담히 고개를 끄덕였다. 샤워도 마쳤고 마음의 준비도 모두 마쳤다.

"다 마쳤어요."

"……후회하지 않도록 해 줄게. 내가, 어떤 방법을 써서라도."

"걱정 말아요. 후회 같은 건 절대 하지 않을 테니까. 내가 선택한 일이니까."

묵직하게 뛰어 대는 그의 심장 박동이 고스란히 전해지고 있었다. 머리를 쓰다듬는 그의 손길이 조금 떨린 것도 같았다.

재신은 씻겠다는 말을 남기고 욕실로 향했다. 그의 품에서 떨어지기 무섭게 한기가 찾아들었다. 어쩌면 그녀는 도피처를 찾고 있는지도 몰랐다.

하지만 아무래도 좋았다. 지금 이 순간 재신이 함께 있어 주어서 숨이라도 쉴 수 있는 거니까. 그가 와 주지 않았더라면 농원에서 그대로 까무러쳐 버렸을지도 몰랐다.

□ ◆ □

베개에 얼굴을 묻고 앉아 있던 효은은 코끝을 스치는 샴푸 냄새에 머리를 들었다. 샤워를 마친 재신이 욕실에서 나오고 있었다. 호기롭게 말은 꺼냈으나 한 번도 해 보지 않은 일이었다. 누군가와 한 침대에서 밤을 보내는 것은. 긴장이 물밀듯이 밀려들었다.

곁으로 다가와 앉은 재신이 손가락으로 그녀의 입술을 찬찬히 쓰다듬었다. 이내 그의 입술이 효은의 입술을 부드럽게 눌렀고, 둘은 서로의 입술을 머금고 달콤함을 빨아들였다. 그 몽롱함에 취해 있는 순간 재신의 혀가 그녀의 잇새를 비집고 들어왔다. 짜릿한 감각이 전신을 훑고 지났다.

혀가 얽히는 순간, 재신이 그녀의 허리를 팔로 감으며 가까이 끌어당겼다. 커다란 손이 허리 아래로 내려가며 엉덩이를 쓰다듬었다. 생경한 손길에 긴장이 밀려들수록 효은은 그의 품을 더 깊이 파고들었다. 그는 깊이 더 깊이 키스하며 천천히 그녀의 셔츠를 벗겨 올렸다. 입안을 헤집는 뜨거운 혀의 움직임에 정신이 아득해졌다.

불같은 입술이 가느다란 목선을 따라 내려와 쇄골에 머물렀다. 그리고 다시 그 아래로 향했다. 셔츠가 벗겨져 나간 자리에 뜨거운 입술의 화인이 찍혔다. 그의 입술이 천천히 움직일 때마다 효은은 바르르 몸을 떨었다. 부끄러워할 겨를조차 없었다. 전신으로 퍼져 가는 전율에 온몸이 녹아내려 가는 것만 같았다.

브래지어 위로 가슴을 매만지던 그가 천천히 호크를 풀어냈다. 그리고 맨가슴을 부드럽게 움켜쥐었다.

"아아······!"

효은은 너무 놀란 나머지 저도 모르게 신음을 내고 말았다. 가슴을 매만지는 그의 손길은 부드러웠지만 낯선 감촉이 주는 전율이 너무도 충격적이었다. 하지만 그것은 시작에 불과했다. 곧이어 그가 꼿꼿이 선 유두를 혀로 감아 돌리자, 효은은 너무도 놀라서 물고기처럼 파드득 떨어야 했다. 차갑고 간지러운 그 느낌에 온몸에 번개가 치는 것 같았다. 그는 그녀의 가슴을 내버려 두지 않았다. 유두를 혀로 쓸고 비비기를 계속하더니, 딱딱한 이로 부드럽게 잘근거렸다.

"아흣."

신음을 참으려 했지만 되지 않았다. 낯설고 저릿한 전율에 저절로 발끝이 곱아들었다. 아랫배가 생경한 감각으로 조여들었다. 그러는 동안 그의 손이 그녀의 옆구리를 쓰다듬으며 아래로 내려갔다. 허벅지 사이로 미끄러지듯 자연스레 파고들었다.

화들짝 놀란 효은이 본능적으로 다리를 오므렸다. 그가 뺨에 입 맞추며 다정하게 말했다.

"괜찮아."

유혹적인 목소리와 함께 바지 위를 배회하던 손이 천천히 버클을 풀었다. 신중한 손길이 바지를 내리고 속옷도 이내 벗겨 내렸다. 그리고 뜨겁게 달아오른 그의 손이 허벅지 안쪽으로 밀고 들어왔다. 효은은 아득해진 정신에 아무것도 할 수가 없었다. 할 수 있는 것이라곤 오직 그의 어깨를 놓칠세라 꽉 붙드는 것뿐이었다.

부드럽게 허벅지를 가른 그의 손이 곧 다리 사이의 은밀한 부분을 뒤덮었다. 처음엔 가볍게 문지르더니 점점 더 거세게 마찰을 해 왔다. 뜨거워진 다리 사이로 샘이 고이자, 그제야 효은은 정신이 번쩍 들어 그의 팔을 밀어 냈다.

"자…… 잠깐만요."

그는 순순히 손을 거두었다. 붉게 달아오른 그녀의 얼굴을 욕망에 찬 눈빛으로 바라보면서.

효은은 어찌할 바를 모르고 탁해진 호흡을 크게 몰아쉬었다. 이런 과정이라는 것은 대충 알고 있었다. 하지만 그저 알고 있는 것과 직접 겪는 것은 차원이 몹시 달랐다. 심장이 미친 듯이 쿵쾅거리고 얼굴이 터져 나갈 듯 뜨거웠다.

"괜찮아?"

재신이 걱정스러운 얼굴로 물었다. 효은은 달아오른 얼굴에 얼른 미소를 띠며 고개를 끄덕였다.

"괘, 괜찮아요."

그녀가 그의 목에 팔을 감자, 재신이 깊이 키스하며 다시 움직이기 시작했다. 허벅지 사이를 가른 손이 그녀의 몸속 깊은 곳으로 들어왔다. 뜨거운 열기를 품은 그곳을 조심스레 가르며 손가락으로 천천히 문질렀다. 꽃잎 사이의 돌기를 동글동글 굴리기도 했다. 미끈거리는 속살이 움찔거릴 때마다 효은의 몸이 바르르 떨렸다.

"아읏."

효은은 침대의 이불을 꼭 쥐며 민망함을 참아 냈다. 그의 손이 몸 깊은 곳의 민감한 어딘가를 건드릴 때마다 허리가 저도 모르게 들썩거렸다. 저릿한 아픔과 미칠 것 같은 쾌감이 동반된 이상한 감각이었다.

어느 순간 재신이 몸을 일으켰다. 셔츠를 벗고 바지를 내리는 그 모습에 효은은 부끄러워 눈을 돌렸다. 하지만 그가 그렇게 두지 않았다. 탄탄한 몸을 그녀의 위로 내리며 시선을 똑바로 마주쳐 왔다.

그리고 또다시 그의 손가락이 그녀의 속살을 파고들었다. 지금까지보다 훨씬 더 깊었다. 한참이나 그의 손가락이 드나들기를 반복하자, 고통은 사라지고 쾌감만이 남았다. 원을 그리며 거칠게 휘젓다가 얕게 흔들다가 깊게 파고들기도 했다. 기묘한 열락에 그녀의 가슴이 크게 오르내리고 아랫배가 들썩였다.

"하윽!"

그의 손가락이 빠르게 몸을 휘젓던 순간, 몸 안에서 무언가가 왈칵 터졌다. 폭죽이 터지듯, 별이 터지듯 커다란 빛줄기가 온몸을 휘감는 느낌이었다.

"……들어갈게."

그녀의 몸이 준비된 것을 느끼자, 재신이 탁한 목소리로 말했다. 흥분 가득한 숨소리가 거칠어져 있었다. 그가 천천히 그의 것을 밀어 넣었다. 효은은 끊어지듯 숨을 토해 냈다.

"아아웃……!"

아팠다. 너무도 아팠다. 굵고 뜨거운 것이 안으로 밀려들자 온몸이 쪼개지는 것처럼 아팠다.

그녀의 비명에 그는 바로 몸을 뺐다. 그리고 다시 천천히 그녀의 깊은 곳을 손으로 매만졌다. 그가 다시 들어왔을 때 효은은 이를 악물며 아픔을 참았다. 그를 깊은 곳까지 남김없이 받아들이고 싶었기 때문이다.

"괜찮아……?"

"그, 그럼요."

재신은 몇 번이나 몸을 넣었다 빼기를 반복하며 천천히 그녀의 안으로 들어왔다. 낮은 신음과 함께 거칠게 입술을 겹쳐 왔다. 혀와 혀가 격렬하게 얽혀 들었다. 그와 함께 아래쪽에서 밀려든 그의 남성이 천천히 몸을 깊이 갈랐다. 그리고 마침내 뿌리 끝까지 깊숙하게 밀려 들었다.

효은은 온몸이 꿰뚫리는 것처럼 아팠지만 동시에 커다란 충족감을 느꼈다. 그와 온전히 하나가 되어 가고 있다는 느낌이 그 모든 아픔을 씻어 내리고 있었다.

숨을 헐떡이며 그의 목을 안았다. 그의 입술에 키스하며 그의 등을 꽉 끌어안았다. 그의 허리에 다리를 감고 몸을 더욱 깊이 맞댔다. 가슴과 가슴이 맞닿고 아래와 아래가 맞닿았다. 서로의 다리를 휘감으며 둘은 완벽하게 하나로 포개졌다.

그녀의 몸 안에 자신을 묻은 채로, 그는 그녀의 어깨를 감싸 쥐며 다정하게 키스했다. 뜨거운 혀가 달래듯 그녀의 혀를 감으며 부드럽게 쓸고 빨았다. 고통은 사라지지 않았지만 점점 둔해졌다. 몸 안에서 맥동하는 그의 존재가 그보다 훨씬 큰 충족감을 주었다.

재신은 키스를 멈추지 않은 채로 천천히 몸을 움직였다. 탄탄한 허리가 미려하게 움직일 때마다, 몸 안에서 그의 남성이 묵직한 존재감을 드러냈다. 그와 함께 차츰 기묘한 희열이 몸 안에 짙게 번져 들었다.

효은은 그의 팔을 꼭 쥔 채 그의 아래에서 몸을 뒤틀었다. 그의 남성이 격렬하게 살을 훑고 지날 때마다, 맞닿은 곳에서부터 시작된 전율이 번개처럼 밀려들었다. 짙은 쾌감이 뒤섞인 황홀한 감각에 정신을 차릴 수도 없었다.

"아앗······!"

그녀가 참지 못한 신음을 흘려보내자, 허리를 쳐올리는 그의 몸짓이 격렬해졌다. 손을 깍지 껴 침대에 누르고, 목덜미에 이를 박았다. 그가 강하게 파고들 때마다 뜨거운 숨이 귓가에 격하게 밀려들었다.

"하윽······."

저도 모르게 몸이 점점 뒤로 젖혀지고 눈동자의 초점이 흐려졌다. 아득한 쾌감에 비명이 터졌다. 몽롱한 정신에 그의 격렬한 움직임만 또렷하게 느껴졌다. 효은은 거의 매달리다시피 그의 목을 끌어안았다.

침대를 짚었던 그의 팔이 어느 순간 그녀를 단단히 감쌌다. 두 몸이 온전한 하나처럼 뒤엉켜 들었다. 그의 움직임이 미친 듯이 격렬해지던 순간, 해일이 밀어닥치는 듯한 엄청난 쾌감이 온몸을 휩쓸고 갔다. 효은은 비명 같은 탄성을 토해 내며 몸을 크게 뒤로 젖혔다. 찬연한 빛이 아득하게 터지는 것만 같았다. 몸이 경련하듯 파들파들 떨렸다.

이윽고 따뜻한 기운이 몸 안에 길게 쏟아져 내렸다. 그가 모든 움직임을 멈췄다. 탁한 숨결과 함께 단단한 몸이 묵직하게 떨리고 있었다. 효은은 떨리는 팔을 들어 그의 너른 등을 꽉 감쌌다. 그는 몸을 빼지 않은 채로 그녀의 몸을 마주 안았다. 뜨거운 체온을 함께 나누며 둘은 한참이나 그렇게 안고 있었다.

효은은 따뜻한 그의 품 안에 꼭 안긴 채로 눈물을 흘렸다. 할아버지 생각 때문만은 아니었다. 왜인지 모르게 자꾸 눈물이 났다.

재신은 말없이 그녀의 눈물을 계속 닦아 주었다. 그 손길이 너무도 따뜻해서 눈물이 멈추지 않았다. 둘은 밤새 그렇게 안은 채로 할아버지에 대한 이야기를 나누었다. 창밖에서 들려오는 희미한 파도 소리가 둘 사이를 위로처럼 맴돌고 있었다.

10

능소화가 주홍빛 꽃을 곱게 피워 올린 6월의 중순, 농원의 살구가
노랗게 익어 가고 있었다.

효은은 살구나무 아래에 앉아 은랑도 수목원의 프레젠테이션 준비
를 하고 있었다. 프레젠테이션은 자신이 준비하겠다는 재신의 말에
극구 고집을 부리며 그녀가 맡았다. 일에라도 깊이 몰두해야 할아버
지 생각을 잊을 수 있을 것 같았기 때문이다.

하지만 농원에 물끄러미 앉아 있자니 매년 할아버지와 함께 살구
따던 기억이 떠올라 영 작업에 집중하지 못하고 있었다.

오늘은 토요일인데도 재신이 찾아오지 않았다. 아무래도 일이 많
이 바쁜 모양이었다. 대신 동철과 수정이 다녀갔다. 밑반찬과 수제 홍
삼을 내어놓으며 몸 잘 추스르라는 말을 남긴 채.

컹컹. 컹컹컹.

문득 세찬이 돌찬이가 짖었다. 멀리서 차 소리도 들리는 것 같았다. 혹시 재신일까 하여 그녀는 자리에서 벌떡 일어섰다. 농원의 문 앞으로 바쁘게 뛰어나갔다.

하지만 눈에 띈 차는 재신의 은빛 세단이 아닌 검은색의 고급 밴이었다. 농원으로 들어오는 대신 인근에 차가 서더니, 검은 양복을 입은 남자 둘이 몸이 불편해 보이는 남자 하나를 차에서 내려 주었다. 그리고 휠체어를 펼쳐서 남자를 태웠다.

휠체어의 남자는 나이가 많이 들어 보였다. 바퀴를 굴리며 울퉁불퉁한 흙길을 천천히 지나더니 아련한 눈길로 옆집을 바라보았다.

설마······.

효은은 기분이 몹시 이상해 휠체어의 남자를 뚫어져라 쳐다보았다. 일그러진 얼굴에 분위기도 몹시 달라져 있었지만, 낯익은 그 얼굴을 바로 알아볼 수 있었다.

"······효은이냐?"

휠체어의 남자가 입을 연 순간, 효은은 그 자리에 못 박힌 채 얼어붙은 것처럼 꼼짝도 못 하고 말았다.

한 씨였다. 오래전 사고로 모습을 감추었던 승도의 부친. 폭력과 욕설을 일삼던 밑바닥 근성의 그 남자. 어릴 적 그토록 무서웠던 남자는 이제 나이가 들어서 그런지 기억보다 훨씬 왜소하고 연약해 보였다. 하지만 날카롭고 매서운 그 눈빛만큼은 여전했다.

한 씨는 휠체어를 밀면서 동네를 찬찬히 돌아보았다. 특별한 볼일이 있어서 온 것 같지는 않았고, 옛 추억이 담긴 마을을 한 바퀴 돌아보려고 온 것 같았다. 하지만 그의 등장만으로도 어쩐지 어릴 적에 느꼈던 스산한 한기가 찾아들었다.

효은은 오늘 재신이 찾아오지 않아 천만다행이라고 생각했다. 뭔지 모를 불길한 느낌이 한껏 밀려들고 있었다.

□ ◆ □

"약혼식, 물러 주십시오. 아버지."

재신은 영욱의 서재에 있었다. 그의 앞에 무릎을 꿇고 앉아 자신의 의견을 피력하고 있었다. 긍정의 대답을 듣기 전까지는 물러서지 않을 생각이었다.

그의 의지와 상관없이 집안끼리의 논의로 약혼식 날짜가 잡혔다. 7월 첫째 주 토요일, 혜명호텔에서였다. 고작 3주 후였다.

영욱은 골치 아프다는 얼굴로 한숨을 내쉬며 관자놀이를 문질렀다.

"약혼식을 무르면 그다음에는? 결혼을 물러 달라고 할 셈이냐."

"예, 아버지. 몹시도 죄송하지만 그렇습니다. 제 이기심이라는 것 잘 압니다. 하지만 그 여자를 놓치고서 살아갈 자신이 없습니다. 이미 책임질 일도 저질렀고요."

재신은 한껏 몸을 낮추며 정중하게 이야기를 꺼냈다. 하지만 영욱은 기막히다는 얼굴로 눈을 부릅떴다.

"책임질 일? 그리 몸을 함부로 굴리는 여자라니, 실망이로구나. 그래, 네가 마음을 주었다는 여자가 고작 그런 여자더냐?"

"아버지가 생각하시는 그런 사람이 아닙니다. 만나 보시면 알게 되실 겁니다. 밝고 건강한 여자입니다."

"그 여자가 어떤 사람인지는 중요치 않아. 며느리로 들일 아이가 예서라는 사실이 중요하지."

영욱은 고집스럽게 말을 건네며 손에 든 신문으로 눈을 돌렸다. 더는 대화하고 싶지 않다는 뜻이었다. 하지만 재신도 물러서지 않았다. 더 이상 효은을 혼자 둘 수 없었으니까.

"그쪽 집안의 인맥이 없으면 당선을 장담하기 힘들 정도로 어려우신 겁니까? 아버지의 정치적 역량으로 충분하지 않겠습니까."

재신의 말에 영욱이 쯧쯧 소리를 내며 고개를 가로저었다.

"순진한 소리. 정치가 어디 그런 식으로 흘러간다더냐. 재계며 지역 유지들의 뒷받침 없이 일반인들의 표심에만 기대는 건 그저 도박이나 마찬가지야."

"결혼이라는 장치 없이도 충분히 쌓아 오신 인맥들이 있지 않습니까."

"곧 당 대표 선거가 있다. 오늘의 동지가 내일의 적이 되는 곳이 이 바닥이야. 흔들림 없는 지지를 약속받으려면 그만한 대가가 있어야 하는 거다."

"……아버지 뜻은 잘 알겠습니다. 하나 결혼만큼은 제 인생이니 제 뜻대로 하게 해 주십시오. 다른 일은 그 무엇이든 아버지의 뜻을 따르겠습니다."

영욱이 손에 들었던 신문을 내팽개쳤다. 굳은 얼굴로 그를 응시하며 한껏 목소리를 높였다.

"가뜩이나 불리한 형세에 너까지 이렇게 나올 셈이더냐. 내가 한두식이 그놈 때문에 얼마나 촉각을 곤두세우고 있는지 몰라서 그래?"

"제 친부의 문제는 제가 만나서 해결하겠습니다. 하니 결혼만큼은 물러 주십시오. 그리 깊은 관계도 아니었으니, 집안끼리의 문제만 해결되면 예서도 크게 아쉬워하지는 않을 겁니다."

"약혼식은 예정대로 진행할 거다. 네가 예서를 만나 뭐라 말하든, 한두식을 만나 무슨 말을 하든."

"아버지!"

"내 얼굴에 똥칠을 하든 말든 마음대로 해. 하지만 달라지는 건 없을 거라는 걸 명심하거라. 그 전에 네가 마음을 주었다는 여자가 먼저 나가떨어질지도 모르지. 돈 몇 푼에 말이다. 다 그런 것 아니겠느냐."

똑똑똑.

다급하게 문 두드리는 소리가 들려온 것은 그때였다.

무슨 일인지 안에서 응답하기도 전에 문이 열렸다. 들어선 사람은 최 실장이었다.

"의원님! 큰일입니다. 이것 좀 보십시오."

그가 다급하게 영욱에게 내민 것은 노트북이었다. 화면엔 유명 일간지의 인터넷 신문 기사가 큼지막하게 펼쳐져 있었다.

기사를 살펴보던 영욱의 눈길이 노트북 너머의 재신에게로 향했다. 착잡함 가득한 그 얼굴이 뭔가 심상치가 않았다. 재신은 얼른 일

238

어나 노트북의 기사를 살펴보았다.

[정치인 권영욱 "유부녀와 동거!" 복잡한 과거 드러나나]

선정적인 기사의 제목은 그랬다. 아래에 펼쳐진 내용은 한두식의 인터뷰였다.

25년 전부터 18년 전까지, 사고가 있기 전 7년간을 영욱은 혼인 신고 없이 미경과 함께 살았었다. 사고 후 한두식을 치료해 주는 대가로 미경과의 이혼을 합의받았다. 한두식은 그것을 언론에 흘린 것이었다. 자신이 어떤 존재인지는 함구한 채, 와이프를 빼앗기고 아들과 둘만 남겨졌던 불쌍한 남편으로 스스로를 그려 내고 있었다.

기사는 한 건이 아니었다. 수많은 기사가 비슷한 내용을 보도하며 포털 사이트가 권영욱의 이름으로 도배되고 있었다. 예전에 집권 여당의 당 대표를 지냈던 전력이 있었기에 권영욱은 전 국민이 다 아는 이름이었다.

"얼른 기사 막아! 이런 것도 사전에 감지 못 하고 자네는 도대체 무얼 한 건가!"

영욱이 치솟는 분노를 참지 못하고 붉으락푸르락한 얼굴로 외쳤다. 최 실장이 어두운 얼굴로 허리를 굽혔다.

"예, 의원님. 하지만 저희 선에서 막을 수 있는 상황이 아니었습니다. 한두식의 뒤에 누군가 거물급이 버티고 있는 것 같습니다."

"거물급 누구?"

"곧 당 대표 선거가 있지 않습니까."

"그래서. 고작 당 대표 하나 먹으려고 같은 당 의원을 이렇게까지 깎아내린단 말인가?"

"아무래도 차기 당 대표는 의원님이 되실 확률이 높으니까요."

"나를 당에서 쳐 내려는 속셈이 아니고서야 이럴 이유가 없겠지. 아무튼 와이프는 이 사실을 절대 모르도록 하게. 가뜩이나 마음고생 크게 하면서 산 사람인데 더는 상처받게 하고 싶지 않네."

영욱이 고통스러운 얼굴로 머리를 감싸 쥐었다. 재신은 그런 그를 묵묵히 바라보다 밖으로 나왔다.

그가 어릴 적 집을 나갔던 미경이 식당 종업원으로 일하며 어렵게 살고 있을 때, 영욱은 그곳의 단골손님이었다고 들었다. 안쓰러운 마음에 신경을 써 주던 것이 애정으로 변하였고, 결국은 미경과 평생을 함께하겠다는 결심이 되었다.

하지만 한두식의 고집으로 미경의 결혼은 쉽사리 끝나지 못했다. 이혼해 주겠다는 조건으로 한두식에게 몇 년이나 돈을 보냈지만, 돈만 받아 챙기고 이혼은 해 주지 않아 미경은 가슴에 응어리가 생길 정도로 마음고생을 했었다.

"최 실장님, 혹시 한두식의 연락처를 가지고 계십니까."

재신은 뒤따라 나오는 최 실장에게 물었다. 이곳에서도 분명 돈을 받아 갔을 텐데, 그럼에도 그가 언론에 말을 흘렸다는 건 더 큰 돈을 받은 곳이 있다는 뜻일 터였다.

"문자로 찍어 주지. 그런데 연락은 하지 않는 게 좋을 듯싶네. 괜히 자네한테까지 불똥이 튈 거야. 이상한 꼬투리를 잡으려 들 테고."

최 실장이 씁쓸한 얼굴로 말했다.

"예. 신중히 생각해 보겠습니다."

재신은 그에게 고개를 숙이고 무거운 공기에 휩싸인 집을 나왔다. 담장에 고풍스럽게 늘어진 능소화가 처연하게 바람에 흔들리고 있었다.

□ ◆ □

재신은 오후 늦게 농원으로 찾아왔다. 효은은 한창 살구를 따다가 그를 맞았다. 수건으로 머리를 감은 데다 후줄근한 몸뻬 차림이었지만 그는 개의치 않고 웃으며 그녀를 품에 안았다.

"오늘은 안 오는 줄 알았어요."

"그럴 리가. 일이 조금 바빴어."

그가 뺨에 키스하며 말했다. 다정한 손길, 다정한 눈매. 효은은 기쁘면서도 걱정스러운 얼굴로 그를 쳐다보았다.

"또 일 미루고 온 것 아니에요?"

"그런 건 아니고 일감을 좀 싸 왔지. 그런데 뭐 하고 있었어?"

"보다시피 살구 따고 있었어요. 살구가 다 익어서. 안 따고 놔두면 못 먹게 되거든요."

"같이 따자. 어릴 때처럼."

그는 흔쾌히 재킷을 벗어 던지며 살구나무 쪽으로 향했다. 주황빛으로 물든 살구들을 큰 손으로 휙휙 따 내며 솜씨 좋게 일을 거들었다.

단단히 걷어붙인 와이셔츠 소매가 햇빛에 하얗게 빛을 발했다.

"이렇게 많이 따서 어디다 쓰려고? 팔 데는 있어?"

재신이 싱긋 웃으며 물었다.

"팔 만큼은 아니고요. 잼 만들어서 마을에도 돌리고 친구네도 좀 주고."

"잼까지 만들려면 손이 많이 가겠네."

"매년 하던 건데요, 뭘."

효은은 빙그레 웃으며 바구니에 부지런히 살구를 챙겨 넣었다. 그러다 아까 보았던 한씨 아저씨의 얘기를 해야 하나 말아야 하나 고민에 빠졌다. 하지만 그런 말을 꺼내기엔 재신의 얼굴이 다소 어두워 보였다.

"그런데 무슨 고민 있어요?"

그녀의 물음에 재신이 어깨를 으쓱하며 웃었다. 정말로 심각한 고민이 있는 듯 그늘진 웃음이었다.

"아주 큰 고민이 있지."

"정말요? 무슨 고민인데요."

긴장해서 묻는 그녀의 말에 재신이 귓가에 나직이 속삭였다.

"파주에 오피스텔을 하나 얻었어. 그런데 무슨 살림을 채워야 할지 고민이 많네. 뭐가 필요한지 모르겠어서."

짐작했던 것과는 다른 엉뚱한 이야기에 효은은 피식 웃고 말았다.

"와. 오피스텔을 얻었어요? 근데 왜 사무실이 있는 강남이 아니고 파주에……."

짚이는 데가 없지 않았지만 재신의 선택이 다소 무모해 보였다. 자신 때문일 거란 생각에 효은은 기쁘면서도 마음이 조금 무거워졌다.

"너랑 가까이에 있고 싶어서. 마음 같아선 매일 여기 머물고 싶지만 마을에 보는 눈이 많을 거 아냐. 네가 불편할 것 같아서."

재신은 당연한 듯 말해 왔다.

"그래도 출퇴근이 힘들 거 아녜요."

"상관없어. 그런데 살림은 골라 줄 거지?"

"그럼요."

효은은 얼른 웃으며 살구 따는 손을 더욱 바삐 놀렸다. 그가 가까이로 이사를 온다. 그곳에서 매일 같이 출퇴근을 한다. 그런 생각을 하니 가슴이 더욱 두근두근 설레었다. 그 여자와 결혼을 하고 나면 당연히 신혼집으로 옮겨 가겠지만, 당장은 그런 나중 일까지 생각하고 싶지 않았다.

"와. 풀 옵션이네요."

효은은 집 안으로 들어서며 탄성을 질렀다. 재신이 구한 집은 신축 건물에 채광이 좋은 고급 오피스텔이었다. 세탁기·건조기며 냉장고와 에어컨까지 완비되어 있어 간단한 살림만 있으면 될 것 같았다. 이런 고급 오피스텔은 처음 와 보는 것이었기에 온통 신기한 것투성이였다.

"그래. 비밀번호는 외워 뒀지?"

"네. 1213이요."

그녀의 생일이었다. 어릴 적에는 알고 있었겠지만 어른이 되어선 알려 준 적이 없다. 이미 잊고 있을 거라 생각했던 그 날짜를 재신은 똑똑히 기억하고 있었고, 그것이 그녀를 기쁘게 했다.

"농원에 있기 힘들면 여기서 지내도 돼. 방도 두 개고."

재신이 카드 키를 건네며 말해 왔다. 효은은 멋쩍게 카드 키를 받아 들며 고개를 끄덕였다.

"······네."

어떻게 생각해도 그녀를 배려해서 얻은 오피스텔이었다. 함께 있을 수 있는 시간은 길어야 한 달 남짓이겠지만 그것만으로도 그녀에겐 충분히 위안이 되었다.

"우선 식기부터 사야겠어요. 밥솥도 있어야겠고. 숟가락 젓가락 같은 건 우리 집에 새것으로 많이 있거든요. 그걸로 가져다줄게요. 그리고 커피포트랑 토스터기 같은 건 기본으로 있어야 할 것 같은데요. 화장지랑 휴지통도 사야겠고 또······."

"일단 나가자."

그가 그녀의 뺨에 키스하며 웃었다.

"저녁 먹고 나서 천천히 마트를 돌아보자고."

"네."

둘은 인근의 한식당에서 저녁을 먹었다. 그리고 근처의 마트에 들러서 필요한 물품들을 한 아름 샀다.

"두 분, 신혼이신가 보네. 아주 잘 어울려요."

계산대의 아주머니가 웃으며 말을 건넸다. 일순 효은은 당황했지만 재신이 미소로 웃어넘겼다.

"그렇습니까. 감사합니다."

신혼. 남들의 눈엔 그렇게 비치는 모양이었다. 재신과 그런 관계가 될 수 있다면 얼마나 좋을까. 하지만 꿈꾸기조차 힘든 일이었다. 애초에 두 달을 못 박은 관계였고 거기서 벗어나기란 불가능일 테니까. 그도, 그녀도.

오피스텔로 돌아와 둘은 한 침대에서 잠이 들었다. 그가 팔베개를 해 주었고, 효은은 기꺼이 그의 품에 안겼다. 효은은 그것만으로도 좋다고 생각했다. 지금 이 순간 이 사람이 곁에 있다는 것만으로도.

밤늦게까지 일에 집중하던 재신은 몇 시간을 작업하던 설계 도면에서 눈을 뗐다. 사무실에 산뜻하게 자리한 녹색 화분 하나를 눈에 담으며 피로한 머리를 식혔다.

효은이 알려 준 바에 의하면, 윤이 나는 빳빳한 잎을 고고하게 자랑하는 녀석의 이름은 뱅갈고무나무라고 했다. 꽃말이 영원한 행복이라던가. 효은이 보란 듯 그의 책상 옆에 배치해 둔 식물이었다.

재신은 잠시 휴식을 취하며 녀석의 싱싱한 초록빛 잎사귀를 만지작거렸다. 애정 가득한 얼굴로 식물들을 살펴 주던 효은의 모습이 떠오르자, 저절로 입가에 미소가 서렸다.

하지만 그 미소도 오래지 않아 걷혔다. 그는 복잡한 심경을 누르지 못하고 인터넷을 뒤적거렸다. 보고 싶지 않지만 볼 수밖에 없는 영욱의 기사들이 연일 인터넷을 도배하고 있었다.

영욱의 스캔들은 새한국민당의 당 대표 선거와 맞물려 더욱 사람들의 이목을 끌고 있었다. 영욱은 자택에서 칩거에 들어간 채, 모든 사람들과의 접촉을 차단하고 있었다. 집은 영욱의 입장 표명을 요구하는 기자들에게 둘러싸여 들어갈 수조차 없었다. 이대로라면 영욱의 당 대표 당선이 불가능해지는 것은 물론, 그의 정치적 생명이 영영 끝나 버릴지도 몰랐다. 최 실장을 비롯한 주변 측근들은 한두식과 언론사를 명예 훼손으로 고발해야 한다며 길길이 뛰었지만 정작 영욱은 아무런 조치를 취하지 않고 있었다.

뱅갈고무나무를 한참이나 만지작거리던 재신은 결국 최 실장이 보낸 문자 메시지를 열었다. 한두식의 연락처가 첨부된 메시지였다.

재신은 나열된 숫자들을 묵묵히 바라보다 통화 버튼을 눌렀다. 이 사단을 만들어 낸 사람이 그의 친부라는 사실에 치가 떨렸지만, 사태를 수습할 수 있는 사람이 있다면 그 누구도 아닌 그 자신뿐일 터였다.

— 한두식입니다. 누구시오?

신호가 가기 무섭게 그가 전화를 받았다.

뻔뻔하고 거만한 목소리가 들려오자 재신은 바로 전화를 끊어 버리고 싶었다. 오래전의 기억들이 물밀듯이 밀려들어 뼈까지 시큰해 오는 것 같았다.

"승도입니다. 한승도."

재신은 잊고 살았던 옛 이름을 조심스럽게 꺼냈다. 효은의 첫사랑으로서 들었던 그 이름과 한두식에게 건네는 그 이름은 같았지만 그 결이 극과 극으로 달랐다. 한두식의 목소리를 듣고 있자니, 잊혔던 분노가 차츰 치밀어 오르고 있었다.

콜록거리는 소리와 함께 숨을 깊이 들이켜는 소리가 들렸다. 그리고 듣고 싶지 않은 그 목소리가 천천히 답을 해 왔다.

— ……승도. 내 아들. 그래, 네가 웬일이냐.

"한번 만나야 할 것 같은데. 그렇지 않습니까."

재신은 치솟는 분노를 억누르며 침착하게 말을 꺼냈다.

— 네가 그러길 바란다면 만나야지. 잘 컸더구나. 유명한 건축가가 되었다지. 역시 내 아들이야.

그의 입에서 흘러나오는 아들이란 호칭에 재신은 이를 악물었다. 한두식이 그의 행적까지 알고 있을 줄은 몰랐기에 더더욱 기분이 묘했다.

"왜 이런 일을 벌이신 겁니까. 잘 살고 있는 분들한테 뭐가 그렇게 맺힌 게 많아서."

— 와이프를 빼앗긴 한이 결코 작은 한이라고는 할 수 없지. 너도 알지 않느냐. 너 어릴 적 엄마 집 나가고 우리가 어떤 고생을 하면서 살았는지.

한두식은 여전히 뻔뻔하고 기고만장했다. 자신이 그들 모자에게 행했던 악행은 전혀 뇌리에 없는 것 같았다.

"우리라는 말로 저를 엮지 마십시오. 당신을 아버지라고 생각하며 산 적 없으니까. 지금 어디 머물고 계십니까."

— 요양원에 있다. 18년이나 이런 곳을 전전하며 살았지.

"제가 방문하도록 하죠. 주소를 말씀해 보십시오."

한두식은 조금 당황한 듯 헛기침을 했다. 그리고 또다시 뻔뻔하게 말해 왔다.

— 찾아올 필요 없다. 당분간은 데려다줄 사람들이 있으니. 네 사무실로 내가 찾아가마. 간 김에 사무실 구경도 좀 하고.

"아니, 됐습니다. 제가 찾아가겠습니다."

재신은 고집스럽게 말하며 결국 그에게서 요양원의 주소를 알아냈다. 내일 오후로 약속을 못 박고서 전화를 끊었다.

그는 전화를 끊고 나서도 일에 집중하지 못했다. 벵갈고무나무를 한참이나 매만지다 결국 일을 덮고 자리에서 일어섰다.

차를 몰고 그가 향한 곳은 효은의 농원이었다. 10시가 넘은 늦은 밤이었지만 그녀가 보고 싶었다. 그 얼굴을 보아야 타들어 가는 듯한 심장을 어떻게든 할 수 있을 것 같았다.

"어쩐 일이에요? 평일에, 연락도 없이."

자정이 넘은 시간이었다. 잠자리에 누웠던 효은은 부스스한 얼굴로 뛰어나와 재신을 맞았다. 몰골이 형편없을 게 뻔해서 마음에 걸렸지만, 기대하지 못했던 그의 방문에 기쁨으로 심장이 콩닥거렸다.

"그냥. 생각나서."

그가 짧게 대꾸하며 그녀를 안았다. 따뜻하고 자상한 미소를 띠고 있었지만 어딘지 피로감이 묻어나는 얼굴이었다.

"무슨 일 있어요?"

"조금."

"많이 피곤해 보여요."

"네가 안아 주면 금방 풀릴 거야."

그의 말에 효은은 팔을 넓게 벌려 그의 등을 꽉 끌어안았다. 발끝을 들어 올려 까치발을 하고서 그의 입술에 짧게 키스했다.

"들어와요. 이렇게 밖에 서 있지 말고."

"아니. 이만 갈게. 들어가면 안고 싶을 것 같아."

"……자고 가요. 괜찮으니까."

효은이 얼른 그의 품에서 빠져나오며 말했다. 이대로 그를 보내고 싶지 않았다.

재신은 조금 망설이는 듯했지만 안으로 이끄는 그녀의 손길을 뿌리치지는 못했다. 집 안으로 들어서는 그에게서 청량한 바람 냄새가 훅 끼쳐 들었다.

효은은 안으로 들어서는 그를 바라보다 문득 한씨 아저씨가 다녀갔던 일이 생각났다. 마을을 죽 둘러보다 떠난 것이, 특별한 일이 있어서 온 것 같지는 않지만 마음에 내내 걸려 있었다.

"혹시 한씨 아저씨랑 무슨 일 있는 거 아니에요?"

그녀는 불안한 마음에 넌지시 물어보았다. 재신은 즉각 반응을 보여 왔다. 피로하던 눈에 날카로움을 더하는 것이 신경이 몹시 예민해져 있는 것 같았다.

"무슨 소리야, 그게. 알고 있었어?"

"무얼 말이에요? 며칠 전에 마을에 다녀갔었어요. 일이 있어서 온 것 같지는 않았고, 예전에 살던 옆집을 살펴보다 떠났어요."

그녀의 말에 재신이 짧게 한숨을 내쉬었다. 기다란 손가락으로 관자놀이를 누르며 피로한 듯 말해 왔다.

"한두식이 문제를 일으켰어. 일전에 얘기했던 새아버지랑 어머니 문제. 인터넷에 온통 그 얘기인데 혹시 보지 못했어?"

"요즘 일이 바빠서 인터넷 들여다볼 시간이 없어서요."

"정치인 권영욱이 내 새아버지야. 스캔들 터져서 집안이 온통 정신 없고."

"아아……."

효은은 고개를 끄덕이며 탁자에 올려 두었던 노트북을 켰다. 인터넷을 열자 포털 사이트의 메인 화면에 바로 권영욱의 이름이 보였다.

내용은 몇 줄만 읽어도 훤히 드러났다. 굉장히 난감한 상황에 처한 것이 분명했다. 게다가 권영욱의 과거사에 기사가 집중되고 있는 이상, 머지않아 재신의 존재에 대해서도 드러날 것이었다. 그가 언론의 집중포화를 받게 될 것이 마음에 걸렸다. 어쩌면 아팠던 어릴 적의 일들까지 언론에서 모두 들추어내는 것은 아닐까.

"너는…… 내가 한두식의 아들이란 게 신경 쓰이지 않아?"

문득 재신이 물어 왔다.

"무슨 뜻이에요? 한씨 아저씨는 한씨 아저씨고 재신 씨는 재신 씨죠."

"내게 그 남자의 피가 흐르고 있어. 언제고 폭력적으로 돌변할지도 모르고, 술에 취한다면 무슨 일을 벌일지도 모르지. 무섭지 않아?"

재신이 무거운 얼굴로 말을 꺼냈다. 효은은 깜짝 놀라서 크게 고개를 저었다. 그가 그런 생각을 하고 있을 줄은 몰랐기 때문이다.

"아뇨. 나한테는 한 번도 그렇게 대한 적 없었잖아요. 그리고 그런 건 유전이 아니에요. 재신 씨는 절대 그럴 리 없다고요. 내가 보증할 수 있어요."

재신이 쓴웃음을 지었다. 그 웃음이 다분히 자조적으로 보여서 효은은 가슴이 철렁 내려앉는 것만 같았다.

"나한텐 재신 씨가 최고예요. 그 누구한테도 비할 수 없을 만큼."

효은은 그렇게 말하며 재신의 몸을 끌어안았다. 하지만 남자의 넓은 어깨가 품 안에 다 들어오지도 않아서 오히려 기댄 모양새가 되었다.

재신은 그런 그녀를 물끄러미 바라보았다. 날카로운 눈동자가 부드러움을 한껏 담은 채 그녀를 향해 흔들리고 있었다.

그리고 그가 입술을 겹쳐 왔다. 그녀의 몸을 꽉 끌어안은 채 짓눌릴 만큼 뜨겁게 입술을 파고들었다.

"너만 그렇게 생각해 주면 돼."

맞닿은 입술을 떼어 내며 그가 뒤늦은 대답을 해 왔다. 그리고 또다시 입술을 포개 왔다.

뜨거운 혀가 입안으로 파고들며 그의 손이 가슴에 닿았다. 소파 위로 쓰러지며 얇은 잠옷이 자연스레 위로 말려 올라갔다. 커다란 손이 잠옷 안으로 파고들어 가슴을 매만졌다. 서로의 혀가 뒤엉키고 숨결이 섞였다. 주위를 감싼 뜨거운 열기가 여름의 후덥지근함 때문인지 그의 체온 때문인지 알 수 없었다.

드러난 가슴 위로 그의 입술이 닿자, 효은은 가쁜 숨을 뱉었다. 뜨겁고 까슬한 혀가 가슴 끝을 동그랗게 굴리다 깊게 빨아들였다. 거칠게 비비고 휘감다가 살짝 깨물기도 했다. 그의 입술이 닿는 곳마다 불길이 이는 것만 같았다. 저도 모르게 몸이 비틀리고 전율이 일었다.

재신의 입술은 가슴에만 머물지 않았다. 겨드랑이를 타고 내려가 배꼽 위를 맴돌기도 했고, 허벅지를 가르고 그 사이를 아슬아슬하게 쓸어내리기도 했다. 온몸 구석구석에 자신을 새기듯 애타게 입술로 화인을 찍어 내렸다.

마침내 그녀가 충분히 준비된 것을 느끼자, 그가 천천히 그녀의 몸 안으로 자신을 밀어 넣었다. 느리고 조심스러운 그의 움직임에 효은은 그의 몸에 그녀의 몸을 더욱 바짝 붙였다. 맞닿은 곳이 더욱 깊어지고 뜨거워졌다. 단단한 그의 몸이 부드럽게 떨리는 것이 느껴졌다. 효은은 그의 목에 팔을 감으며 몸을 더욱 깊이 맞댔다. 유려한 그의 목에 핏대가 솟고, 그에게서 탁한 신음이 터져 나올 때까지.

짙어진 눈빛으로 재신이 몸을 움직이기 시작했다. 천천히 밀고 들어오다 조금씩 강하게 파고들었다. 뜨겁게 휘젓다가 간지러울 정도로 미세하게 움직이기도 했다. 그가 깊이 더 깊이 밀고 들어올 때마다 아릿한 통증과 함께 기묘한 열락이 뜨겁게 번져 나갔다. 생경하고도 황홀한 감각에 정신이 아득해져, 오직 느껴지는 거라곤 눈앞의 남자의 거대한 존재감과 그의 뜨거운 몸뿐이었다.

재신이 머리를 숙여 그녀의 목덜미를 끌어당겼다. 덮치듯 그녀의 입술을 파고들며 깊숙이 혀를 밀어 넣었다. 혀와 혀가 휘감기며 사위가 더욱 아득해졌다. 유려하고 탄탄한 남자의 몸이 점점 더 격렬히 움직이기 시작했다. 효은은 배 속에서 폭죽이 터지는 듯 아득한 감각과 함께 뜨겁게 몸을 떨었다.

찔레꽃 향기 가득한 6월의 밤이 깊어 가고 있었다. 뜨겁고 달콤하고 눈부신, 아름다운 여름밤이었다.

□ ◆ □

두식이 머무는 요양원은 파주에서 그리 멀지 않은 곳에 있었다. 여름의 신록이 푸르게 우거진 풍광 좋은 곳이었다.

재신은 환한 햇살이 비쳐 드는 면회실에서 두식과 마주 앉아 있었다. 기억 속의 한두식은 언제나 크고 고압적이며 흉악한 인상이었다. 하지만 18년 만에 실제로 마주한 그는 작고 왜소하고 초라한 행색을 하고 있었다. 세월의 무상함 때문인지, 어릴 적 기억이 부풀려져 있었는지는 알 수 없지만 휠체어에 앉은 눈앞의 사내는 이미 노쇠한 기운이 선연해 보였다.

"언론에 내보낸 인터뷰, 번복하십시오."

재신은 눈앞의 사내를 내려다보며 단도직입적으로 말을 꺼냈다.

두식은 바로 대답하지 않았다. 흉흉한 눈을 부라리며 그를 한참 쳐다보더니 거칠고 탁한 목소리로 대꾸해 왔다.

"내가 왜."

"과거의 치부가 드러나 전 국민적으로 망신당하고 싶지 않으시면 그렇게 하는 게 좋을 겁니다. 키는 당신만 쥐고 있는 게 아니니까."

"왜. 권영욱이가 날 만나서 협박하라고 시키든?"

"아니요. 착각하지 마십시오. 계부는 당신과 같은 부류가 아니니까."

단호한 재신의 말에 두식이 음흉한 눈을 하며 빙긋 웃었다. 휠체어에 몸을 더욱 깊이 기대며 거친 목소리로 대꾸해 왔다.

"터뜨리든 말든 마음대로 해. 어차피 진흙탕 싸움 들어가면 너도 만신창이가 되는 건 불가피할 테니."

"대체 무엇 때문에 이러시는 겁니까. 돈? 이미 먹고살 만큼은 받으신 걸로 아는데요. 그걸로 부족하신 겁니까?"

"돈이야 아무리 많이 받아도 부족하지. 이런 몸으로 험한 세상 살아가려면 말이다."

두식이 쿨럭 기침을 쏟아 내며 말했다. 지병이라도 있는지 연신 잔기침을 해 대고 있었다. 재신은 주름진 그의 얼굴을 묵묵히 바라보다 씁쓸하게 말을 뱉었다.

"그 누구도 당신에게 사고를 일으키지 않았습니다. 사고는 당신 스스로가 낸 것이란 말입니다. 이런 식으로 세상에 분풀이하며 살지 마십시오."

"자식새끼라고 하나 있는 게 말본새하곤. 그따위 얘기 하러 왔으면 당장 꺼져! 어린놈이 무슨 세상을 안다고."

"어머니께 미안하지도 않으십니까. 손찌검과 폭력도 모자라 어머니 머리에 소주병까지 던지셨지요. 머리에서 피가 흥건하게 흘러내리던 걸 아직도 기억합니다. 치료받고 며칠 뒤에 집을 나가셨지요."

"나는 그런 적이 없다. 어디서 없는 말까지 지어내?"

"없는 말이라고요? 그때 동네에 사셨던 분들은 모두 기억하고 계실 겁니다. 당신이 무슨 일을 저질렀는지, 어떤 사람이었는지."

"지금 협박질을 하겠다는 거냐?"

"협박이 아니라 사실을 밝히겠다는 겁니다."

"……."

한두식은 말이 없었다. 악의에 찬 눈으로 그를 노려보며 몸을 부르르 떨고 있었다.

"다시 말씀드리지만 인터뷰, 번복하십시오. 이틀 드리겠습니다. 저는 분명히 말씀드렸습니다. 나중에 후회할 일 없길 바랍니다."

재신은 단호히 말하며 자리에서 일어섰다. 더 이상은 친부라는 작자와 말을 섞고 싶지 않았다.

어릴 적 폭력에 대한 사과 따위를 기대하며 만나러 온 것은 아니었다. 순순히 인터뷰를 번복하리란 기대도 하지 않았다. 다만 자식 된 도리로 마지막 기회만큼은 주고 싶었다. 전 국민적 지탄의 대상이 되기 전에 만회할 기회를 단 한 번이라도 갖게 하고 싶었다. 하지만 한두식은 그마저도 거부했다. 하니 이제 그도 그의 해야 할 일을 할 것이었다.

뚜르르르—

씁쓸한 기분으로 요양원에서 나오는 길에 핸드폰 벨이 울렸다. 액정을 들여다보니 미경이었다.

"예, 어머니."

— 지금 어디니.

"일 때문에 잠깐 밖에 나와 있습니다."

— 혹시 한두식을 만나러 가거나 한 건 아니지?

미경이 불안한 목소리로 물어 왔다. 무언가 알고 묻는 눈치였다.

"왜 그러십니까, 어머니."

— 최 실장한테서 한두식의 연락처를 받아 갔다지. 네가 무모한 일을 할까 봐 걱정돼서 그런다.

"무모한 일이라니요."

— 한두식 그 작자의 정체를 밝힌답시고 어릴 적 폭력당했던 것을 언론에 고발한다거나…….

"그것이 뭐가 무모합니까. 그런 것 없이는 상황을 타개할 수 없다는 걸 모르십니까."

— 예서네 집안에선 모르잖니. 최소한 네가 권영욱의 아들이란 건 믿어 의심치 않고 있단 말이다. 그런데 거기서 네가 덜컥 한두식의 아들이란 말을 꺼내면……. 생각만 해도 끔찍하구나.

미경은 사태가 이렇게까지 왔는데도 그의 결혼에 크게 집착하고 있었다. 영욱의 정치적 생명이 끊겨 버릴지도 모르는 마당에 결혼 약속이 유효하리란 보장도 없는데 말이다.

"어머니. 그렇게 다 숨기면서 하는 결혼이 무슨 의미가 있겠습니까."

재신은 그저 그렇게 말을 이었다. 차마 따로 마음에 담은 이가 있다는 말은 하지 못했지만 미경도 이제 현실을 직시해야 할 터였다.

— 드러나지 않은 걸 굳이 드러내며 살 필요는 없는 거지. 아직까지 약혼 파투 내겠다는 얘기가 없는 걸 보면 결혼약속은 여전히 유효한 거다. 그러니 처신 잘하도록 해.

"아버지의 상황이 그리 안 좋은데도 말입니까."

— 여태껏 숱한 난관을 헤쳐 오신 분이야. 이 사태도 곧 바람처럼

지나갈 거다.

미경이 불안을 감추듯 애써 태연한 척 말해 왔다. 재신은 가만히 그녀의 말을 부정했다.

"아니요, 어머니. 그렇게 쉽게 진정될 수 있는 상황이 아닙니다. 아버지의 일이 첫째고 결혼은 나중 문제입니다. 제가 알아서 할 테니 너무 신경 쓰지 마십시오."

미경은 한숨과 함께 전화를 끊었다. 재신은 웅웅 울려오는 머리를 꾹꾹 누르며 차에 올랐다. 일만 생각해도 모자랄 만큼 바쁜 상황에 모든 것이 복잡하게 흘러가고 있었다.

□ ◆ □

밤늦게 파주의 오피스텔로 들어선 재신은 저도 모르게 입가에 미소를 띠었다. 효은이 다녀간 흔적이 집 안 곳곳에 남아 있었기 때문이다. 싱싱한 연둣빛, 초록빛을 자랑하는 관엽 식물들이 집 안 여기저기에 산뜻하게 놓여 있었다.

그는 차 키를 탁자에 내려놓으며 자연스레 효은에게 전화부터 걸었다. 신호가 가자마자 그녀가 전화를 받았다.

— 네, 재신 씨.

활달한 목소리로 들려오는 그의 이름이 기분 좋게 들린다.

"집에 다녀갔었어?"

— 네. 퇴근하고서 잠깐요.

"얼굴 보고 가지 그랬어."

— 농원에 해야 할 일이 있어서요.

농원. 생각해 보면 언제나 그는 효은에게 농원보다 후순위였다. 하지만 매번 농원에 밀리는 현실이 그리 나쁘게 생각되지는 않았다. 재신은 피식 웃으며 효은이 남기고 간 화분들을 가만히 둘러보았다.

"화분들 고마워. 이름은 다 알 수 없지만."

— 아. 그래요? 거실 창에 늘어진 아이쯤은 알 것 같았는데.

효은이 다소 실망한 목소리로 말했다.

재신은 자연스레 거실 창으로 눈길을 돌렸다. 어떻게 매달아 두었는지, 창 위에 매달린 화분에서 초록빛 잎이 폭포처럼 아래로 쏟아져 내리는 식물 하나가 보였다. 반짝이는 길쭉길쭉한 하트 모양의 잎들이 꼭 효은의 싱그러운 분위기를 닮아 있었다.

"근사한 식물이군. 그런데 이름은 모르겠어."

— 스킨답서스예요. 흔히들 키우는 식물이고요. 예쁘죠?

"그래."

— 거실 탁자 옆에 있는 길고 키 큰 아이들은 스투키예요. 공기 정화 식물이고요.

효은이 신이 나서 식물들에 대해 이런저런 설명을 해 주기 시작했다. 재신은 밝음이 한가득 느껴지는 그 목소리를 들으며 옷을 갈아입고 침대에 걸터앉았다.

지금 그녀가 곁에 있어 주었으면 하는 마음이 굴뚝같았지만, 늦은 시간에 이곳까지 와 달라고 할 염치는 없었다. 그렇다고 농원을 찾아가기에는 그녀의 휴식을 방해하는 것 같아 선뜻 가겠다는 말이 나오지 않았다.

— 보고 싶어요.

어느 순간 효은이 말해 왔다. 그 한마디에 심장이 벅차게 조여들었다. 하루 종일 꾹꾹 눌러 두었던 그리움이 그 틈을 비집고 폭발하듯 터져 나왔다.

"보러 갈까?"

— 많이 피곤할 거 아니에요.

"그 정도로 피곤하지는 않아."

그는 곧바로 일어서서 차 키를 집어 들었다. 효은과의 전화를 끊지 않은 채, 차를 몰고 오피스텔을 떠나서 농원으로 향했다. 어제도 보고 그제도 보았지만 지금 바로 보지 않으면 견딜 수가 없을 것 같았다.

"정말로 왔어요? 오늘은 못 볼 줄 알았는데."

농원에 차를 주차시키고 내리자마자 효은이 바로 달려 나와 품에 안기며 말했다. 자려고 누웠었는지, 잠옷 차림에 길게 풀어 헤친 머리가 바람에 산뜻하게 나풀거렸다.

"내일부턴 보기 힘들어질지 몰라서."

그는 바람에 날리는 그녀의 머리를 쓰다듬으며 희미하게 웃었다. 효은이 눈을 동그랗게 뜨며 물었다.

"왜요? 한씨 아저씨 때문인 건가요?"

"……그래. 사태를 되돌릴 수 있는 사람이 있다면 아마도 나뿐일 테니까."

"무얼 어쩔 생각인 건데요."

"사실을 있는 그대로 밝혀야지. 그러지 않고서는 새아버지가 상황을 타개해 나갈 방법이 없어."

"아버지는 뭐라시는데요?"

"말씀 안 드렸어. 아마 말리실지도 모르지."

효은은 더 묻지 않았다. 그저 가만히 고개를 끄덕이며 그를 안으로 이끌었다. 밝은 얼굴로 미소를 지으며 탁자에 놓여 있던 병 하나를 보여 주었다.

"앵두 청을 만들었어요. 잠깐 기다려 봐요. 에이드를 해 줄게요. 이거 되게 맛있거든요."

부엌으로 들어가 분주히 움직이는 뒷모습이 아련했다. 재신은 그 옆을 서성거리며 언제든 위로가 되어 주는 그 모습을 가만히 눈에 담았다. 날마다 새록새록한 풋풋함이 느껴지는 그녀는 항상 청량하고 향긋한 바람을 몰고 다니는 것 같았다.

효은은 금방 에이드를 만들어서 거실로 나왔다. 둘은 소파에 나란히 앉은 채 새콤달콤한 앵두에이드를 시원하게 마셨다.

"마을 어르신 중에 예전부터 계속 살고 계신 분들이 몇이나 되지?"

재신이 문득 생각나서 묻자, 효은이 바로 대답해 왔다.

"재신 씨를 알고 있는 분들을 말하는 거라면, 일곱 분 정도 돼요. 이장님이랑 읍내 분들까지 해서요."

"명단이 필요해."

"증언을 해 줄 분들이 필요한 거군요."

"그래."

효은은 바로 종이를 가져다가 어르신들의 이름을 적었다. 수첩을 들고 와서 연락처도 모두 적어 주었다. 그러다 문득 걱정스러운 얼굴로 그를 바라보았다.

"그런데 정말 괜찮겠어요? 다 잊고 싶은 기억들일 거잖아요. 그래서 이름까지 바꾸고 용림리도 외면하면서 살았고."

"네가 있으니까 괜찮아. 다른 사람들은 어떻게 생각하든 상관없어."

재신은 그녀의 머리를 쓰다듬으며 빙긋 웃었다. 정말로 괜찮았다. 정말이지 상관없었다. 그에게는 눈앞에 앉아 있는 가느다란 이 여자가 유일한 버팀목이었으니까.

자정을 지나 새벽이 깊어 가고 있었다. 둘은 효은의 좁은 침대에서 함께 끌어안고 잠이 들었다. 효은이 틀어 놓은 오르골에서 음악이 끊임없이 흘러나왔다.

You are my destiny.

You are what you are to me.

You are my happiness.

That's what you are.

감미로운 음악은 끊임없이 반복되었다. 짧고도 아쉬운 밤이었다.

11

인터넷과 일간지에 새로운 기사가 떠돌기 시작한 것은 그다음 날 이었다.

권영욱의 기사를 제보했던 한두식의 정체에 대해서 폭로하는 기사 들이었다. 그가 용림리라는 오지의 마을에서 극악한 폭력을 행사하던 사람이었고, 가장 큰 피해자가 그의 처와 아들이었다는 사실을 기사 는 낱낱이 전하고 있었다.

그와 함께 권영욱의 처연한 러브 스토리가 함께 떠돌기 시작했다. 미경이 이혼을 할 수 없어 합법적인 결혼이 아니라 동거로 시작할 수 밖에 없었던 사연, 그녀를 지키기 위해서 영욱이 얼마나 큰 희생을 치러 왔는지 하는 것들이 감성적으로 서술되며 사람들의 심금을 크게 울리고 있었다.

기사는 수많은 연관 기사를 양산하며 새로운 판도를 만들기 시작했다. 인터넷에 영욱에 대한 크나큰 동정론이 일기 시작한 것이다. 그와 함께 영욱이 아들로 받아들인 한두식의 아들에 대해서도 이목이 크게 쏠렸다. 그가 건축계의 촉망받는 인재인 권재신이라는 사실이 드러나면서 여론은 한층 가열되고 있었다.

효은은 일에 집중하면서도 인터넷을 손에서 놓지 못했다. 댓글 하나하나에 전전긍긍하며 여론을 살폈다. 행여 재신에게 해가 되는 일들이 일어날까 봐 마음이 내내 편치 못했다.

재신의 전화기는 종일 꺼져 있었다. 연락이 되지 않을 거란 말을 미리 듣긴 했지만, 목소리마저 듣지 못하니 초조함이 한층 크게 다가오는 것만 같았다.

밤늦게 퇴근하면서 그녀는 재신의 오피스텔을 찾았다. 새벽까지 서성거리며 그가 오기를 기다렸다. 하지만 그날도, 그다음 날도 그는 오피스텔을 찾지 않았다. 연락 또한 단 한 번도 오지 않았다. 뭔지 모를 불길함이 성큼 찾아들고 있었다.

병실의 창밖에 굵은 빗줄기가 세차게 쏟아지고 있었다. 온통 하얀 빛깔로 뒤덮인 병실은 빗소리만 울릴 뿐 적막하기 그지없었다. 재신은 침대에 누워 잠든 미경의 곁을 지키며 무거운 눈으로 비를 응시하고 있었다.

영욱과 뒤얽힌 자신의 과거가 언론에 적나라하게 드러났을 때에도 꿋꿋이 잘 견뎌 냈던 미경이었다. 그런데 재신이 한두식과 그의 과거를 폭로하기 무섭게 미경은 큰 충격을 받았다. 게다가 예서의 집안에서 파혼 이야기까지 흘러나오면서 미경은 아예 몸져눕고 말았다. 결국 입원까지 하게 되면서 집안이 온통 발칵 뒤집혔다.

"약혼식은 예정대로 진행될 게다. 내가 당 대표만 되면 문제 될 것이 없어."

미경의 곁을 지키던 영욱이 고집스러운 목소리로 말해 왔다. 당 대표 선거가 이틀 후였다. 결국 약혼도, 결혼도 끝까지 강행하겠다는 뜻이었다.

"아니요, 아버지. 말씀드렸잖습니까. 그 결혼, 저는 결코 할 수 없습니다."

"네 어미가 저 꼴이 된 것을 보고서도 그런 말이 나오는 게냐? 아들놈이 어찌 이리 모질어?"

"어머니께는 제가 잘 말씀드리겠습니다. 아버지께서도 그 무엇보다 사랑을 선택하신 분 아닙니까. 그런데 어떻게 제게 사랑을 포기하라 말씀하십니까."

"그 마음고생을 누구보다 잘 알아서 그런다. 자그마치 25년이야. 네 엄마랑 만나서 그토록 가슴 졸이며 살았던 세월이. 하니 너는 누구보다 좋은 배경을 가진 집안이랑 맺어져서 마음 편히 살았으면 하는 것, 그것뿐이다."

"제가, 행복하지 못할 겁니다. 그 여자가 아니고서는 그 누구와 결혼을 한다 한들."

재신은 창백한 모친의 얼굴을 바라보며 꿋꿋이 그의 의견을 피력했다. 최후의 수단으로는 약혼식장에 들어서지 않는 것까지도 생각하고 있었다.

"알겠다. 네 뜻이 그렇다면 그 여자를 포기시키는 수밖에 없겠구나. 조경을 하는 여자라지? 그놈의 용림리에서 농원을 운영하고 있고?"

영욱이 굳은 얼굴로 말해 왔다. 재신은 갑작스러운 일격에 당황을 감추지 못하고 말았다.

"아버지, 그걸 어떻게……."

"나더러 알아보라고 말을 꺼냈던 것이 아니냐? 내 정보력을 아주 우습게 보고 있구나. 네 차만 따라다녀도 바로 드러날 일인 것을."

"그 여자는 건드리지 말아 주십시오. 가뜩이나 가족을 잃고 힘든 상황입니다."

"그래, 하나뿐인 할아버지가 근래에 돌아가셨다더구나. 그 외로움 때문에라도 더더욱 네게 집착했겠지."

"집착을 하고 있는 건 저입니다. 하니, 아버지……."

"그 여자를 지키고 싶다면 이 결혼, 하는 게 좋을 게다. 약혼식 파투 낼 생각은 꿈에도 하지 말고. 젊은 여자 하나 힘들게 만드는 방법은 수도 없이 많으니."

"제가 아버지 아들이길 포기하길 바라십니까."

"결혼만 성사된다면 그 무엇도 상관없다."

영욱이 창밖을 내다보며 고집스럽게 말했다. 둘 사이에 팽팽한 긴장이 흘렀다. 영욱은 물러서지 않을 기세였고, 재신 또한 마찬가지였다.

병원 밖에는 기자들이 진을 치고 있었다. 영욱이 아직 당 대표 후보에서도 물러나지 않았고, 그 어떤 입장 표명도 하지 않았기에 그들은 영욱의 동태에 대해서 촉각을 크게 곤두세우고 있었다.

한참의 침묵 끝에 영욱이 딱딱한 얼굴로 그를 바라보았다.

"그래도 네가 나서 주어서 여론이 얼마간 반전되었으니 고맙게 생각한다. 자칫하면 선거도 치러 보지 못하고 당 대표를 포기해야 할 뻔했지 뭐냐."

"사실을 사실대로 밝혔을 뿐입니다. 눈에 불을 켜고 특종을 찾고 있는 기자들에게 정보를 흘렸을 뿐이고요."

재신은 표정 없는 얼굴로 계부를 바라보며 무감히 대답했다.

"네 주변도 평탄치 못하겠구나."

"기자들의 전화가 하도 와서 핸드폰을 꺼 두었습니다."

"그래. 네가 내 아들이란 사실도 그렇고, 어린 시절을 그리 폭력 속에서 불우하게 보냈다는 것도 그렇고, 기자들에겐 입맛에 딱 맞는 스토리겠지."

재신의 사무실 주변에도 밤새 버티고 있는 기자들이 있었다. 어딜 가든 따라다니는 그들 때문에 며칠은 마음 편히 움직일 수조차 없었다. 그럴 거라 예상은 했지만 세간의 눈은 생각했던 것보다 훨씬 집요하고 치밀했다. 일거수일투족을 감시당하는 기분이었다.

"이만 가 보겠습니다."

"또 사무실에서 밤을 새우는 게냐?"

"예. 일이 많이 밀려 있습니다."

"내 말 명심하거라. 그 여자를 지키고 싶다면 절대 약혼도, 결혼도 파투 내는 일이 있어서는 안 될 것이야."

재신은 대답하지 않았다. 복잡한 마음을 추스르며 묵묵히 병실을 나왔다. 시간을 확인하니 밤 10시. 그는 며칠 동안 꺼 두었던 휴대폰을 그제야 켰다.

수백 통이 넘는 부재중 전화와 문자 메시지가 뒤늦게 주르륵 그 존재를 알려 왔다. 며칠 새 기자들이 남긴 흔적들이었다. 핸드폰을 꺼 놓지 않으면 일에 집중하지 못했을 만큼 수시로 울리던 전화들이었다.

그는 엘리베이터에 오르며 제일 먼저 효은의 번호를 눌렀다. 걱정하고 있을 그녀가 떠올라 내내 마음이 편치 못했다.

— 네. 저예요.

"그래, 효은아."

— 연락이 안 되어서 걱정했어요.

핸드폰 너머로 들려오는 싱그러운 목소리에 요 며칠 팽팽했던 긴장이 누그러진다. 재신은 입가에 미소를 띠며 핸드폰을 귀에 더욱 바짝 붙였다.

"연락 못 해서 미안해. 집안에 일이 좀 있었어."

— 언론에 재신 씨 어린 시절 가지고 난리가 났던데……. 마을에

267

도 기자들이 엄청 찾아왔었어요. 괜찮은 거죠?

"그건 괜찮아. 그런데 어머니가 충격으로 쓰러지셔서……."

— 아아. 걱정이 많으시겠네요.

"상황이 좋지는 않아. 곧 훌훌 털고 일어나시길 기대하고는 있지만. 지금 어디야?"

— 퇴근하는 중이에요.

이런저런 얘기를 나누며 주차장으로 향했다. 비가 너무 심해서인지, 병원 앞에 몰려 있던 기자들은 보이지 않았다. 며칠 새 눈에 익어 버린 보도 차량 두어 대만 주차장을 덩그러니 지키고 있었다.

— 오피스텔에서 내내 기다렸는데.

"응?"

— 한 번쯤은 올 줄 알았다고요.

효은의 목소리에서 아쉬움과 그리움이 묻어났다. 며칠은 못 볼 거라고 미리 얘기해 두었건만 내내 그를 기다렸던 모양이었다.

"미안. 생각 못 했어."

— 재신 씨가 뭐가 미안해요. 내가 혼자 보고 싶어서 기다린 건데요, 뭘.

"나도 정말이지 보고 싶었어."

시시때때로 따라붙는 기자들이 아니었더라면 당연히 오피스텔로 갔을 것이다. 하지만 기자들이 계속 쫓아오는 바람에 그곳으로는 가지 못했다. 그 누구에게도 노출시키고 싶지 않은 공간이었으니까.

— 오늘도 오피스텔에 있을 거예요. 재신 씨가 올 때까지 매일.

"……그래."

"권재신 씨! 권재신 씨 맞죠?"

막 차에 오르려는데 보도 차량에서 내린 기자 하나가 그를 붙들었다. 다짜고짜 빗속에서 따라붙으며 질문을 퍼부었다.

"권영욱 의원의 행보는 어떻게 됩니까? 당 대표 후보에선 물러나지 않는 겁니까. 권영욱 의원은 부친으로서 어떤 분이었습니까? 가혹한 아동 학대를 겪으셨던데 후유증은……."

"제가 드릴 말씀은 제보한 것이 전부입니다. 더 이상은 할 말이 없습니다."

재신은 자신의 어깨를 붙잡은 기자의 손을 떼어 내며 묵묵히 차에 올랐다.

"권재신 씨! 모친과의 관계는 어땠습니까. 어릴 적 집을 나간 모친에게 원망이나 서운함 같은 건……."

기자는 차창까지 두드리며 집요하게 계속 물었다. 재신은 개의치 않고 천천히 차를 몰아 주차장을 빠져나왔다.

그는 사무실이 있는 강남을 향해 빠르게 차를 몰았다. 그러다 따라붙는 차량이 없는 걸 확인하곤 방향을 틀었다. 그 길로 차를 몰아 오피스텔로 향했다. 요 며칠 가장 그립고 그리웠던 곳, 효은의 흔적이 가득한 그의 집으로.

"와. 웬 꽃이에요?"

효은은 그의 오피스텔에 있었다. 비에 젖은 장미 다발을 내미는 그에게 화사하게 웃으며 물어 왔다.

"오는 길에 샀어. 노점에서 파는 게 눈에 띄어서."

일부러 늦게까지 문 연 꽃집을 찾아다녔지만 재신은 그저 그렇게 만 얘기했다.

"너무 예쁘네요. 시들기 전에 꽂아 둬야겠어요."

효은이 환한 미소를 머금으며 컵에 물을 담았다. 꽃다발의 꽃들을 하나하나 꺼내어 정성스레 꽂는 모습이 못내 사랑스러웠다.

오피스텔엔 며칠 새 살림이 많이 늘어 있었다. 냉장고엔 효은이 직접 만들었을 게 분명한 수제 청들이 가득했고, 선반에는 허브티며 각양각색의 꽃차들이 즐비하게 놓여 있었다.

"밥은 잘 먹고 다니는 거예요?"

꽃이 꽂힌 컵을 식탁 위에 올려놓으며 효은이 물었다.

"그래."

"얼굴이 안 좋아 보여요."

효은이 곁으로 다가와 앉으며 까칠한 그의 뺨을 매만졌다.

밤낮으로 일에 몰두했던 데다, 미경이 쓰러지는 바람에 병실에서 밤을 새우기도 했기에 얼굴이 좋아 보일 턱이 없었다.

무엇보다 효은에게 해야 할 말이 있었고, 그것이 그의 마음을 돌덩이처럼 무겁게 했다.

"……할 이야기가 있어, 효은아."

그는 부드럽게 그의 뺨을 쓸어내리는 가느다란 손가락을 꼭 쥐었다.

"네. 뭔데요?"

효은이 의아한 눈으로 그를 쳐다보았다. 좋지 않은 분위기를 감지한 듯 그늘진 얼굴이었다.

피해 가고 싶지만 피해 갈 수도 없는 말들, 그가 맞닥뜨린 현실에 대해서 말해야 했다. 그러지 않는다면 효은을 기만하는 것밖에 되지 않을 테니까.

"……약혼식이 잡혀 있어."

재신은 내내 응어리처럼 맺혀 있던 그 말을 무겁게 토해 놓았다.

어떻게든 영욱을 설득할 수 있으리라 생각했었고, 끝까지 약혼을 거부할 거란 결심도 있었더랬다. 하지만 이제 약혼은 거부할 수 없는 현실이 되어 버렸다. 미경과 효은의 크나큰 고통을 담보로 하면서까지 제 고집만 부릴 수는 없는 일이었으니까.

효은이 충격 어린 얼굴로 그를 쳐다보고 있었다. 햇살 같은 눈망울이 시리도록 크게 흔들렸다.

"……언제인데요?"

효은이 굳은 목소리로 물었다. 애써 침착을 가장하고 있었지만 목소리의 떨림마저 감추지는 못했다.

"다음 주말."

"왜 미리 얘기 안 했어요?"

"취소할 수 있길 바랐는데 잘되지 않았어."

재신은 속으로 이를 악물며 굳은 목소리로 말했다. 그녀의 대답을 기다리는 짧은 시간이 영원처럼 길게 느껴졌다.

효은은 충격 가득한 얼굴로 그를 바라보았다. 하지만 이내 표정을 갈무리하며 그에게 잡힌 손을 슬며시 빼냈다.

"그럼 이제 끝을 내야겠네요."

효은은 단단함이 느껴지는 목소리로 그렇게 말했다. 재신은 그 말을 듣고서야 깨달았다. 그런 말을 들을까 봐 효은에게 차마 말을 꺼내지 못했었다는 걸.

"끝이라니."

"우리 관계요. 약혼식까지 하는 마당에 이렇게 만나는 거, 안 되는 일이잖아요."

"그럼 며칠만 더. 며칠만 더 같이 있자."

"그다음엔요."

"모르겠다. 지금은 너를 놓을 수가 없어."

효은은 고통스러운 얼굴로 그녀를 감싸 안는 재신을 아프게 바라보았다. 언제고 끝이 찾아올 날이 있을 거라고 생각했다. 종국에는 그를 놓아줘야만 하는 날이. 하지만 이렇게 갑작스럽게는 아니었다. 두 달도 채 되지 않았는데 약혼이라니.

"그럼 목요일까지로 해요. 그 후엔 완전히 끝내는 걸로."

가슴이 미어져 눈물이 터져 나올 것만 같았다. 그녀는 최대한 이성적으로 생각하려 애쓰며 나름 최선의 답을 내어놓았다.

"이렇게 끝내는 거, 너는 괜찮은 거야?"

"괜찮을 리 없잖아요. 하지만 어떻게 해요. 방법이 없는데. 재신 씨, 결국 그 여자분하고 결혼할 거잖아요. 안 할 수가 없잖아요."

"……."

"재신 씨를 원망하거나 하는 건 아니에요. 이렇게 있어 줘서 좋았으니까. 늘 고마웠으니까. 더 같이 있을 수 없다고 해서 좋았던 추억들이 망가져 버리는 건 아니니까요."

효은은 그렇게 말하며 그의 등을 꽉 끌어안았다. 그 품이 따뜻해서 떨어지기가 싫었다. 놓아줄 수 있을지 자신이 없었다.

사실은 그와의 추억들 때문에 더 고통스러웠다. 그와 더는 함께할 수 없다는 사실이. 그가 다른 누군가의 남자가 된다는 사실이.

하지만 그런 말들은 차마 하지 못했다. 그녀보다 더욱 고통스러운 것은 재신일 테니까. 원치 않는 결혼을 짊어지고 평생을 살아가야 할 테니까.

아니, 어쩌면 그의 결혼은 실패가 아닌 성공이 될 확률이 높을지 모른다. 경제력으로 뒷받침해 줄 좋은 집안의 여자를 만나서 귀여운 아이들도 낳으며 오손도손 잘 살아가게 될 것 같았다. 재신이 지금은 그녀에게 이토록 집착하지만, 어차피 연인이란 돌아서면 끝인 관계가 아니던가.

솔직히 그 여자한테 질투가 나기도 했다. 남모르게 인터넷에서 검색해 보기도 했었다. JK의료재단의 장녀는 진예서라는 이름의 여자로, 미모며 학벌이며 독자적인 사업 능력까지 다 갖춘 여자였다.

참 못났다, 남효은.

효은은 잠시 생각하다 오래전에 민기가 했던 말을 떠올렸다. 누군가를 소개시켜 준다는 이야기였다. 그런 말이라도 하면 재신의 부담이 조금은 덜어지지 않을까.

"저도 소개팅을 하려고 해요."

머뭇머뭇 흘러나온 말에 재신이 굳은 얼굴을 했다.

"응? 무슨⋯⋯."

"민기 선배가 소개시켜 주고 싶은 친구가 있다고⋯⋯."

"민기 친구 누구?"

"이름은 잘 기억 안 나요."

둘 사이에 긴 침묵이 흘렀다. 효은은 더 이상 할 말을 찾지 못했고, 재신 또한 마찬가지였다.

"작별은 은랑도에서 했으면 좋겠어요. 이전처럼 목요일에. 어때요?"

효은은 떨리는 입가에 미소를 머금으며 최대한 쿨한 척을 했다. 그에게 그 어떤 부담도 남기고 싶지 않아서였다. 애초에 두 달로 한정한 관계였고 처음부터 준비해 왔던 이별이었다. 달라지는 것은 없었다.

"그래. 목요일에, 은랑도에서."

재신이 천천히 말을 되짚었다. 창밖의 빗소리가 점점 거세어지고 있었다. 탁자에 놓인 장미 향기가 무겁게 둘 사이를 떠돌고 있었다.

□ ◆ □

목요일은 금세 다가왔다. 아무리 매일 밤을 함께 보내도 함께 있을 수 있는 시간은 너무 짧았고, 시간은 둘의 마음과 상관없이 화살처럼 흘렀다.

재신은 은랑도로 들어가는 배 위에서 효은과 함께 있었다. 파도가 출렁이는 바다를 바라보며 난간에 기대어 서 있었다. 멈출 줄 모르고 밀려오는 파도가, 멈추지 못하고 다시 밀려가야 하는 파도가 마치 그의 마음 같았다. 오직 효은만을 향해서 기어이 들이치고 또 들이치는 파도 같았다.

처음 섬으로 답사를 들어갈 때만 해도 그의 마음이 이렇게까지 올 줄은 알지 못했다. 작별은 어떻게 해야 작별이 되는 걸까. 마음은 접어지지 않는데 관계는 접어야 한다. 관계를 접는 것으로 작별이 될까. 모든 것이 모순이었다.

"⋯⋯오늘은 좋은 생각만 해요."

효은이 그를 향해 웃으며 말했다. 언제나처럼 환하게 미소 짓고 있었지만 그늘진 얼굴을 감추지는 못했다.

"그래."

재신은 그녀의 어깨를 감싸며 묵묵히 고개를 끄덕였다. 이제 곧 그녀를 놓아주어야 한다는 사실이 현실로 다가오지 않았다. 아니, 놓을 수 있을지조차 자신이 없었다. 어깨를 감싼 그의 손에 더욱더 힘이 들어갔다.

영욱은 그 모든 논란에도 불구하고 당 대표에 당선이 되었다. 약혼 이야기는 잠시 흔들렸지만 계획대로 진행될 예정이었다. 예서는 흔들림이 없었다. 그가 따로 마음을 준 여자가 있다는 사실을 예서도 알고 있었다. 하지만 역시나 영욱처럼 바람처럼 지나갈 마음이라 생각하는 듯했다.

그 모든 일들에서 재신은 제3자였다. 그 자신의 약혼과 결혼에 관한 일들이었음에도 불구하고 그가 할 수 있는 일은 없었다. 정말로 부모와 연을 끊고 남남처럼 살아가겠다는 결심을 하기 전에는.

배는 금세 은랑도에 도착했다. 처음 섬에 들어왔을 때처럼 은랑도에 내린 사람은 그들 둘뿐이었다. 재신과 효은은 손을 맞잡은 채로 그때 걸었던 그 길을 천천히 걸었다.

짙푸른 신록이 우거진 여름의 은랑도는 봄에 본 풍경과 많이 달랐다. 제비꽃과 패랭이 대신 진홍빛의 배롱꽃이 한창이었으며, 샛노란 원추리가 군데군데 군락을 이루어 보는 눈을 즐겁게 했다. 공모전에 제출할 수목원의 설계와 맞추어 보며 섬을 거니는 기분 또한 감회가 새로웠다.

둘은 마치 답사를 온 사람들처럼 섬의 면면만 살피고 또 살폈다. 이별에 대한 이야기는 일절 꺼내지 않은 채, 모든 대화를 섬의 풍경과 공모전에 대한 것으로 한정하고 있었다. 그러려고 하지 않아도 저절로 그렇게 되었다. 이별이라는 말이 나오는 순간, 꾹꾹 눌렀던 감정이 터진 둑처럼 흘러내려 그대로 무너져 버릴 것 같았으니까.

"와. 갈매기 떼 좀 봐요!"

효은이 바위에 줄지어 앉은 갈매기 사이로 뛰어가며 눈부시게 웃었다.

"그래, 근사하군."

재신도 그녀를 뒤쫓으며 갈매기 떼에 눈길을 주었다. 사람들이 거의 떠난 섬은 갈매기 떼가 점령하다시피 하고 있었다. 굳이 과자를 던져 주지 않아도 사람을 경계하기는커녕 떼로 날아와 개의치 않고 주위를 맴돌곤 했다.

둘은 천천히 섬을 돌아 점심때쯤 모래사장에 도착했다. 곰솔의 초록빛만 가득하던 봄과 달리, 지금은 진분홍의 해당화가 해변을 가득 메우고 있었다.

"여기서 밥을 먹을까 봐요."

효은이 그때와 같은 자리에 앉아서 김밥과 만두를 꺼냈다. 밝은 햇살이 가득 비쳐 드는 바닷가에서 그녀의 모습은 더욱 빛이 났다.

"그래."

재신은 주머니에 넣어 온 작은 상자를 만지작거리며 고개를 끄덕였다. 그녀에게 주려고 마련한 작별 선물이었지만 선뜻 주겠다는 말이 나오지 않았다. 이것을 주어 버리면 영영 작별일 것 같아서. 은랑도에서의 이 짧은 시간마저도 다 채우지 못하고 돌아가야 하게 될 것만 같아서.

둘은 식사를 마치고 오래도록 바닷가를 거닐었다. 밀려오는 파도에 발을 담그기도 하고 물장난을 하기도 하면서 연인으로서의 마지막 시간을 보냈다.

"재신 씨, 거기 좀 서 봐요. 기념으로 동영상 하나쯤은 찍어 두고 싶어요."

효은이 핸드폰 카메라를 재신에게 비추며 말했다. 새파란 하늘과 새하얀 구름, 밀려오는 파도를 배경으로 눈부신 그의 모습을 담았다.

마지막 코스는 그들이 함께 밤을 보냈던 그 폐가였다. 재신이 장작불을 때 주고 지네에 물렸던 자리를 매만져 주던 그 폐가. 오랫동안 비워져 있던 집은 그때보다 더 낡고 허름해 보였다. 하지만 해가 창창히 떠 있는 오후라 집 안은 아직 환했다.

둘은 집 안으로 들어와 나란히 마주 앉았다. 데면데면하게 서로를 바라보던 그때를 떠올리며 빙긋 웃었다.

"그때 재신 씨 되게 별로였던 거 알아요?"

효은의 말에 재신이 미간을 구기며 눈을 가늘게 떴다.

"내가?"

"네. 무슨 말만 하면 선 그으려고 들고, 냉랭하게 말해서 사람 가슴 철렁하게 만들고."

"그런 남자한테 반한 사람이 누군데."

"그러니까요. 다 자업자득이죠, 뭐."

효은이 한숨을 내쉬며 화사하게 웃었다. 깊고 까만 눈동자며 야무진 입매가, 가느다란 곡선을 그리는 우아한 목선이 오늘따라 더욱 도드라져 보였다.

"효은아."

재신은 그녀의 곁으로 가까이 다가가 앉으며 주머니에서 상자를 꺼냈다. 연인으로서 무엇 하나 해 준 것이 없었던 게 생각나 마련한 선물이었다. 작별할 이때가 되어서야 선물을 해야겠다는 생각이 떠오르다니 그가 생각해도 참 못난 남자였다.

"작별 선물이야."

그가 그녀에게 상자를 내밀며 말했다. 작별이란 말에 효은의 얼굴이 잠시 굳어졌지만, 이내 웃으며 상자를 받았다.

"와, 뭔데요? 선물씩이나 받다니, 오늘 운이 좋네요."

효은은 곧바로 상자의 포장을 풀었다. 금빛으로 둘러진 리본이 풀리고, 보랏빛으로 빛나던 포장지가 뜯겨 나간다. 상자의 뚜껑을 열자, 드러난 것은 꽃문양의 펜던트가 달린 로즈골드 목걸이였다. 장미 형태로 빚어진 펜던트에 보석이 알알이 박혀 있는 아름다운 목걸이.

"고마워요, 재신 씨. 너무 예뻐요."

"마음에 든다니 다행이야."

"그런데 어쩌죠. 나는 선물 같은 거 준비 못 했는데."

"키스 한 번이면 돼. 마지막 작별 기념으로."

재신은 자신의 입에서 흘러나가는 작별이란 말이 마음에 들지 않았다. 하지만 그렇게라도 못 박지 않으면 이 마음이 영원히 끝나지 않을 것만 같았다.

재신은 그녀의 손에서 목걸이를 빼내 그녀의 목에 걸어 주었다. 효은이 뒤돌아 그를 마주하며 짧게 입을 맞춰 왔다. 하지만 입맞춤은 곧 깊어졌고, 끝나지 않을 것처럼 길어졌다. 혀와 혀가 절박하게 얽히고 몸과 몸이 하나로 포개졌다.

어느 순간 효은의 몸이 뒤로 넘어가고 재신이 그 위에 올랐다. 셔츠가 위로 말려 올라가고 브래지어가 풀려서 떨어졌다. 가슴에 닿는 재신의 손길이 느껴지고, 아래로 파고드는 그의 몸짓이 느껴졌다. 그 모든 시간 동안 키스가 계속되었다. 효은은 재신의 목을 감은 팔을 놓지 않았다.

둘은 길고도 긴 작별의 키스를 그렇게 나누었다. 그리고 마지막 배를 타고서 은랑도를 나왔다. 이전에 갔던 곰탕집에서 저녁을 먹고, 각자의 차를 타고 각자의 갈 곳으로 향했다.

미련은 모두 은랑도에 버려두고 왔다고 생각했다. 정말로 작별이었다. 일로서 만나는 것도 앞으로 꼭 한 번, 공모전 프레젠테이션이 마지막이었다.

□ ◆ □

금요일, 효은은 노트북을 켜 놓고 공모전 발표의 마지막 작업을 하고 있었다. 다음 주 수요일에 프레젠테이션이 있었다.

외로움은 깊었지만 작별의 실감은 잘 나지 않았다. 재신과 앉았던 소파에서, 재신과 함께했던 탁자에서, 여전히 그녀는 바쁘게 일을 하고 있었다.

그러다 문득문득 생각이 났다. 빵에 발라 먹으려고 살구잼을 꺼내다 그와 함께 살구를 따던 기억이 떠올랐고, 그대로 주저앉아 멍하니 오후를 보냈다. 온실의 관엽 식물들을 돌보러 들어갔을 땐 그와 함께 분갈이를 하던 일이 생각나 그대로 나와야 했다.

와락 눈물이 터져 나온 것은 그 밤이었다. 재신과 함께 잠들었던 작은 침대에서 혼자 잠이 들어야 했을 때. 저도 모르게 핸드폰 번호를 누르려는 손을 억지로 잡아채야 했을 때. 목에 달랑거리는 장미 펜던 트의 감촉이 이별의 무게만큼이나 무겁게 느껴져서 눈물이 났다.

밤은 길고도 외롭고 적막했다. 결국 효은은 그 밤 내내 잠을 이루지 못했다. 오르골을 틀어 놓은 채 꼬박 일했다.

□ ◆ □

토요일 저녁, 가족들만 모여서 진행한 약혼식은 간단하게 끝이 났다. 사주와 택일단자를 교환하고, 서로 예물을 교환하고, 케이크를 자르는 짧은 의식이었다.

무덤과도 같은 그 짧은 의식 하나로 그는 누군가와 미래를 약속한 남자가 되었다. 그리고 그 때문에 마음을 송두리째 가져가 버린 여자는 곁에 둘 수조차 없게 되어 버렸다.

재신은 약혼식을 올린 호텔을 나서기 무섭게 민기를 찾았다. 누구라도 보아야 죽도록 답답한 가슴을 달랠 수 있을 것 같았고, 당연한 듯 떠오른 얼굴이 민기였다.

"웬일이냐? 네가 먼저 연락을 다 하고."

바에서 마주 앉은 민기가 놀랍다는 듯 말해 왔다.

"그냥. 생각나서."

브랜디 한 잔을 가볍게 비우며 재신이 말했다. 그리고 바텐더에게 또 한 잔을 주문했다. 민기는 그런 그의 모습을 보며 고개를 절레절레 저었다.

"네가 술타령을 하는 게 더 놀랍다. 바에서 만나자고 하기에 설마설마했는데. 생전 가야 술 한 잔을 제대로 안 비우는 권재신 아니었냐."

"술 아니면 버티기 힘든 일이 좀 있다."

"그래. 뭐, 요즘 인터넷에 떠도는 네 파란만장한 인생사를 보니 이해가 가긴 한다만."

민기가 이해한다는 듯 고개를 끄덕였다.

"봤냐."

"그래, 인마. 어떻게 너는 친구들한테도 그리 비밀이 많냐? 그런 걸 인터넷으로 보게 만들어?"

"미안하다."

"뭐 미안할 것까진 없지만."

재신이 금세 또 한 잔을 비웠다. 그리고 자연스레 또 한 잔을 주문했다.

민기는 전혀 재신답지 않은 행동을 바라보며 의아한 눈을 가늘게 떴다. 그의 촉이 말하고 있었다. 그가 알고 있는 것이 다가 아닐 거라고. 인터넷에 떠도는 문제들 말고 분명 또 다른 무언가가 있는 거였다. 그러지 않고서야 술을 그토록 꺼려 했던 재신이 이렇게 퍼마시다시피 술에 의존할 리가 없었다.

"한 잔 더."

재신의 주문은 계속되었다. 이미 두 시간 이상을 연달아 마신 터라 꽤 취한 듯했지만, 그는 멈출 기미가 없어 보였다.

"인마, 그만해. 이러다 쓰러지겠어."

"아니. 아직 멀쩡해."

민기의 만류에도 불구하고 재신은 계속 술을 마셨다.

"여자 문제냐?"

보다 못한 민기가 언뜻 물었다.

"……오늘 약혼했다."

재신의 답은 충격적이었고, 목소리는 무섭도록 침울했다. 재신에게 사귀는 여자가 있는 줄도 몰랐던 민기는 몹시 놀라고 말았다. 더욱 이상한 건 재신의 극도로 어두운 얼굴과 생전 처음 보는 술타령이었다.

"으응? 누구랑?"

"진예서."

"그 여자가 누군데?"

"약혼녀."

"그런데 약혼이랑 술의 상관관계는 대체 어디에 있는 거냐."

민기는 도무지 이해가 가지 않는 상황에 혼자 머리를 쥐어뜯었다.

재신은 답이 없었다. 술에 거하게 취했는지, 머리를 감싸 쥔 재신이 또다시 브랜디 한 잔을 비우고 있었다.

그의 손을 잡아채려던 민기는 희미하게 들려온 재신의 목소리에 손을 멈칫하고 말았다.

"……효은아."

흐릿하게 들려온 이름은 분명 그랬다. 화들짝 놀란 민기의 눈가에 의구심이 서렸다. 상황을 어렴풋이 알 것도 같아서 무얼 더 물어볼 수가 없었다.

돌이켜보면 재신이 답지 않게 효은에겐 관대했다는 느낌이 있었다. 곁을 주기 싫어하는 녀석이 답사까지 함께 다녀온 것도 그렇고, 매주 만나서 공모전 설계를 함께 논의했던 것도 그렇고.

그것이 그런 마음이었나.

민기는 찌푸린 미간을 어쩌지 못한 채 애꿎은 탁자만 손으로 톡톡 두드리고 말았다. 독한 술을 연거푸 들이켜는 재신을 만류하지도 못했다. 밤이 아득하게 깊어 가고 있었다.

□ ◆ □

은랑도 공모전의 프레젠테이션은 팽팽한 긴장 속에 열렸다. 참가한 팀은 모두 37팀으로, 국내외의 내로라하는 회사들이 대거 맞붙어 경쟁이 치열했다.

하지만 효은에겐 프레젠테이션에 대한 긴장보다도 재신과 함께해야 한다는 긴장이 더욱더 컸다. 며칠을 못 본 사이 그는 더욱 날카로워진 인상을 하고 있었으며, 그녀를 바라보는 눈길엔 아무런 감정도 남아 있지 않은 듯했다.

"잘 지내셨어요, 소장님."

심사장에서 마주한 그에게 효은이 먼저 인사를 건넸다. 눈은 제대로 마주치지 못했다. 여전히 두근거리는 가슴을 누르기가 쉽지 않았다.

"잘 지냈습니까."

묵직하게 들려오는 목소리가 가슴을 때린다. 며칠 전만 해도 다정함이 넘치던 그 목소리는 처음 만났을 때의 그 거리감을 그대로 담고 있었다.

그는 더 이상의 말을 하지 않았고, 둘은 대기실에 나란히 앉았다. 추첨으로 받은 번호표는 18번, 거의 중간쯤에 발표하게 될 예정이었다.

프레젠테이션은 H호텔 23층의 미팅 룸에서 비공개로 진행되고 있었다. 룸 건너편의 홀에서 대기하고 있다가, 팀 번호가 호명되면 안으로 들어가 프레젠테이션 하는 방식이었다. 입구와 출구가 달라서 먼저 끝난 사람들과 마주칠 일은 없었다. 자연히 정보를 얻기도 힘들었다.

기다리는 시간은 몹시 길었다. 효은은 준비해 온 자료를 살피기도 하고, 핸드폰으로 새로운 자료들을 검색해 보기도 하면서 긴장 어린 시간을 보냈다. 하지만 그 모든 것들은 재신과 시선을 마주치지 않기 위한 필사적인 노력에 불과했다.

아무런 말을 하지 않아도 옆에 앉은 남자의 존재감은 강렬했고, 저절로 그에게로 향하는 시선을 다잡는 것조차 힘이 들었다.

재신 또한 말없이 침묵만 지키고 있었다. 가져온 서류 뭉치를 살피면서 그녀에게 거의 눈길을 주지 않았다. 업무상으로 만나는 사이보다 더욱 크나큰 강이 둘 사이에 존재하고 있었다.

"18번 팀, 들어오세요."

그래서 한참이 지나 팀 번호가 호명되었을 때, 효은은 긴장 대신 차라리 홀가분함을 느꼈다. 기다렸다는 듯 자리에서 벌떡 일어나 미팅 룸으로 향했다. 재신은 묵묵히 그녀의 뒤를 따랐다. 발표장엔 함께 들어가겠지만, 프레젠테이션을 하는 것은 효은 혼자였다.

육중한 문을 열고 들어서자, 은은한 조명 아래 중후하게 꾸며진 회의장이 시선을 압도했다. 공간은 30명쯤 되는 심사 위원들로 꽉 차 있었는데, 모두가 국내외의 내로라하는 조경·건축 관계자들이었다.

효은은 허리를 꼿꼿이 세우며 총총히 걸어가 연단에 섰다. 장내가 조용해지자, 미소 띤 얼굴로 숨을 깊이 들이마시며 천천히 마이크를 켰다.

"18번 팀, 봄뜰조경·예신건축입니다. 저는 봄뜰조경의 전략디자인실장 남효은입니다."

수많은 사람이 눈앞에 있었지만, 제대로 눈에 들어오는 사람은 없었다. 오직 한쪽에 서 있는 재신의 존재감만이 그녀의 모든 감각을 사로잡았다. 그녀는 자신에게로 향해 있는 그의 시선을 온몸으로 느끼며, 준비해 온 자료 영상을 안내원에게 건넸다.

영상의 세팅이 끝나자, 미팅 룸의 조명이 모두 꺼졌다. 실내가 한순간에 어두워졌다. 캄캄한 어둠 속에서 대형 스크린에 띄워진 자료 영상만이 밝게 빛을 내며 시선을 끌었다.

[은빛 파도의 섬, 은랑도]

스크린에 먼저 떠오른 것은 위와 같은 문구의 타이포그래피였다. 그와 함께 은랑도의 현재 풍경이 펼쳐지면서 그 위로 은빛으로 하얗게 부서지는 파도가 겹쳐졌다. 그 장면을 보면서 효은은 설명을 시작했다.

"예로부터 은랑도는 아름다운 파도로 유명한 섬이었습니다. 그래서 은빛 파도의 섬이라고 불려 왔지요. 저희는 그 파도를 모티브로 한 수목원, 마음에 파도처럼 물결치는 수목원을 형상화하고자 하였습니다."

[파도의 정원]

화사한 필체의 타이포그래피와 함께 제목이 떴다. 그리고 숲과 황무지로 뒤덮인 은랑도의 지형을 따라 연둣빛·초록빛의 식물들이 자라나는 영상이 뒤를 이었다.

"저희 수목원의 주제는 '파도의 정원' 입니다. 수목원의 이름은 물결 랑(浪)자를 따서 '랑뜰' 리조트의 이름은 '랑채' 로 하였습니다. 랑뜰과 랑채를 방문하는 모든 이들의 마음에 숲이 물결치도록 하겠다는 의도를 담았습니다."

스크린의 영상에선 수목원의 부분 구역들과 리조트 영역이 천천히 그려지고 있었다.

[파도가 모여서 꽃이 된다.]

또 다른 타이포그래피가 떠오르자, 효은은 침착한 눈길로 좌중을 둘러보며 여유로운 미소를 지었다. 겉으로는 더없이 태연한 얼굴을 하고 있었지만, 속은 긴장으로 바짝 타들어 가고 있었다.

"먼저 리조트를 살펴보시면, 다섯 채의 건물 하나하나가 파도의 조각처럼 보이실 겁니다. 한눈에도 파도라는 것을 알아볼 수 있도록 형상화하였습니다. 그리고, 그 다섯 개의 파도 조각은 또한 다섯 개의 꽃잎이 되기도 합니다. 다섯 건물이 모여서 꽃의 형태를 이루는 구조입니다. 그런 의미에서 '파도가 모여서 꽃이 되는 것'이죠."

재신은 묵묵히 한쪽에 서서 효은의 프레젠테이션을 지켜보고 있었다. 아니, 프레젠테이션이라기보다는 효은의 존재 자체를 가슴 시리게 마음에 담고 있었다.

낭랑한 목소리가 열정적으로 울려 퍼질 때마다 가슴에 쓰라린 파도가 한 움큼씩 밀려왔다 사라져갔다. 그녀가 화사한 미소를 띠어 올릴 때마다 심장이 시리도록 뻐근해 와서 담담한 얼굴을 유지하는 것조차 힘이 들었다.

스크린에선 3D 이미지로 구현한 가상의 풍경들이 천천히 로테이션 되고 있었다. 조감도와 설계도가 구역별로 소개되며 효은의 설명이 길게 이어졌다. 화면이 계속해서 바뀌는 동안, 심사 위원석의 누군가는 탄성을 흘리기도 했고, 누군가는 무어라 중얼거리기도 했다.

제한 시간 15분은 순식간에 지나갔다. 짧은 시간 동안 많은 이야기를 풀어내야 했기에, 효은은 굵직한 사안 위주로 간략하게 핵심만 짚어 가며 빠르게 프레젠테이션을 진행해 나갔다.

유창한 언변과 독창적인 구성, 일목요연한 정리가 인상적인 프레젠테이션이었다. 민기가 왜 그렇게 효은을 믿음직스러워하는지도 알 것 같았다.

마침내 효은이 프레젠테이션을 마치고 심사 위원석에 인사를 남겼을 땐 감탄의 탄성이 절로 나왔다.

둘은 함께 심사장을 나왔다. 효은이 앞서 걸었고, 재신은 묵묵히 뒤를 따랐다. 질끈 묶은 긴 머리가 흔들리는 것을 바라보면서 쓰라린 심장을 감추고 또 감췄다.

"이제 사무실로 가시는 건가요?"

엘리베이터 앞에서 발을 멈추며 효은이 물었다. 재신은 묵묵히 고개를 끄덕였다.

"예. 곧 들어가 봐야 합니다."

"그동안 정말 수고 많으셨습니다."

효은이 그를 향해 웃으며 손을 내밀었다. 아무런 의미가 담겨 있지 않은 업무상의 악수, 그 이상도 이하도 아니었다.

재신은 그 손을 천천히 마주 잡았다. 따뜻하고 아담한 손이 손안에 감겨 오자, 그대로 당겨 안고 싶은 마음이 울컥 솟았다. 미칠 듯한 그 충동과 싸우는 사이, 저절로 손에 힘이 들어갔다.

먼저 손을 뺀 것은 효은이었다. 그리고 상냥한 얼굴로 고개를 꾸벅 숙이며 작별 인사를 해 왔다. 이젠 업무상으로도 정말 작별이었으니까.

"그동안 정말 감사했습니다."

"아니요. 내가 정말 고마웠습니다."

둘은 의례적인 인사를 나누며 엘리베이터를 타고 내려왔다. 각자의 차로 흩어지는 동안 미련을 담은 단 한 마디의 말도 나누지 않았다.

관계는 그렇게 끝이 났다. 서걱거리는 눈물도, 질척거리는 미련도 보이지 않는 담백한 이별이었다.

12

"선배, 그때 소개팅 얘기 아직도 유효해요?"

퇴근 시간이 가까워 왔을 즈음, 새로운 공모전의 공고를 들여다보던 효은이 느닷없이 말을 꺼냈다.

민기는 뜻밖의 이야기에 으응? 하며 고개를 돌렸다. 석 달 전쯤엔가 동기인 경훈이 소개시켜 달라던 게 생각나서 꺼낸 말이었다.

때는 딱 잘라서 필요 없다더니.

"그럼, 아직도 유효하지."

민기는 흔쾌히 고개를 끄덕였다. 하지만 아무래도 마음이 찜찜했다. 효은의 얼굴도 재신 못지않게 어두워 보였다. 하얗게 튼 입술이며 눈가가 거뭇한 것이, 며칠을 잠도 제대로 못 잔 게 분명했다.

게다가 갑자기 소개팅 이야기라니.

"그 친구분은 어떤 친구분이에요?"

"유학 동기."

"아…… 그럼 권재신 소장님하고도 아는 사이인가요?"

"그래. 우리 셋이 프랑스에서 대학원 시절 내내 붙어 다녔어."

효은은 잠시 당황한 듯하더니, 이내 단단히 결심한 듯 고개를 끄덕였다.

"그 소개팅, 되도록 빨리하고 싶어요."

"그래, 날짜 잡아 볼게. 경훈이 녀석이 되게 좋아하겠네."

민기는 그렇게 얘기하면서도 마음이 좋지 않았다. 그도 모르는 사이에 생겨 버린 듯한 재신과 효은의 묘한 관계가 은연중에 마음이 쓰였다.

모르는 척하기도 애매하고 아는 척하기도 애매했다.

하지만 재신이 약혼까지 한 마당이니 효은도 빨리 마음을 접는 게 나을 듯했다. 그래서 소개팅 얘기를 꺼낸 것 같기도 하고.

그는 곧바로 경훈에게 전화를 걸었다. 예상대로 경훈은 흔쾌히 오케이를 했다. 등산이 취미인 데다 자연과 동물 보호에 관심이 많은 경훈이라, 일전에도 효은에 대한 얘기를 듣는 즉시 크게 관심을 보였었다.

차라리 잘된 일인지도 모르지. 꼭 경훈이 아니더라도 효은에겐 누군가가 필요했다.

재신처럼 냉랭한 놈보다는 다정다감함 그 자체인 그런 남자가.

□ ◆ □

"재신입니다."

인터폰으로 들려온 재신의 목소리와 함께 문이 열렸다. 미경은 근
열흘 만에 집에 들어오는 아들을 걱정스러운 얼굴로 맞이했다.

재신에게선 생전 나지 않던 술 냄새가 나고 있었다. 제 친부의 영
향으로 술이라고는 일절 입에 대지 않던 재신이었다. 그런 그가 술에
절은 모습으로 집에 들어서자 걱정이 되지 않을 수 없었다.

아들의 마음에도 없는 약혼을 밀어붙인 뒤로, 재신은 집에 거의 들
어오지 않는 것은 물론 전화조차 제대로 받지 않았다. 예의 바르고 정
중한 것은 그대로였지만 냉랭한 거리감이 급속도로 늘어나 있었다.

"차가운 것 좀 줄까? 집에 앵두 청 담가 놓은 게 있는데."

미경은 말을 꺼내 놓고 잠시 주춤했다. 무슨 일인지는 알 수 없지
만, 일순 묵묵했던 아들의 표정에 금이 가는 것이 느껴졌기 때문이다.

"……예. 주십시오."

재신은 그렇게 말을 하고는 소파에 무너지듯 주저앉았다. 생전 처
음 보는 그런 모습에 미경은 커다란 두려움을 느꼈다. 아들이 망가져
가는 것이 아닐까 걱정이 크게 일었기 때문이다.

청양댁이 가져온 앵두 에이드를 재신은 한참을 들여다만 볼 뿐 마
시지는 않았다.

미경은 걱정스러운 얼굴로 그의 곁을 서성거렸다. 그리고 영욱이
남긴 당부를 조심스레 전했다.

"아버지 출판 기념회는 잊지 않았겠지? 거기서 너희들 약혼 발표를 할 예정이다. 꼭 참석하도록 해."

"……예, 어머니."

재신은 묵묵히 고개를 끄덕였다. 무슨 생각을 하는지 컵 속의 앵두를 오래도록 바라보며 앉아 있었다.

요즘 들어 영욱이 대내외적인 모임을 많이 잡고 있었다. 그리고 보란 듯 세상에 재신을 내보이고 싶어 하는 것이 눈에 보였다.

미경은 처음으로 막막해지고 있었다. 재신의 약혼을 강행시켰던 일이 잘한 것인지, 잘못한 것인지 점점 자신이 없어지고 있었다.

□ ◆ □

7월답지 않은 차가운 비가 추적추적 내리는 주말이었다. 효은은 저녁 무렵쯤 트럭을 몰고 농원을 나섰다. 민기가 주선해 준 소개팅의 날짜가 오늘이었다.

군이 내키지 않는 소개팅을 일부러 잡은 건 재신에게 그녀가 잘 지내고 있다는 걸 보여 주고 싶어서였다. 재신이 약혼에 큰 부담을 가지지 않길 바라서. 그녀에게 미안한 마음을 갖지 않길 바라서. 그녀의 마음은 여전히 접어지지 않고 있었지만 그것과는 별개로 재신만큼은 행복하길 바랐다.

만나기로 한 사람이 재신의 친구라는 게 마음에 걸리긴 했지만, 어쩌면 차라리 더 잘된 일인지도 몰랐다. 아는 사이라면 더욱 빨리 그에게 소식이 전해질 테니까.

기이잉. 기잉.

한참을 달려서 약속 장소로 접어들 무렵, 트럭에서 이상한 소음이 들렸다. 효은은 미세한 소음에 귀 기울이며 조심스레 차를 몰았다. 공장에서 트럭 전체를 다 수리하다시피 했던 게 채 두 달밖에 되지 않았다. 그런데 또다시 이상한 소음이라니. 결국 차를 바꿔야 할까.

효은은 불안한 마음을 달래며 레스토랑의 주차장으로 들어섰다. 돌아가는 길에 정비를 받아 봐야겠다고 생각하면서 천천히 주차를 마쳤다.

민기가 잡은 약속 장소는 공교롭게도 재신을 처음 만났던 그 레스토랑이었다. 그때는 박태기꽃이 화사하게 피었던 이곳엔 배롱꽃과 치자꽃이 한가득 피어 있었다. 비에 떨어진 진홍빛과 흰빛의 꽃잎들이 그녀의 마음인 양 처연하게 보였다.

문을 열고 들어서자, 바로 그녀를 알아보고 손을 흔드는 남자가 있었다. 민기는 보이지 않았다. 지방에 내려갈 일이 있다더니 둘만 만나게 할 요량인 모양이었다.

"도경훈입니다."

서글서글한 눈매가 인상적인 남자는 부드럽게 웃으며 자신을 그렇게 소개했다. 산을 좋아하고 숲을 좋아한다는 사람답게 자연미가 물씬 풍기는 남자였다.

"남효은입니다."

효은은 고개를 꾸벅 숙이며 조심스레 이름을 소개했다. 분명 좋은 인상의 믿음직한 사람처럼 보였다. 하지만 마음은 전혀 다른 곳을 헤매고 있었다.

그때 재신과 앉았던 자리가 바로 건너편이었다. 그 자리엔 연인인 듯한 남녀가 다정한 웃음을 머금으며 앉아 있었고, 그래서 더욱 지나간 추억을 떠오르게 했다.

"효은 씨는 농원을 한다고 들었는데, 무슨 농원입니까?"

그녀에 대해 들은 것이 좀 있는지, 경훈이 자연스레 물어 왔다.

"할아버지가 하시던 농원이에요. 꽃나무랑 관엽 식물, 침엽수 위주로 판매하고 있어요."

"상당히 다양한 식물을 다루고 있군요. 농원 일에 조경 일까지 하려면 많이 바쁘시겠습니다."

"네. 조금요."

효은은 어색하게 대답하고 물을 들이켰다. 생전 처음 해 보는 소개팅 자리에 무슨 말을 해야 할지 알 수 없었다. 서서히 후회가 밀려들고 있었다.

재신이 약혼에 부담을 가지지 않게 하려고 무작정 잡은 소개팅이었다. 그녀가 그를 잊고 잘 지내는 것을 보여야 그 또한 마음 편히 결혼을 할 수 있을 테니까.

하지만 소개팅이란 것은 생각보다 부담이 큰 자리였고, 운 나쁘게도 상대가 재신의 친구이니만큼 그 부담은 더욱 가중되었다.

"민기 선배와는 유학 생활을 같이하셨다고 들었는데, 어떠셨어요?"

효은은 대화의 주제를 어떻게 해야 할지 몰라서 민기의 이야기를 꺼냈다. 경훈이 부드럽게 웃으며 대꾸해 왔다.

"민기가 사고를 많이 쳤죠. 재신이라고 프랑스에서 함께 지내던 친구가 있는데, 그놈과 둘이 수습하느라 애를 많이 먹었습니다."

자연스레 재신의 이야기가 나왔고, 경훈은 민기의 이야기보다 재신의 이야기를 더 많이 했다.

좋은 사람이었다. 함께 있는 사람을 편안하게 해 주고 배려가 넘치는 사람. 하지만 효은은 그 모습 속에서 내내 다른 사람의 모습을 찾아 헤매고 있었다. 냉랭하고 선 긋기 좋아하지만, 깊숙이 들어가 보면 정말은 친절한 사람이었던 한 남자를.

영욱의 출판 기념회는 H호텔의 그랜드홀에서 성황리에 열리고 있었다. 작은 칵테일 파티를 겸한 기념회에는 내로라하는 정재계의 주요 인사들이 대거 참석했다. 모두가 축하 인사를 건네고 책을 구매하기도 하며 분위기를 돋웠다.

재신은 예서와 함께 있었다. 오늘 이 자리에서 약혼 사실을 발표한다는 게 출판 기념회의 취지와는 전혀 맞지 않았지만, 그런 식으로 굴러가는 것이 이 세계에선 자연스러운 방식이었다.

어느 집안과 어느 집안이 엮여 있는지를 은연중에 드러내는 것. 어느 만큼의 영향력을 확보하고 있는지 기회가 있을 때마다 보여 주는 것. 그런 것들이 모여서 지지층을 형성하고 표로 이어지는 수순이었다.

"오늘의 주인공이신 권영욱 새한국민당 당 대표님을 소개합니다."

식순에 따라 사회자인 최 실장이 영욱을 소개하고 있었다.

정장을 수려하게 차려입은 영욱이 연단으로 올라갔다. 곁에는 미경이 완벽한 내조자의 모습으로 우아하게 자리하고 있었다.

"참석해 주신 내빈 여러분께 감사드립니다. 새한국민당의 대표를 맡게 된 권영욱입니다."

영욱이 감개무량한 목소리로 말했다. 수백의 청중들은 박수를 치며 환호로 화답했고, 열렬한 지지를 보냈다.

재신은 행사를 잠시 지켜보다 와인 잔을 들고 밖으로 나왔다. 의례적인 만남으로 가득한 기념회 장소가 몹시도 갑갑해서였다. 알게 모르게 그에게로 쏠리는 시선이 부담스러운 것도 있었다.

건축가 권재신이 아닌, 정치인 권영욱의 아들로 대놓고 세간에 모습을 드러낸 적은 없었기에 이 자리가 더욱 불편했다.

비가 내리는 바깥엔 진분홍빛을 띤 배롱꽃이 한창이었다. 은랑도에서 보았던 풍경이 떠오르면서 생각은 자연스레 효은에게로 이어졌다. 밥은 잘 먹고 다니는지, 건강을 해치지는 않았는지 모든 것이 마음이 쓰였다.

보고 싶었다. 그리웠다. 그럼에도 전화 한 통 할 수 없는 현실이 미치도록 아팠다. 끝내야 할 마음이 끝나지 않아서, 멈춰야 할 마음이 멈출 줄 모르고 앞으로만 나가서.

재신은 손에 든 와인을 한 모금 들이켰다. 그러다 담배를 태우러 밖으로 나오던 누군가와 어깨를 부딪쳐 와인 잔을 놓치고 말았다.

쨍그랑.

떨어진 잔이 깨지면서 붉은빛의 와인이 핏빛으로 땅을 적셨다.

곧 호텔 직원이 달려와 청소를 하고 자리를 수습했지만, 어쩐지 스산한 느낌이 밀려들어 재신은 그곳을 떠나지 못했다.

□ ◆ □

소개팅은 그리 길지 않게 끝났다. 효은도 경훈도 소개팅이 처음이었고, 주선자인 민기가 일 때문에 지방에 내려가 있어서 대화를 이어 줄 사람도 없었기 때문이다.

효은은 경훈과 헤어져 트럭을 몰고 집으로 향했다. 비는 더욱 심해져 폭우가 되어 가고 있었고, 트럭에서 들리는 이상한 소음은 계속되고 있었다.

불안한 마음에 막 정비소를 찾아가려던 무렵이었다. 맞은편 멀리서 달려오던 5톤 트럭 한 대가 중앙선을 아슬아슬하게 넘고 있었다. 효은은 뜻 모를 불길함을 느끼며 오른쪽으로 차를 바짝 붙였다. 하지만 2차선 도로의 오른쪽도 가드레일로 둘러싸인 낭떠러지였고 그다지 안전해 보이지 않았다.

거대한 트럭은 몰아치는 빗속에서 속도를 내어 달려왔다. 중앙선을 크게 침범하는 것이 음주 운전 같았다. 몰아쳐 오는 불길한 느낌에, 효은은 일단 차를 세울 곳을 찾았다. 트럭이 가고 나면 다시 차를 움직일 생각이었다. 하지만 안전한 곳은 바로 보이지 않았다.

쿠궁!

거대한 트럭이 격렬히 충돌해 온 것은 그 순간이었다. 천둥과도 같은 충격이 크게 울렸다. 무얼 어찌해 볼 사이도 없이 엄청난 힘으로 들이받았다. 몸이 중심을 잡을 수 없을 정도로 크게 휘청거렸다. 눈앞이 미친 듯이 거칠게 흔들렸다.

머리가 어딘가에 크게 부딪혔지만 아무것도 느껴지지 않았다. 안전벨트가 몸을 세게 조여 오며 정신이 아득해졌다.

머리에서 뜨끈한 무언가가 끈적하게 흘러내렸다. 순간 끝이라는 예감이 들었다.

효은은 아득해져 가는 정신을 다잡으려고 애썼다. 하지만 탁한 시야에 눈에 들어오는 것이라곤 아무것도 없었다. 머릿속이 점점 흐릿해졌다.

마지막으로 스쳐 간 것은 재신의 얼굴이었다. 냉랭하고 날카롭지만 언제나 자상했던 그 얼굴.

'네가 있으니까 괜찮아. 다른 사람들은 어떻게 생각하든 상관없어.'

'……후회하지 않도록 해 줄게. 내가, 어떤 방법을 써서라도.'

그립고 그리운 그 모습과 함께 의식이 끊겼다. 세상이 온통 캄캄한 나락으로 멀어져 갔다.

□ ◆ □

뚜르르르— 뚜르르르—

고객과의 상담 중에 핸드폰이 요란하게 울렸다. 견적서를 건네던 민기는 상대방에게 양해를 구하고 얼른 전화를 받았다. 효은의 전화였다.

"여보세요, 효은이냐?"

— 남효은 씨 보호자 되십니까?

갑자기 들려온 굵직한 남자의 목소리에 민기는 의아한 얼굴로 응답했다.

"보호자는 아닌데, 가까운 지인입니다. 무슨 일입니까. 왜 효은이 전화를 그쪽이⋯⋯."

— 경찰입니다. 남효은 씨가 지금 교통사고를 당해서 중태에 빠져 있습니다. 보호자가 필요하니 속히 연락을 취해 주십시오.

"사고라니요."

— 음주 운전 차량이 중앙선을 침범해 들이받았습니다. 의식이 없으니 빨리⋯⋯.

하늘이 노래지는 것 같았다. 민기는 멍한 정신을 얼른 수습하며 빠르게 말을 이었다.

"제가 지금 부산에 있어서⋯⋯ 보호자 역할을 해 줄 만한 사람한테 곧 연락을 취하겠습니다."

민기는 효은이 입원했다는 병원의 정보를 들으며 전화를 끊었다. 그리고 누구한테 연락을 취해야 할지 잠시 고민했다. 회사 직원들 중 하나한테 부탁을 해야 할까. 아니, 그보다……

떠오르는 사람은 꼭 하나였다. 누구보다 효은을 잘 챙겨 줄 만한 사람. 그는 떨리는 손으로 재빨리 번호를 눌렀다. 창밖에 내리는 폭우가 더욱 극심해져 가고 있었다.

지이이잉. 지이이잉.

포켓에 넣어 둔 핸드폰의 진동이 희미하게 울리고 있었다.

연회장에 울리는 바이올린 선율 속에서 재신은 예서와 함께 있었다. 식순에 따라 출판 기념회가 무르익어 가고 있었다. 곧 그들의 약혼 발표가 있을 예정이었다.

재신은 핸드폰을 꺼내 액정에 떠오른 이름을 확인했다. 민기였다. 이 녀석이 갑자기 왜…….

"그래, 민기야."

그는 대수롭지 않게 전화를 받았다. 휴대폰 너머에서 다급한 민기의 목소리가 들렸다.

— 재신아, 너 병원 좀 가야겠다.

"병원은 왜."

뜬금없는 말에 재신은 피식 웃음을 흘렸다. 앞뒤 다 자르고 다짜고짜 말을 꺼내는 것이 지나치게 민기다워서였다.

— 효은이가 다쳤어.

그의 얼굴에서 웃음이 걷혔다. 뜻밖의 말에 정신이 번쩍 들었다. 파리한 그 얼굴이 생각나 가슴이 지끈거렸다.

"뭐? 얼마나."

"교통사고로 중태란다. 중앙선 침범한 트럭이 들이받아서……. 문자로 병원을 찍어 줄 테니까 빨리……."

뒷말은 제대로 들리지도 않았다. 교통사고. 중태.

재신은 더 들을 것도 없이 기념회장을 나왔다. 그대로 차에 올라 병원으로 향했다. 하늘이 하얗게 무너져 내리는 것만 같았다.

세상이 크게 흔들렸다. 몸이 물속에 가라앉은 듯 사위가 형체 없이 일그러지고 있었다. 재신은 몇 시간 째 수술실 앞을 지키고 앉아 있었다. 현실이 너무도 끔찍해서 현실 같지 않았다. 악몽이라도 꾸는 것처럼 그저 몽롱하고 아득했다.

모든 것이 그의 탓인 것만 같았다. 효은을 홀로 외로이 내버려 둔 자신 때문에 그녀가 그런 참변을 당한 것만 같았다.

의사는 한참 만에야 수술실에서 나왔다. 밤이 꼬박 지나서 새벽이 다 되어 갈 무렵이었다.

"경과는 지켜봐야 알겠지만, 생각보다 더 안 좋습니다."

무겁게 울려온 의사의 말에 재신이 다급히 물었다.

"……더 안 좋다니, 무슨 말씀입니까."

"골절과 내장 파열도 문제지만, 출혈이 감당 안 될 정도로 심각한 상황이라……."

재신은 일순 숨을 멈췄다. 넋 나간 듯 굳어진 그의 얼굴은 온통 충격에 휩싸여 있었다.

"저희도 최선을 다했습니다만, 장담은 할 수 없는 상황입니다. 며칠은 경과를 지켜봐야……."

고저 없는 의사의 목소리가 띄엄띄엄 들렸다. 숨조차 제대로 쉴 수가 없었다. 모든 것이 희뿌옇게 흐려져 가고 있었다.

"괜찮으십니까, 보호자분?"

땅이 크게 흔들리고 세상이 기울던 순간, 휘청하는 그를 의사가 붙들었다.

재신의 눈길이 멍하니 수술실 문으로 향했다. 열려진 문으로 효은이 누운 침대가 천천히 나오고 있었다. 붕대로 칭칭 감겨진 머리와 핏기 하나 없는 파리한 얼굴, 굳게 닫힌 입술이 마치 다른 사람 같았다. 밝은 햇살처럼 빛나던 그 모습은 어디에도 없었다.

재신은 효은의 손을 감싸 쥔 채로 그 얼굴을 보고 또 보았다. 배어드는 물기로 눈앞이 흐려졌다. 심장이 떨어져 나가는 것만 같았다. 시간이 온통 정지해 버린 듯한 세상 속에서 그는 그대로 주저앉고 말았다.

□ ◆ □

"인마, 뭐라도 좀 먹어. 이러다 너까지 쓰러지겠다."

효은의 침대 옆에서 떨어질 줄 모르는 재신의 어깨를 민기가 툭 쳤다.

벌써 사흘째였다. 효은의 의식은 여전히 돌아오지 않고 있었고, 재신은 넋 나간 얼굴로 그녀의 곁을 지키며 꼼짝도 하지 않고 있었다.

민기는 혀를 끌끌 차며 재신의 앞으로 도시락을 밀어 주었다.

"다행히 출혈은 멈췄다잖아. 뇌에도 이상은 없다고 했고. 쇼크 때문에 의식이 돌아오는 게 늦는 거고."

그 또한 효은에 대한 걱정으로 마음이 무거웠지만, 재신만큼 넋을 다 놓아 버릴 정도는 아니었다. 언제 둘 사이가 저렇게 깊어졌는지 알다가도 모를 일이었다.

지이이잉. 지이이잉.

재신의 핸드폰이 쉴 새 없이 울리고 있었다. 회사에서 걸려 온 전화는 간간이 받는 것 같았지만 그 외의 전화는 거의 씹어 버리고 있었다. 그나마 드문드문 전화를 받기 시작한 것도 효은의 출혈이 멈췄다는 이야기를 듣고 나서부터였다.

"인마. 전화라도 좀 받아. 너 그러다 고객들까지 다 떨어져 나가 버릴라."

"……그래. 받아야지."

재신이 한참 만에야 생각난 듯 응답해 왔다. 부재중 전화에서 필요한 곳들만 골라서 몇 곳에 전화하는 듯했다.

"내가 궁금해도 좀 참으려고 했는데…… 너 대체 효은이랑 무슨 사이냐?"

민기의 물음에 재신은 대답하지 않았다. 효은에게로 고개를 떨군 채 무거운 눈으로 그녀를 바라보고만 있었다.

"재신아. 최소한 나는 알아야 하는 거 아니냐? 효은이한텐 아무도 없어. 굳이 따지자면 지금은 내가 제일 가까운 지인이라고. 보호자나 다름없어."

민기의 독촉에 재신이 마지못해 그를 쳐다보았다. 그리고 생전 처음 보는 낯선 얼굴로 무겁게 대답해 왔다.

"⋯⋯사랑하는 사이."

"으응? 그럼 약혼은?"

"⋯⋯정략. ⋯⋯후회하고 있으니까 욕할 거면 좀 나중에 해. 때려도 좋고."

재신의 손가락이 파리한 효은의 얼굴을 절박하게 어루만졌다. 그 모습이 너무도 애틋해 민기는 몹시 놀라고 말았다. 녀석에게 전혀 있으리라고 생각지 못했던 애처로운 면이었기 때문이다.

"민기야."

"왜."

"만약에⋯⋯ 의식이 돌아오지 않으면 어쩌지. 효은이가 이대로⋯⋯."

재신이 가라앉은 목소리로 말하며 양손으로 머리를 감싸 쥐었다. 늘 단단하던 그 어깨가 불안하게 떨리고 있었다.

민기는 그의 어깨를 탁 치며 단호하게 말했다.

"인마. 재수 없는 소리 하지 마. 우리 효은이 보기보다 강인한 애야. 곧 탈탈 털고 일어날 거라고."

그가 자신 있게 말할 수 있는 건 아마도 재신만큼 두렵지 않아서일지도 모른다. 효은에 대한 마음이 재신보다 깊지 못해서. 그러니 그라도 중심을 잡아야 했다.

□ ◆ □

눈을 뜨고 싶은데 떠지지 않는다. 머리가 돌이라도 얹힌 것처럼 무거웠다. 몸이 물먹은 솜처럼 무거워 손가락 하나 까딱하기도 힘이 들었다.

내가 왜 이러지.

효은은 어떻게든 눈을 떠 보려고 애썼다. 납덩이같던 눈꺼풀이 어렵사리 들리고, 주변의 풍경의 희미하게 눈에 담겼다. 그녀의 뺨을 매만지는 누군가의 형체가 어렴풋이 들어왔다.

효은은 억지로 눈을 깜빡여 그 사람의 모습을 눈에 담았다. 부르고 싶은데 목소리가 나오지 않는다. 몇 번이고 입술을 달싹여 효은은 겨우 목소리를 냈다.

"……재신 씨……?"

핏발이 터진 눈. 피폐해진 얼굴과 까칠한 수염. 언제나 말끔했던 모습과 달리 한 번도 본 적이 없는 그의 모습이었다. 하지만 여전히 근사하고 눈이 부셨다.

효은은 그에게로 손을 뻗다가, 문득 그가 약혼했다는 것이 생각나 손을 거뒀다. 여기 있으면 안 되는 사람이 아니던가. 우리는 헤어진 것이 아니었던가.

"정신이…… 든 거야?"

재신은 믿을 수 없다는 듯 한참이나 그녀를 살폈다. 그리고 나서야 서서히 놀란 얼굴을 했다. 커다란 손으로 뺨을 매만지고 머리를 쓸어 주었다.

"재신 씨가 왜 여기……. 이러면 안 되잖아요."

효은은 얼굴을 찡그리며 힘겹게 말했다. 왜 이렇게 온몸이 아프지. 살짝 움직였을 뿐인데 뼈마디가 쑤시고 무척이나 아팠다. 온몸에 힘이 하나도 없었다. 문득 까칠하고 푸석한 재신의 얼굴이 마음에 걸렸다.

"너 교통사고 크게 당했어. 나흘이나 의식이 없었고."

"……사고요?"

그제야 도로에서 마주 달려오던 커다란 트럭이 기억났다. 그 트럭이 중앙선을 침범하던 순간 핸들을 크게 꺾었던 것도.

살아 있었구나. 죽는 줄 알았었는데. 다시는 못 보는 줄 알았었는데. 그리고 보니 병원이었다.

"아아, 그래서……."

"경찰 얘기로는 다행히 운전석을 정면으로 충돌한 건 피했다는데, 크게 다쳤어."

재신이 그녀의 손을 꽉 잡으며 말했다. 눈가에 어린 커다란 걱정이 그가 받은 충격을 여실히 말해 주고 있었다.

"얼마나…… 다친 건데요?"

"한 달 정도는 입원해야 한대. 다행히 팔다리가 부러지지는 않았다

하고. 머리에도 이상은 없어."

"천만……다행이었네요."

"그래. 좀 더 눈 붙여. 내가 곁에 있을게. 떠나지 않을게."

재신이 그녀의 뺨을 쓸어 주며 말했다. 그 말에 안도감이 크게 밀려들더니 다시 잠이 쏟아졌다.

그가 곁에 있다. 나를 걱정해서 지켜 주고 있다. 그 사실 하나만으로도 모든 걱정이 사라지는 기분이었다.

□ ◆ □

효은은 깨어났다가 정신을 잃기를 몇 번이나 반복했다. 과다 출혈로 인한 쇼크가 원인이라고 했다. 하지만 시간이 지나면서 차츰 안정을 찾아갔고, 점차 회복을 해 가기 시작했다.

재신은 사방으로 수소문해서 그녀에게 최고의 간병인을 붙여 주었다. 회사에 출근하는 시간 외의 모든 시간을 그녀의 곁에서 보냈다. 간간이 민기가 찾아왔고, 효은의 절친이라는 수정이 만삭의 몸으로 찾아오기도 했다. 그러는 사이 7월도 중반이 지나가고 있었다.

"이제 그만 왔으면 좋겠어요."

입원한 지 보름쯤 되던 날 효은이 말했다. 그에 대한 걱정을 한껏 담은 얼굴이었다.

"왜."

"이렇게 매일 오는 거, 약혼한 분한테 실례잖아요. 재신…… 소장님 회사 일도 신경 써야 하고요."

"약혼, 무를 거야."

"왜요. 나 때문에요?"

"아니, 나 때문에. 내가 너 아니면 절대로 안 되겠다. 너를 잃을까봐 미치도록 두렵다. 다시는 혼자 두지 않을 생각이야."

"재신 씨, 나는……."

"아무 말도 하지 마. 내가 다 알아서 할 테니까. 너는 그저 회복만 열심히 하면 돼."

재신은 창백한 그녀의 얼굴을 아프게 바라보며 단호하게 말했다. 다시는 놓아줄 수 없었다. 그렇게 허망하게 그녀를 떠나보낼 생각도 없었다. 모든 것은 효은을 그의 곁에 두고 난 뒤에, 모두가 그다음 문제였다.

□ ◆ □

영욱은 또다시 자신 앞에 무릎을 꿇고 앉은 아들을 원망스레 바라보았다. 이번이 세 번째였고, 이번엔 절대 물러나지 않으리란 다짐이 확고하게 흘러나오고 있었다.

"파혼하겠습니다."

재신이 흔들림 하나 없는 목소리로 말했다.

녀석이 출판 기념회장을 뛰쳐나가던 때부터 어느 정도는 예상했던 일이었다. 근 보름을 집에 얼굴조차 비치지 않으면서부터.

최 실장이 알아본 정황으로는 그 여자가 크게 다친 모양이었다. 어느 부분은 회복이 불가능할 정도로.

"……그 여자 말이다. 아이를 가질 수 없을지도 모른다던데."

"상관없습니다."

"지금은 젊은 혈기에 보이는 것이 없겠지만, 나중에 틀림없이 후회하게 될 게다."

"후회는 이미 죽도록 했습니다."

"부자의 연을 끊자는 게냐?"

"키워 주신 은혜는 평생 갚겠습니다. 아버지께서 원하시는 방식이 아닐지도 모르지만 제 나름의 최선을 다하겠습니다."

"……못난 놈."

재신은 그의 허락을 구하는 것이 아니었다. 이번에야말로 일방적인 통보였다. 더는 그의 뜻에 휘둘리지 않겠다는 의지가 확고해 보였다. 그 어떤 협박에도 굴하지 않을 것처럼 보였고, 제 어미의 병조차 더는 신경 쓸 겨를이 없을 정도로 아들은 절박해 보였다.

늘 그의 뜻을 거스르지 않고 잘 따라 주었던 아들이었다. 뒷배경 하나 내보이지 않고서도 혼자 힘으로 척척 밟고 올라가 자기 분야의 정상을 향해 가는 자랑스러운 아들.

친아들이었다면 달랐을까.

영욱은 스스로에게 자문해 보았다. 아니, 친아들이었다면 더더욱 예서와의 결혼을 독려하고 강요했을 것이었다. 창창한 앞날을 보장받을 수 있는 길을 스스로 내팽개치도록 내버려 둘 수 없었을 테니까.

"나가 봐."

영욱은 더 말하지 않았다. 길게 끌어 봐야 아들에게서 더 나은 말이 나올 것 같지 않았다.

창밖에 넝쿨진 능소화가 고고히 그 자태를 드러내고 있었다. 폭우에도 쓰러지지 않는 고고한 자태의 양반꽃. 오늘따라 노을빛의 그 꽃이 눈에 밟혔다.

13

한여름 노을빛이 길게 비쳐 드는 저녁이었다. 효은은 일찍 일을 마치고 병실을 찾은 재신과 함께 있었다.

그녀가 입원한 후부터 줄곧, 그는 반드시 회사에서 처리해야 하는 일을 제외하고는 웬만한 일들을 모두 병실에서 해결했다. 효은이 말려도 소용없었다. 매일 밤을 병실 안쪽의 보호자실에서 머물며 가능한 모든 시간을 그녀의 곁에서 보냈다. 퇴원까지는 아직도 열흘 남짓 남아 있었다. 길고 지난한 병원 생활이었다.

"퇴원하면 가장 먼저 뭘 하고 싶어?"

그녀의 곁에 앉아 작업을 하던 재신이 문득 물었다. 무얼 하고 싶든 다 실현시켜 주겠다는 듯 자상하고 확고한 얼굴이었다.

효은은 곰곰 생각하다 빙긋 웃으며 말했다.

"세찬이, 돌찬이랑 놀아 주는 거요. 너무 오래 못 봤잖아요. 할아버지 49재도 챙겨야 하고."

"멍멍이들 걱정은 하지 마. 마을분들이 밥 잘 챙겨 주고 계시니까."

"네."

"그런 것들 말고, 너를 위해서 하고 싶은 것 말이야."

그가 침대 곁으로 가까이 다가와 앉으며 그녀의 머리를 쓰다듬었다. 붕대는 풀었지만, 이마에 크게 남은 상처에 눈길을 주며 안타까운 눈으로 바라보았다.

효은은 그의 우려를 씻어 내려는 듯 빙긋 웃었다. 상처쯤은 아무것도 아니었다. 그립고 그리운 이 얼굴을 다시 못 볼 수도 있었다는 사실을 생각한다면.

"……수목원에 다녀오고 싶어요. 아침고요수목원이나 한택식물원. 지금쯤 여름꽃들이 한창일 텐데."

"그래. 수목원도 다녀오고 여행도 다녀오자. 네 몸이 견뎌 낼 수 있을 만큼 충분히 회복되면."

재신이 그녀의 입술에 짧게 키스하며 말했다. 효은은 그의 목에 팔을 감으며 부드럽게 키스를 되돌렸다. 다시 그가 고개를 기울여 보다 격하게 입술을 겹쳤다. 젖혀지는 그녀의 머리에 손가락을 찔러 넣으며 보드라운 그 입술을 탐하고 또 탐했다. 입안 가장 깊은 곳까지 남김없이 휘저으며 달콤한 타액을 모조리 빨아 마셨다.

벌컥.

노크도 없이 문이 열린 것은 그 순간이었다. 잔뜩 흥분한 민기가 일간지 하나를 손에 쥔 채 병실로 뛰어들고 있었다.

"대박! 대박!"

민기는 은밀한 둘의 키스를 보는 둥 마는 둥 격해진 목소리로 외쳤다. 발갛게 달아오른 얼굴과 만면에 띤 웃음이 그가 얼마나 흥분해 있는지를 여실히 말해 주었다.

"무슨 일이야?"

재신이 그제야 입술을 떼어 내며 물었다. 간신히 떨어진 효은의 입술은 격렬한 키스로 인해 살짝 부풀어 있었다.

"대상이야, 대상! 은랑도 공모전! 대상이라고!"

민기가 일간지에서 펼쳐 보인 것은 은랑도 공모전의 심사 발표였다. 대상이라니. 그 엄청난 프로젝트의 실시 설계 계약을 따낸 것은 물론, 시공에까지 관여할 수 있는 커다란 권한이 주어졌다는 뜻이었다.

"저, 정말이요?"

믿지 못할 소식에 효은의 눈이 휘둥그레 커졌다. 상처의 통증에 시달리던 그녀는 모처럼 만에 얼굴에 환한 미소를 머금었다. 그간의 고통을 모두 날려 버릴 정도로 기쁜 소식이었다.

사실 워낙 쟁쟁한 회사들이 경쟁을 하고 있었기에 큰 기대는 하지 못했었다. 회사 규모로만 따진다면 37개 컨소시엄 중에 30위권 밖일 정도로 어마어마한 회사들이 참여하는 공모전이었기 때문이다.

"고생했다. 효은아! 정말 고생했어."

민기는 감동 가득한 얼굴로 효은을 꽉 끌어안고 정수리에 입까지 맞추었다. 그러다 재신의 서늘한 눈총을 받고서 슬그머니 뒤로 물러났다.

"올해는 이걸로 사업 종 쳐도 되겠어. 이렇게 큰 건을 따내다니, 아주 팔자가 확 핀 것 같다."

민기는 어쩔 줄 몰라 하며 아이처럼 팔짝팔짝 뛰었다. 효은도 고개를 끄덕이며 활짝 웃었다.

"잘됐네요, 정말."

"암. 엄청난 일이지. 연봉 꼭 팍팍 올려 줄게, 효은아."

민기가 어깨에 있는 대로 힘을 주며 말했다. 세상을 다 얻은 듯 의기양양한 얼굴이었다. 그러다 문득 생각난 듯 재신에게로 시선을 돌렸다. 무슨 일인지, 궁금함이 한가득 실린 표정이었다.

"참, 재신아. 경훈이가 그러는데 너 땅 샀다면서?"

"그래."

재신이 대수롭지 않은 얼굴로 묵묵히 고개를 끄덕였다. 민기의 얼굴에 호기심이 크게 어렸다.

"대체 뭐에 쓰려고 땅을 3천 평이나 산 거냐? 설마 네놈이 농사를 지을 생각도 아닐 테고."

"있어, 그런 게."

"아무리 시골 땅이라지만 그 정도면 너끈히 6-7억은 줬을 텐데."

"너는 알 거 없어."

재신이 딱 잘라 말하자 민기가 머쓱한 얼굴을 했다. 하지만 곧 환한 얼굴로 신문을 들여다보며 웃고 또 웃었다. 공모전 결과가 실린 페이지를 펴 놓고서 기념 셀카까지 찍었다. 참으로 믿기다운 모습이었다.

□ ◆ □

"그래서. 파혼을 하자고 말하는 거야, 지금?"

예서가 무감한 목소리로 물었다. 여전히 쿨하고 고고한 평소의 얼굴 그대로였지만, 커피 잔을 움켜쥔 손이 조금 떨렸다. 자존심에 크게 금이 간 것이 분명했다.

재신은 굳은 얼굴로 조심스럽게 사죄의 말을 건넸다.

"그래. 더 늦기 전에 되돌려야 할 것 같아서. 미안하다, 정말로. 다 내 잘못이야."

"사랑이 잘못은 아니지. 하지만 결혼은 그거랑 다르잖아? 그 여자, 조실부모하고 사고로 애까지 못 가질 수도 있다며."

예서는 담담한 얼굴로 조목조목 말해 왔다. 이미 효은에 대해서 알아볼 만큼 알아본 눈치였다.

"……그래. 이미 다 알아봤겠지만."

"내가 왜 그런 여자한테 밀려야 하지?"

"예서야."

"그냥 해, 사랑. 눈감아 줄 수도 있어."

예기치 않게 흘러나온 예서의 말에 재신이 표정을 굳혔다. 미간을 구긴 채 한참이나 그녀를 바라보다 머리를 단호하게 가로저었다.

"내가 그렇게 못 하겠다. 그 여자한테 떳떳하게 내 모든 걸 주고 싶어. 그런 게 사랑이고."

"내가 파혼 못 하겠다고 하면. 안 할 거야?"

예서의 목소리가 조금 떨렸다. 재신은 주저 없이 고개를 저었다.

"아니. 결혼은 일방적으로 할 수 없는 거. 너도 알잖아."

"그 여자, 어디가 그렇게 좋은 건데?"

글쎄, 어디가 그렇게 좋을까. 이유를 대라면 수천 가지도 댈 수 있었다. 새까만 머리끝에서부터 분홍빛 발끝까지, 무엇 하나 거슬림 없이 보기만 해도 모든 게 사랑스럽다면 너는 뭐라고 할까.

재신은 잠시의 고민 끝에 그 수천 가지 이유 중 가장 큰 하나를 이야기했다.

"내 가치를 알게 해 준 사람이야. 아주 어릴 적, 그렇게 학대받으면서 자랄 때, 나도 누군가에겐 도움이 되는 사람이라는 가치를 알게 해 준 여자."

예서의 얼굴에 잠깐 먹먹한 빛이 스쳐 갔다. 무언지 어렴풋이 알 것 같다는 얼굴로 고개를 끄덕였다.

"딱히 너라서 결혼하고 싶었던 건 아니야. 너 정도면 같이 살 만하겠다 했었던 거지."

"알아. 나도 같은 마음이었고."

"그래서. 해 보니까 어때? 사랑."

다시 쿨한 얼굴로 되돌아온 예서가 물었다. 비웃는 것은 아니었다.

호기심 반, 기막힘 반이 섞인 듯한 묘한 얼굴이었다.

"쉽지 않아. 그 여자가 아파하면 나도 죽을 것 같고. 하지만 그 여자가 없으면 숨도 쉴 수 없을 것 같아."

"나쁘진 않네. 천하의 권재신한테서 이런 말도 다 들어 보고."

"미안하다, 예서야."

그의 말에 예서가 고개를 끄덕였다. 어느 정도는 알아들었다는 이야기였다.

"나중엔 그 말 쏙 들어갈걸. 집안끼리 얘기된 게 많은 것 같던데 다 엉망이 될 테니."

"할 수 없지. 어떻든 결혼 당사자는 너와 나잖아."

"그래. 아직 좋은 얼굴로 오케이는 못 하겠다. 하지만 충분히 고려해 볼게, 네 사랑."

무더운 밤공기에 청량한 신록의 향이 물씬 흘러들었다. 먼저 작별을 고한 것은 예서 쪽이었다. 카페에서 나와 멀어져 가는 그녀를 바라보다 재신은 천천히 병원 쪽으로 발길을 돌렸다.

쨍한 햇살이 노랗게 비쳐 드는 오후였다. 한여름 무더위에 병실의 에어컨 돌아가는 소리가 바쁘게 울리고 있었다. 간병인 아주머니가 잠깐 자리를 비운 사이, 효은은 스케치북을 펼쳐 놓고 새로운 공모전의 아이디어 구상을 하고 있었다.

똑똑.

갑작스럽게 들려온 노크 소리에 효은은 바삐 움직이던 연필을 멈췄다. 다소 둔중하게 들려온 노크 소리는 으레 방문하던 재신이나 민기의 노크 소리와 조금 달랐다. 뭔지 모를 생경한 기분에 긴장이 일었다.

"네. 들어오세요."

그녀의 응답과 함께 모습을 드러낸 사람은 머리가 희끗한 노신사였다. 언론에도 자주 등장해, 한눈에도 누구인지 알아볼 수 있는 은발의 노신사. 권영욱 의원이었다.

효은은 몹시 당황해 숨을 깊이 들이켰다. 얼른 자세를 고쳐 앉으며 그에게 고개를 꾸벅 숙였다.

영욱은 들고 온 과일 바구니를 탁자에 내려놓으며 날카롭게 그녀를 살폈다. 속내를 알 수 없는 눈매며 중후함이 묻어나는 행동 하나하나가 주위를 압도하는 기분이 들었다. TV에서 볼 때는 잘 몰랐는데, 직접 마주하고 보니 과연 노련한 정치인답다는 생각이 들었다.

"내가 누구인지는 잘 알 테지."

병실을 한 바퀴 둘러본 영욱이 무겁게 입술을 떼었다. 효은은 얼른 고개를 끄덕이며 침대 옆의 보관함으로 손을 뻗었다.

"예. 안녕하세요, 의원님. 뭐 마실 거라도……."

"됐네. 아픈 사람이 뭘 그런 것까지 신경 써."

속을 꿰뚫어 볼 것처럼 쳐다보던 그가 침대 곁으로 가까이 다가와 섰다. 그녀의 얼굴을 조목조목 뜯어보더니, 한참 만에야 입을 열었다.

"그래, 내 아들과 만나는 사이라지."

"……예."

"알게 된 건 이십 년이 넘었고."

"네. 제가 태어났을 때부터 재신…… 소장님이 옆집에 살았으니까요."

효은은 긴장으로 타들어 갈 것 같은 속내를 감추며 조곤조곤 대답했다.

영욱이 병실을 서성이며 찬찬히 고개를 끄덕였다. 벽에 걸린 액자에 잠시 눈길을 주더니 무게가 실린 목소리로 단박에 물어 왔다.

"그래, 이제 어찌할 셈인가."

"무얼 말씀하시는 건지……."

"내 아들과의 관계 말일세."

뚫어져라 쏘아보는 눈길에 주눅이 들 것만 같았다. 하지만 효은은 숨을 깊이 들이켜며 주먹을 단단히 쥐었다. 어영부영 대답을 흐려서는 안 될 것 같았기 때문이다.

"……외람된 말씀이지만 계속 이어 나갔으면 합니다."

"약혼까지 파탄 낸 마당에 무슨 염치로?"

"그래서 더더욱 아드님을 놓아 드리기가 어렵습니다. 그 곁에서 숨 쉬는 것만으로도 제겐 큰 힘이 되는 사람이니까요."

허공에서 시선이 팽팽하게 얽혔다. 효은은 떨리는 시선을 피하지 않았고, 영욱은 그런 그녀의 눈동자를 뚫어져라 쏘아보았다.

"결국은 지나갈 마음일 게야. 끝을 생각해 본 적은 있는가."

중후한 목소리가 아픈 가슴을 쓰라리게 꿰뚫고 지났다. 긴장으로 심장이 터져 나갈 것만 같았다. 영욱이 몰아붙이는 것은 아니었지만, 그녀 스스로 그렇게 느껴졌다. 효은은 자꾸만 무너져 내릴 것 같은 표정을 갈무리하며 애써 마음을 다잡았다.

"끝은 수없이 생각하고 또 생각했습니다. 하지만 사고 때 깨달았습니다. 언제 어느 때 끝이 오든, 함께하는 모든 순간들이 제겐 천금보다 귀한 시간들이라는 것을요."

"말은 청산유수로군. 자네 흠결에 대해선 깊이 생각해 보고 하는 소린가?"

효은은 잠시 말문이 막혔다. 하지만 그런 일로 무시받고 싶지는 않았다. 그래서 더더욱 마음을 단단히 먹으며 조심스럽게 말을 꺼냈다.

"……부모님이 안 계신 것을 말씀하시는 거라면, 소장님이 흠결이라고 생각지 않는 한 저도 그렇게 생각지 않습니다. 얼마 전에 돌아가신 할아버지께서 누구보다 애지중지 키워 주셨고요. 할아버지께 부끄럽지 않을 만큼 저 나름 열심히 살아왔으니 흠결이라 말씀하지 말아 주십시오."

효은은 차근차근 그녀의 의견을 피력했다. 영욱이 그녀에게 아무리 상대하기 어려운 사람이라고 해도, 그런 것을 흠결 삼아 비난받고 싶지는 않았다.

영욱은 잠시 말이 없었다. 시선을 내려서 이불에 가려진 그녀의 몸을 한참이나 쳐다보더니 가라앉은 목소리로 입을 열었다.

"……허어. 그 흠결이 아닐세. 설마 아직 모르고 있는 겐가?"

그녀를 훑고 지나는 시선이 심상치가 않았다. 효은은 문득 스치는 좋지 않은 느낌에 잠시 얼굴을 붉혔다. 하지만 시선을 피하고 싶지는 않아서 조심스레 되물었다.

"그것이 아니라면 무슨……."

영욱이 한숨을 길게 내쉬었다. 고개를 절레절레 저으며 그녀를 바라보더니, 무거운 얼굴로 입술을 떼었다.

"자네, 아이를 갖기 힘든 몸이야. 이번 사고로 그리됐다고 들었네."

한 자 한 자 또박또박 떨어지는 묵직한 목소리. 가슴을 할퀴고 드는 듯한 날카로운 눈동자.

효은은 심장이 무너져 내리는 것 같은 기분으로 그의 말을 들었다. 걱정 가득한 재신의 얼굴이 스쳐 지나고, 무언가 숨기는 것이 있는 듯하던 민기의 표정이 스쳐 지났다.

아이를 갖기 힘든 몸. 이번 사고로 그리됐다고…….

영욱의 목소리가 메아리처럼 뇌리를 맴맴 돌았다. 세상이 하얗게 부서져 내리는 것만 같았다.

"누가 병문안 다녀갔었어?"

늦은 밤, 퇴근해서 온 재신이 탁자 위에 놓인 과일 바구니를 바라보며 물었다. 형형색색의 싱싱한 과일들이 담긴 바구니는 영욱이 가져온 것이었다.

효은은 그에게 말을 하는 게 맞는지 잠시 고민했다. 하지만 숨길 이유는 없는 듯했다. 부모가 자식이 만나는 여자가 궁금한 것은 당연한 일이었고, 불시의 방문이긴 했지만 어떻든 병문안을 와 준 것은 사실이었으니까.

"……재신 씨 아버님께서 다녀가셨어요."

조심스럽게 흘러나온 그녀의 말에 재신의 얼굴에 굳은 표정이 스쳤다.

"좋은 말씀은 안 하셨겠군."

"딱히 나쁜 말씀도 안 하셨어요."

"무슨 말씀을 하셨든 마음에 담아 두지 마. 그저 걱정되는 마음에 하신 말씀들이었을 테니까."

재신은 얼추 어떤 대화가 오갔는지 예상을 하는 것 같았다. 그늘진 얼굴로 눈살을 찌푸리더니 한숨처럼 말하며 그녀의 뺨을 쓸어 주었다.

"네. 그런데……."

효은은 애정 가득한 그의 눈을 바라보며 다시 입술을 떼었다. 그 말이 정말이냐고 묻고 싶었다. 아이를 가지기 힘들게 되었다는 사실이. 하지만 차마 입이 떨어지지 않았다.

"그런데 뭐?"

그가 지그시 웃으며 그녀의 입술을 엄지손가락으로 쓸었다. 그 바람에 마음이 약해져서 결국 묻지 못하고 말았다.

"아무것도 아니에요."

효은은 희미하게 미소 지으며 고개를 저었다. 나중에 의사에게 물어보는 것이 나을 것 같았다. 그의 입에서 직접 듣는다면 정말로 괴로울 것 같았으니까. 재신이 어떻게 나올지도 예상이 되었으니까. 아이 문제는 아무래도 괜찮다며 자상한 얼굴로 위로할 것이 뻔했다.

'잘 생각해 보게. 우리 재신이, 꼭 그 집안이 아니라도 널린 게 상류층 혼처야. 아무하고나 맺어질 그런 아이가 아니란 말일세.'

'그 아이 발목 잡는 일, 더는 안 했으면 하네. 나중에 남는 것은 후회뿐일 테니.'

영욱은 그렇게 말을 남기고 돌아갔다. 영 탐탁지 않다는 얼굴로 그녀를 바라보면서.

"혹시 특별히 마음에 걸리는 말을 들은 거 아니야?"

뺨에 키스하던 재신이 어두운 얼굴로 물었다. 그 바람에 평온을 가장하던 효은의 눈동자가 크게 흔들렸다.

"아니에요."

"무슨 말씀을 하셨든 내겐 너뿐이야. 너는 내 심장을 뛰게 만드는 유일한 여자라고."

재신이 안심하라는 듯 환하게 웃었다. 날카로운 눈동자가 부드럽게 휘어지며 오롯이 그녀만을 담는다. 그녀가 가장 좋아하는 그의 표정이었다.

"……네. 재신 씨도 제게 그런 존재예요."

효은은 그의 뺨에 키스하며 환하게 웃었다. 그래서 더욱 마음이 아팠다. 미래를 이야기하기엔 그에게 너무도 미안해서. 그와 함께하기엔 한없이 부족한 사람이 되어 버린 것 같아서.

"그러니까 말해 봐. 무슨 말을 들었는지. 아무렇지 않은 척해도 다 알아. 좋지 않은 말씀 하셨다는 거."

재신이 다시 다그쳤다. 결국 효은은 솔직히 털어놓기로 했다. 울고 싶은 마음을 꾹꾹 억누르며 최대한 담담한 척 얼굴을 가장했다.

"아이…… 이야기를 들었어요. 제 몸이 이래서 아마 아이는 가지기 힘들 거라고."

그저 재신이 너무도 좋았을 뿐, 특별히 결혼을 전제로 만나온 것도 아니었다. 요즘 세상에 꼭 사고가 아니라도 아이가 생기지 않는 부부도 많았다. 일부러 아이를 가지지 않는 부부도 태반이었다. 하지만 그런 객관적인 현실과는 별개로, 자신에게 그런 문제가 닥쳤을 때 별거 아닌 일로 치부하기란 몹시도 힘이 들었다.

아마도 남의 일이었다면 그녀도 그렇게 얘기했을 것이다. 그게 무슨 대수냐고. 하지만 직접 그런 일을 맞닥뜨리고 보니, 당사자에겐 그마저도 가혹한 말이었다.

재신의 얼굴에 난감한 빛이 스쳐 갔다. 걱정스러운 얼굴로 그녀의 손을 꼭 쥐며 부드럽게 뺨을 쓸었다.

"미리 얘기하지 못해서 미안해. 좀 더 몸이 회복되면 말해 주려고 했어."

"알아요. 내가 충격받을까 봐 그랬겠죠."

효은은 그의 시선을 피하며 찬찬히 고개를 끄덕였다. 사고로 병원에 입원하게 되면서 재신에게 너무도 많은 신세를 졌다. 거기에 이런 일까지 있고 보니, 그에게 떳떳지 못한 연인이 된 것 같아 마음 한구석이 크게 아렸다.

"많이 놀랐을 거 알아. 하지만 내겐 중요한 문제가 아니야. 너보다 중요한 것은 세상에 없으니까."

재신이 침착한 목소리로 그녀의 뺨을 매만졌다. 효은은 그의 손을 조심스레 잡아서 한쪽으로 내려놓았다. 괜스레 코끝이 알싸해져 눈물이 울컥 터질 것 같았다.

"그렇지만 내겐 중요한 문제예요. 재신 씨는 나보다 훨씬 나은 여자를 만날 자격이 있다고요."

"그게 무슨 소리야? 나한테 너보다 나은 여자가 세상에 있을 것 같아?"

재신이 목소리를 높였다. 깊은 눈에 어린 불안과 경직된 어깨가 그의 당혹을 고스란히 대변하는 듯했다.

"그렇게 말하지 말아요. 나보다 나은 여자는 세상에 많고도 많을 거라고요."

"너야말로 그렇게 말하지 마! 사고가 났을 때 내가 무슨 마음으로 병원까지 달려왔는데. 널 다시 못 보게 될까 봐 얼마나 지옥 속을 헤맸는데!"

재신이 으스러져라 그녀를 끌어안았다. 절박한 외침에 가슴이 쿵

떨어져 내리는 것 같았다. 그의 품에 강하게 결박된 효은은 꼼짝을 할 수 없었다. 온 힘을 다해 버둥거릴수록 그는 팔에 힘을 주고 효은을 더욱 세게 끌어안았다.

결국 눈물이 넘쳐흐르고 말았다. 있는 힘껏 그의 가슴을 밀어 내면서도 마음 깊은 곳에서는 그가 놓아주지 않길 바랐다. 형용할 수 없는 모순에 심장이 찢기는 것만 같았다.

"결혼하자, 효은아."

재신에게서 절규 같은 그 말이 터져 나온 것은 그때였다. 효은은 그의 품 안에서 우뚝 멈췄다. 뜨거운 눈물이 더욱 굵게 방울져 흘러내렸다.

"퇴원하면 바로 혼인 신고를 하고, 가장 멋진 곳에서 식을 올리자."

효은은 대답하지 못했다. 그의 청혼에 더없이 기쁘면서도 선뜻 그러겠다는 말이 나오지 않았다. 영욱의 말처럼 그녀가 그의 발목을 잡는 것 같아서, 날개를 꺾는 것만 같아서.

"우리…… 만난 지 겨우 넉 달밖에 안 됐어요."

"알고 지낸 건 30년이 다 됐어. 그거면 충분해. 나를 떠날 생각 같은 건 절대로 하지 마."

재신은 효은의 침묵에도 아랑곳하지 않았다. 오직 존재하는 건 세상에 둘뿐인 것처럼 그녀를 으스러져라 끌어안고 또 끌어안았다. 효은은 결국 크게 울음을 터뜨리고 말았다. 벅차디벅찬 그의 사랑에 가슴에 맺혔던 커다란 불안감이 사르르 녹아내리는 것 같았다.

보랏빛 맥문동이 꽃망울을 틔워 올린 8월의 초입, 효은은 오래도록 머물던 병실에서 퇴원을 했다.

재신의 제안에 따라 낮에는 농원에서 시간을 보내고 밤에는 그의 오피스텔에 함께 머물렀다. 그녀가 외진 농원에서 홀로 밤을 보내는 것이 불안하다며, 재신이 배려해 준 것이었다. 그는 일하는 아주머니까지 고용해 그녀가 일절 집안일에 신경 쓰지 않도록 해 주었다.

민기는 그녀가 무리할 것을 걱정해 출근을 2주 뒤로 미뤄 주었다. 덕분에 효은은 모처럼 만에 한가로운 시간을 보내고 있었다. 세찬이, 돌찬이와 놀아 주기도 하고 마을 어귀까지 산책을 다녀오기도 했다. 스케치북을 펼쳐 놓고 농원의 풍경을 그리는 것도 하나의 특별한 일과가 되었다.

띠링.

핸드폰에서 메일의 알림음이 울렸을 때 효은은 박태기나무 아래에 있었다. 하트 모양의 잎을 따서 손으로 비비며 특별한 그 향기를 마음껏 음미하고 있었다. 박태기잎에서 사과 향기가 난다는 것은 어릴 적 재신이 알려 준 사실이었다. 그가 그리울 때마다 매번 그렇게 박태기잎을 문지르곤 했었다.

메일은 재신에게서 온 것이었다. '효은에게'라고 쓰인 단출한 제목과 함께, 용량이 큰 이미지 파일이 하나 첨부되어 있었다.

효은은 설레는 마음으로 메일을 열었다. 첨부 파일을 열어 보자, 아주 아름다운 건물의 조감도가 펼쳐졌다. 카페 같기도 하고 갤러리 같기도 한 아이보리 컬러의 건물은 한눈에도 이상적인 건물의 전형처럼 느껴졌다. 잘 가꾸어진 정원과 울창한 숲으로 둘러싸인 전경이 더욱 그녀의 마음을 사로잡았다. 대체 무슨 건물인 걸까.

띠링.

메일은 다시 왔다. 이번에도 파일이 첨부된 재신의 메일이었다. 열어 보니 산뜻한 색채의 주방과 다이닝룸의 이미지가 펼쳐졌다. 커다란 통유리를 통해 눈부신 햇빛이 비쳐 들고, 따뜻한 빛깔의 가구들이 눈길을 사로잡는다. 잡지책에서 막 뽑아낸 것만 같은 이미지들은 꼭 이런 곳에서 살고 싶다는 마음을 한껏 부풀려 주었다.

재신의 메일은 계속 왔다. 거실의 풍경이며 다채로운 방의 풍경, 욕실과 테라스 등을 담은 아름다운 이미지들이었다. 대체 무슨 일일까.

효은은 의아한 마음에 재신에게 전화를 걸었다. 그가 보내오는 메일이 무슨 의미인지 알 수 없어서였다. 새로운 건물의 설계를 맡은 것일까.

— 그래, 효은아.

재신은 바로 전화를 받았다. 기다리고 있었던 듯 반가움이 한껏 담긴 목소리였다. 효은은 고개를 갸우뚱하며 넌지시 그에게 물었다.

"재신 씨. 이 메일들, 무슨 메일이에요? 새로 작업 맡은 건물이에요?"

─우리 집.

그의 말은 간결하면서도 의미심장했다. 가슴을 시큰하게 만들기에
도 충분했다.

"우리 집이라뇨."

효은은 갑작스러운 상황에 떨리는 가슴을 누르며 반문했다.

─집을 지으려고 해. 너와 내가 살 진짜 우리 집. 마음에 안 드는
부분이 있으면 얘기해. 네 취향에 맞춰서 모두 수정할 테니까.

재신이 흥분을 담은 목소리로 말해 왔다. 그답지 않게 한껏 들뜬
목소리였다.

"갑자기 집은 왜……."

─청혼했잖아. 살 집 정도는 내가 마련해야지. 어때, 마음에 들
어?

"집은 당연히 엄청 마음에 들죠. 누가 설계하는 건데. 하지만 굳이
이렇게까지……."

─결혼 선물이야. 너에게 꼭 지어 주고 싶었어. 네 마음에 꼭 드는
집을.

결혼 선물. 재신의 그 말이 심장을 무겁게 두드렸다. 코끝을 알싸
하게 하는 먹먹한 감동이 심장에서부터 천천히 퍼져 나갔다.

그러고 보니, 병원에 있을 때 그가 내내 집에 대해 이것저것 물어
봤던 것이 생각났다. 주방은 어떤 형태가 좋은지, 욕실은 어떤 것이
좋은지, 거실은 어떤 배치가 나은지 등등.

그때는 그저 그가 설계를 맡은 일에 조언이 필요한 거라고 생각했

었다. 그가 설계하는 건물들은 대부분 주택이 아닌 대형 건물들이었기에, 주택 설계에 있어서 여자들의 취향이 어떤 건지 알고자 했던 거라고. 하지만 지금 와서 돌이켜 보니, 그는 조언이 필요했던 게 아니라 효은의 취향을 알고 싶었던 것 같았다. 이렇게 멋진 집을 선사해 주기 위해서.

벅찬 마음에 무슨 말을 해야 할지 몰라서 고민하고 있는데, 세찬이 돌찬이 컹컹 짖었다. 농원으로 들어서는 차 소리도 들렸다. 금세 모습을 드러낸 것은 재신의 차였다. 그가 차에서 내리며 빙긋 웃고 있었다.

"재신 씨. 이 시간에 어떻게……."

"조금 일찍 퇴근했어. 집에 대한 네 감상을 듣고 싶어서."

주머니에 손을 꽂은 그가 고개를 살짝 비틀며 그녀를 내려다보았다. 시리도록 눈부신 눈동자가 답을 요구하듯 형형하게 빛나고 있었다.

효은은 그런 그를 바라보며 침을 꿀꺽 삼켰다. 보기만 해도 심장이 떨려서 시선을 맞추기가 힘들었다.

"정말 근사해요. 당장이라도 들어가 살고 싶을 만큼."

"그럼, 내 청혼 받아 주는 거야?"

"하지만 아직 재신 씨 부모님이……."

"부모님 문제는 나중에 내가 반드시 해결할게. 네 마음이 변하기 전에 혼인 신고라도 빨리하고 싶다고."

재신이 그녀의 어깨를 감싸 안으며 부드럽게 말해 왔다.

그래도 괜찮은 걸까. 이렇게 행복해도 괜찮은 걸까. 그와의 결혼은 효은이 무엇보다 바라는 것이었지만, 그가 부모님과 의를 상하게 하면서까지 혼인 신고를 하는 것은 어쩐지 내키지가 않았다.

"조금 더 있다가요. 조금만 더 부모님 마음을 돌리려고 노력해 본 다음에."

효은은 그렇게 마음을 정리했다. 그동안 직접 영욱을 찾아가 봐야겠다고 다짐하면서.

"좋아. 한 달 정도만 더 노력해 보자."

"네. 한 달."

재신은 어쩔 수 없다는 듯 고개를 끄덕였지만, 얼굴엔 다정한 미소를 짓고 있었다.

"그런데 집을 어디에다 지으려고요? 농원에서 되도록 멀지 않은 곳이면 좋겠는데."

효은이 문득 떠오른 질문을 던지자, 재신이 빙그레 웃으며 고개를 끄덕였다.

"멀지 않은 곳이야. 네가 농원을 떠나게 할 리 없잖아."

"멀지 않다면 어디쯤…… 파주 정도예요?"

"아니, 바로 저기."

재신이 싱긋 웃으며 어딘가를 가리켰다. 그곳엔 지은 지 수십 년은 된 낡은 시골집 한 채가 초라한 행색으로 서 있었다. 재신이 어릴 적 살았던 그녀의 바로 옆집이었다.

"저기에 어떻게……. 땅을 산 거예요?"

"그래. 주변 땅까지 조금. 네가 그토록 좋아하는 작은 수목원 정도
는 만들 수 있을 거야."

효은의 눈가에 눈물이 핑 돌았다. 이 남자는 대체 그녀에 대해 어
디까지 생각하고 있는 걸까.

"내가 청혼 거절하면 어쩌려고 일을 이렇게 크게 벌인 거예요?"

"승낙할 때까지 옆집에서 버틸 생각이었지. 보란 듯이 멋지게 집
지어 가면서."

재신은 대수롭지 않은 듯 얘기했다. 아주 당연하다는 목소리였다.

효은의 눈망울에 맺혔던 물기가 결국 무게를 이기지 못하고 떨어
져 내렸다. 자연스레 눈물을 닦아 주는 남자의 어깨가 태산처럼 높았
다.

집 앞을 흐르는 실개천의 물소리가 맑게 울렸다. 불어 드는 바람에
짙붉은 배롱꽃이 파사사 소리를 내며 흔들려 떨어졌다. 한여름 녹음
의 짙은 향기가 청량하게 밀려들고 있었다.

14

"옆집에 집 짓나 보네."

오랜만에 찾아온 수정이 옆집의 뚝딱거리는 소리를 들으며 말했다. 땅을 파는 포클레인이 위잉 소리를 내며 육중하게 움직이고, 철골을 진 인부들이 바쁘게 오가고 있었다. 재신은 효은에게 조감도를 보여 주는 즉시 집을 짓겠다는 포부를 실행에 옮겼고, 인허가를 받아서 공사가 시작된 지도 벌써 열흘이 지나 있었다.

"응."

효은은 그저 그렇게 대꾸하며 고개만 끄덕였다. '우리 집이 될 집이야.' 라는 말은 아직 꺼내지 못하고 있었다. 수정이 몹시도 놀랄까 봐서.

재신은 매일 저녁 농원으로 퇴근을 했다. 공사의 진행 상황을 꼼꼼히 체크하며 현장 소장에게 이런저런 당부와 격려를 아끼지 않았다. 덕분에 집은 빈틈없이 견고하게 지어지고 있었고 모든 것이 순조로웠다.

"근데 너 그 남자 누구야? 병원에서 내내 네 옆을 지키던 훤칠한 남자. 보통 사이가 아닌 것 같던데."

수정은 그 소식을 제대로 듣기 위해 찾아온 것이었다. 거의 임신 막바지에 이르러 가누기 힘들 정도로 크게 부푼 배를 하고서. 전화로 내내 이것저것 묻더니 급기야는 직접 들어야겠다며 오늘 아침 갑자기 들이닥쳤다.

"……결혼할 사람."

효은의 극적인 대답에 수정이 배신감 가득한 얼굴을 하며 그녀를 쳐다보았다. 도저히 믿을 수 없다는 눈길이었다.

"으응? 나도 모르는 새 어떻게 그런 사람이 생길 수가 있어?"

"미안해. 말할 수 없는 사정이 있었어."

효은은 그렇게 말하며 적당히 얼버무렸다. 하지만 꼼꼼한 수정은 하나하나 꼬치꼬치 따져 물었고, 결국 그녀에게서 재신에 대한 모든 것을 알아내고 말았다. 시한부 연애에서부터 그의 정략결혼이며 그가 권영욱의 아들이라는 것까지 모두.

"힘든 상황이었겠구나."

"조금."

왜 미리 말하지 않았냐는 듯 수정의 눈길은 약간의 질책을 담고 있었다. 하지만 이내 빙긋 웃으며 모두 이해한다는 듯 격려해 주었다.

"혼인 신고 증인은 꼭 내가 서 줄게."

"그래. 어른들이 동의하시면 그때 하고 싶어."

"재신 씨 말처럼 혼인 신고 먼저 하는 게 낫지 않을까."

수정의 생각도 재신과 같았다. 어른들의 허락을 기다리다간 몇 년이 걸릴지 모른다는 이유였다. 이미 같이 살고 있기도 하고. 하지만 효은은 쉬이 동의하기 힘들었다. 재신을 부모와 거의 의절하다시피 한 상태로 만들고 싶지 않았기 때문이다.

"그런데 너 임신 막달에 이렇게 막 돌아다녀도 괜찮은 거야? 그러다 갑자기 돌발 상황 되면 어쩌려고."

효은은 수정의 배를 부러운 눈길로 바라보며 말을 돌렸다. 이전까진 아기를 가진 수정이 부럽다는 생각을 한 번도 해 보지 못했다. 결혼은커녕 사귀는 사람도 없는데 아이에게까지 신경이 갈 틈이 없었으니까. 그런데 막상 아이를 가지기 힘들다는 말을 듣고 나니 아기를 가진 수정이 몹시도 부럽게 느껴졌다. 사랑하는 사람과의 사이에서 얻을 수 있는 가장 큰 선물이 아니던가.

"괜찮아. 나올 때가 됐는데 애가 나올 생각을 안 해서 의사가 쉬엄쉬엄 걸어 다니래."

수정은 부른 배를 톡톡 두드리며 시원하게 말했다. 그러고는 효은에게로 가까이 다가와 앉으며 배에다 대고 아기에게 말을 걸었다.

"꼬물아, 효은이 이모야. 목소리 들려?"

"그래, 꼬물아. 그만 뜸 들이고 얼른 세상으로 나와. 이모가 예뻐해 줄게."

효은이 즐거운 목소리로 호응하자, 수정이 그녀의 손을 잡아서 배에다 가져다 댔다.

"꼬물이가 들었나 봐. 배 속에서 막 발차기하고 난리야. 느껴져?"

"응."

정말로 수정의 배가 볼록볼록 움직이는 것이, 조막만 한 발로 배를 차 대고 있는 듯했다. 효은은 신기한 마음에 수정의 배에서 손을 떼지 못했다.

그와 함께 가슴 한편이 헛헛하게 시려 왔다. 아마도 그녀는 가지기 힘들 재신의 아이. 오늘따라 수정이 몹시도 부러워졌다.

세찬이 돌찬이가 짖는 소리와 함께 검은색 세단 한 대가 미끄러져 들어온 것은 수정을 막 보내고 난 다음이었다. 운전기사를 대동한 차에서 세련된 차림의 중년 여성 하나가 우아하게 내렸다.

"계십니까."

여자는 농원을 둘러보며 조용히 주인을 찾았고, 뒤따라 내린 운전기사는 차의 트렁크에서 양손 가득 커다란 짐을 꺼내 내리고 있었다.

세 그루 있는 복숭아나무에서 복숭아를 따던 효은은 얼른 달려가서 중년 여성을 맞이했다. 농원의 나무들을 살피러 온 손님인 것 같았다.

"저기, 제가 이곳 주인인데요. 나무들을 보러 오셨나요?"

여자는 대답 없이 효은의 얼굴을 물끄러미 바라보았다. 머리끝에서 발끝까지 찬찬히 훑어 내리는 것이, 젊은 여자가 농원 주인이라니

까 못 미더워하는 기색 같았다. 아니면 나무보다는 그녀에게 관심이
있어서 온 사람일까. 혹시⋯⋯.

"그쪽이 남효은 양?"

설마 하는 사이, 여자가 미소를 지으며 다가왔다. 부드럽고 우아하
지만 어딘지 모르게 날 선 느낌이 드는 미소였다.

"네. 그런데요."

"나 재신이 엄마예요. 김미경이라고 해요."

여자는 그렇게 자신을 소개하며 손을 내밀었다. 말끔하게 다듬어
진 데다 우아한 매니큐어가 칠해진 손은 농원 일로 거칠어진 효은의
손과 너무도 대비되었다.

"네. 안녕하세요, 어머님."

효은은 그 손을 맞잡으며 고개를 꾸벅 숙였다. 언제고 맞닥뜨릴 사
람이었지만 이렇게 갑자기 방문을 할 거라고는 예상하지 못했다. 그
래서 더욱 긴장이 일었다.

"아직 어머님이란 말은 이른 듯한데."

미경이 농원을 휘휘 둘러보며 손을 놓았다. 그리고 공사 중인 옆집
을 다소 기막힌 눈으로 바라보았다. 아름다운 주변의 풍광이며 맑게
흐르는 실개천 같은 것은 눈에 들어오지도 않는 듯했다.

"찬을 좀 싸 가지고 왔어요. 재신이가 통 집에를 안 들러서."

"네."

"아가씨를 탓하는 건 아니에요. 문제라면 아가씨를 마음에 담은 그
녀석한테 있는 거겠지."

미경은 그렇게 말하며 다시금 미소를 머금었다. 그러고는 기사를 시켜서 가지고 온 찬합들을 현관 앞에 내려놓았다.

"그나저나 여기는 하나도 안 변했네. 나무들이 잔뜩 늘어난 것 빼고는."

미경은 오래전의 기억을 떠올리는 듯 눈살을 찌푸렸다. 그녀가 집을 나간 것이 재신이 어릴 적이니 효은이 아주 갓난쟁이일 때였을 것이다. 이곳에서의 기억이라곤 한 씨와의 나쁜 기억들뿐일 테니, 용림리 또한 그녀의 마음에 좋은 기억으로 남아 있을 리 없을 터였다.

"……혼인 신고를 하려고 합니다, 어머니."

효은은 그녀에게 다가서며 먼저 말을 꺼냈다. 혹시라도 나중에 뒤늦게 전해 듣는다면 그마저도 마음을 상하게 할 것 같아서였다.

"알고 있어요. 재신이가 며칠 전에 전화로 통보해 왔어."

미경이 마뜩잖은 얼굴로 그녀를 바라보며 한숨을 내쉬었다. 우울하게 그늘진 눈가에 근심이 한가득 서려 있었다.

"멋대로 결정한 것은 죄송하게 생각합니다. 하지만 재신 씨도, 저도 서로밖에는 없는 사람들이라 다른 결정을 할 수가 없었어요."

미경이 찬찬히 고개를 끄덕였다. 내키지는 않지만 이해는 한다는 얼굴이었다.

"나, 솔직히 아가씨가 마음에 드는 거 아니에요. 하지만 재신이 미치는 꼴은 더 볼 수가 없어. 억지로 약혼식 시키고서 내내 술에 절어 살고, 집에도 안 들어오고. 내 아들 망가지는 거 볼 수가 없어서 모른 척하기로 했어요. 그러니까 그런 줄 알아요. 아버지는 끝내 허락하기 힘드시겠지만."

허락하겠다는 뜻이었다. 비록 마지못해 그냥 놔둔다는 뉘앙스가 강한 말이었지만 효은은 긍정의 의미로 받아들이기로 했다.

"네. 감사합니다. 농원을 좀 둘러보시겠어요? 여름꽃도 한창이고, 온실에 꽃핀 관엽 식물들도 많거든요."

빙그레 웃는 효은의 제안에 미경이 그녀를 물끄러미 바라보았다. 차분히 고개를 끄덕이며 활짝 핀 치자꽃 쪽으로 발을 옮겼다.

"그것도 괜찮겠네. 이왕 온 김에."

"산책하기에 나쁘지 않으실 거예요. 할아버지가 평생에 걸쳐 모은 나무들이 많거든요."

"알아. 영감님이 얼마나 나무들을 애지중지하셨는지. 영감님 아니었으면 전남편이 여기 붙어 있지도 못했겠지. 일자리 줘, 살림 챙겨 줘, 우리 재신이 신경 써 줘. 좋은 분이었던 거 잘 알아요."

미경은 할아버지를 잘 아는 것 같았다. 오랜 기억 속에 좋은 분으로 남아 있는 것도 참으로 다행이었다. 어쩌면 그래서 혼인 신고를 적극적으로 반대하지는 않았던 걸까.

"그러고 보니 할아버지를 많이 닮았네."

"제가요?"

"그래. 특히 눈매랑 콧대가. 할아버지도 눈이 크셨지."

농원의 이곳저곳을 거니는 동안, 서늘했던 미경의 눈빛이 서서히 풀어지고 있었다.

"아, 복숭아 좀 드실래요? 지금 막 땄거든요."

효은은 싱싱한 복숭아를 한 아름 안고서 얼른 안으로 들어갔다. 물에 깨끗이 씻어서 칼로 예쁘게 조각을 냈다. 접시에 담아 포크와 함께 가지고 나오니, 미경은 나무 그늘에 우아하게 앉아 있었다.

"우리 재신이, 상처가 많은 아이예요. 엄마 사랑도, 아빠 사랑도 제대로 받아 보지 못했고. 그래서 더더욱 좋은 집안의 구김 없이 자란 아가씨와 맺어 주고 싶었어요."

"……네."

"그런데 결국 일이 이렇게 됐네. 임자는 따로 있다는 옛말이 그른 거 하나 없나 봐요."

"제가 잘하겠습니다, 어머니. 재신 씨한테도 부모님들께도."

"재신이한테만 잘하면 돼요. 이젠 더 바라는 것도 없어."

"……네."

미경은 복숭아 한 접시를 우아하게 다 비웠다. 그리고 고고하게 일어서서 차로 향했다. 효은은 깨끗이 닦아 온 복숭아 두 꾸러미를 얼른 운전기사에게 건넸다.

"이거 가져가서 드세요. 한 꾸러미는 사모님 거고, 한 꾸러미는 기사님 거예요."

효은의 말에 운전기사가 어이쿠 하며 반갑게 복숭아를 받았다. 실개천의 시원한 물소리와 함께 바람이 청량하게 불었다.

"그럼 우리 재신이 잘 부탁해요."

미경은 그렇게 말을 남기고 웃지도 않은 채 농원을 떠났다. 하지만 그걸로 충분히 족했다. 결혼에 반대하지 않았다는 것만으로도.

□ ◆ □

"정말로 괜찮겠어?"

깊은 밤, 침대에 함께 누운 재신이 조심스럽게 물었다. 영 걱정스러워하는 목소리였다.

"괜찮아요. 이젠 회복도 다 되었고요. 내가 하고 싶어요."

효은은 그의 목에 팔을 감으며 부드럽게 키스했다. 그동안 재신은 그녀의 몸을 걱정해 함께 잘 때마다 손도 대지 않다시피 했었다. 하지만 이제 회복이 되었으니 그에게 사랑을 주고 사랑받고 싶었다. 밤마다 그가 얼마나 억누르고 있는지도 잘 알고 있었다.

"네가 아프지 않았으면 좋겠어. 어떤 식으로든."

재신이 따뜻한 키스를 되돌리며 말했다. 하지만 몸은 주저하고 있었다. 그녀가 힘들까 봐 걱정하는 것이 분명했다.

"아프지 않을 거예요. 재신 씨가 곁에 있는 한, 절대로."

효은은 천천히 그의 셔츠를 밀어 올렸다. 그의 가슴에 키스하며 부드럽게 그를 유혹했다. 흡, 하는 소리와 함께 그가 몸을 떨었다. 동시에 그의 손이 그녀의 가슴에 닿아 왔다. 그의 커다란 손이 그녀의 상체를 끌어안으며 그대로 뒤로 눕혔다.

상의가 벗겨지고 브래지어가 툭 풀렸다. 그의 입술이 곧장 그녀의 맨가슴에 닿았다. 재신이 입술을 더욱 벌려 빳빳하게 솟은 정점을 삼켰다. 양손으로 허리를 움켜쥐며 그녀의 매끄러운 살결을 매만졌다.

욱신거릴 정도로 가슴을 애무하던 그가 다른 쪽 가슴도 입에 머금었다. 혀로 거칠게 비비고 휘감아 문질렀다.

효은은 저도 모르게 흘러나오는 신음을 삼켰다. 통증과도 같은 저릿한 쾌감이 순식간에 아랫배 깊은 곳까지 내달렸다. 저절로 엉덩이가 들썩거릴 정도로 전율이 일었다. 단단한 그의 몸이 아랫배를 짓누르고, 그가 몸을 내려 딱딱해진 자신을 그녀의 중심에 비볐다. 그녀를 얼마나 원하는지가 적나라하게 느껴지고 있었다.

그가 몸을 일으켜 세우며 그녀의 마지막 남은 속옷을 벗겨 내렸다. 이내 자신의 옷도 모두 벗어 던졌다. 이윽고 그가 그녀의 다리를 벌리며 그 사이에 자리를 잡고 앉았다. 그리고 그녀의 무릎 언저리에 가만히 입술을 댔다. 무릎에서 허벅지로 움직이며 천천히 중심으로 가까워졌다. 마침내 그의 혀가 은밀한 곳에 닿자 효은의 숨결이 크게 떨렸다.

촉촉함이 묻어나는 그곳에 그가 손가락을 묻었다. 부드럽게 문지르다가 거칠게 휘젓다가 깊이 흔들기도 했다. 그가 위쪽의 정점을 꾹 누르자, 벼락처럼 찾아든 쾌감에 효은은 비명을 질렀다. 구슬 같은 그곳을 비비고 돌리는 그의 손길에 효은은 쾌감을 이기지 못하고 연신 헐떡였다. 그의 손이 천천히 혹은 빠르게 움직일 때마다 아랫배가 뭉치고 다리가 움찔거렸다. 머리끝까지 치솟는 전율에 몸이 떨리고 숨이 가빠져 왔다.

효은은 의식이 아득해지는 것을 느끼며 몸을 비틀었다. 온몸을 관통하는 전율에 머릿속이 하얗게 비어 버렸다. 몸 안에서 팽팽하게 부풀던 그 무엇이 폭죽처럼 폭발하는 것이 느껴졌다. 아래가 뜨겁게 젖어 내리며 몸이 맥없이 풀려 버렸다.

재신은 그 순간을 놓치지 않고 자신을 그녀의 안으로 밀어 넣었다. 천천히, 부드럽게 시작해서 뿌리 끝까지 아주 깊숙이. 쾌락의 절정이 휩쓸고 간 몸은 맥없이 풀려 있었다. 하지만 그가 치고 들어올 때마다 다시금 몸의 근육들이 움찔거렸다. 온몸이 저릿저릿하며 숨이 막혔다.

그는 천천히 뒤로 물러났다 다시 강하게 안으로 들어왔다. 그녀의 안을 온통 그 자신으로 채우며 해일처럼 밀고 들어왔다 나가기를 반복했다. 그럴 때마다 효은은 활처럼 허리를 휘었다. 계속해서 터져 나오는 신음을 참을 수도 없었다.

날렵한 허리가 유려하게 움직일 때마다. 몸 안에서 그의 분신이 묵직한 존재감을 드러내며 꿈틀거렸다. 단단한 남성이 그녀의 몸 안을 샅샅이 휘젓고, 허리를 쳐올리는 그의 몸짓이 점점 격렬해졌다. 그와 함께 온몸을 흐르는 쾌락도 절정을 향해 가고 있었다.

이윽고 효은이 탄성을 토해 내며 몸을 크게 뒤로 젖혔다. 찬연한 빛이 아득하게 터지는 것 같았다. 그도 곧 절정을 맞이했다. 그녀의 위에 올라탄 아름다운 몸이 가느다랗게 떨리면서, 따뜻한 기운이 몸 안에 길게 쏟아져 내렸다.

그리고 태풍이 지나간 뒤의 고요 같은 평화로운 침묵이 둘 사이에 조용히 흘렀다. 재신이 짧은 키스를 더한 뒤, 그녀를 품에 안고 누워서 팔베개를 해 주었다.

"사랑한다, 효은아."

"나도요. 너무너무 사랑해요."

창밖에서 짙은 치자꽃 향기가 흘러들었다. 평생을 함께할 수많은 나날 중 특별한 하루가 그렇게 지나고 있었다.

□ ◆ □

시원한 바람이 불기 시작한 9월의 중엽, 봄뜰조경의 너른 화원엔 연보랏빛 소국이 한창이었다.

전쟁 같은 오전이 지나고 점심시간이 다가오자, 효은은 가방 속에 넣어 온 서류를 확인하며 자리에서 일어섰다. 특별한 일을 앞둔 터라 가슴이 두근두근 뛰고 있었다.

"남 실장, 잘생긴 남자 친구분 오셨나 본데."

기지개를 켜며 바깥을 내다보던 윤 이사가 싱긋 웃으며 말을 건네 왔다. 재신이 도착한 모양이었다. 재신은 가끔씩 효은과 점심을 같이 하러 회사로 들렀고, 덕분에 봄뜰조경의 모든 이들이 그를 알았다.

"진짜 멋지다니까요. 그냥 있으면 완전 삭막한데 남 실장님 앞에선 나긋나긋. 외모도 완전 출중하시고요."

설계 도면을 접어 넣던 김 대리가 깔깔 웃으며 윤 이사의 말을 거들었다.

"그런데 오늘 무슨 특별한 날이야? 남 실장 이렇게 잔뜩 차려입은 거 처음 보는데."

윤 이사가 효은의 차림을 아래위로 훑어보며 의아한 얼굴을 했다. 평소의 빛바랜 작업복 차림이 아닌 하늘하늘한 원피스에 재킷까지 걸친 한껏 차려입은 모습이었기 때문이다.

"저 남편 생기는 날이요."

효은은 빙그레 웃으며 대표실에서 나오는 민기를 마주 보았다.

오랜 고민 끝에 구청에 혼인 신고를 하러 가는 날이었다. 증인은 민기와 수정이 서 주기로 했다.

영욱은 여전히 반대의 뜻을 굽히지 않았고, 재신은 더 이상 허락을 기다릴 여유가 없는 듯했다. 그래서 결국 식을 올리지 않고 간소하게 부부가 되는 방법을 선택한 것이었다.

"우와 우와! 혼인 신고 하시는 거예요?"

김 대리가 놀란 얼굴로 크게 말하자, 사무실 모든 사람들의 이목이 효은에게로 집중되었다.

"네. 그렇게 됐어요. 대표님이 증인 서 주시기로 했고요."

효은은 쑥스러움을 감추며 얼른 숄더백을 고쳐 맸다.

"맞다. 대표님 덕에 만난 거라고 하셨죠."

"그럼 그럼. 내가 아주 다리를 거하게 놔 줬지."

민기가 어깨에 힘을 잔뜩 주며 웃었다.

"우와! 축하해, 남 실장."

"정말 축하해요, 실장님."

효은은 모두의 거한 축하 세례를 받으며 민기와 함께 사무실을 나섰다. 한창 물오른 국화 향기가 앞뜰에서 진하게 밀려들고 있었다. 화창하게 눈부신 가을의 오후, 누군가의 평생의 반려가 되기에 더없이 근사한 날이었다.

사무실 밖으로 나서자, 차에 기대서 기다리고 있던 재신이 다가와 자연스레 어깨를 감쌌다. 함께 나온 민기에게는 눈길도 주지 않은 채였다.

"오늘따라 더욱 아름다운데."

재신은 그렇게 말하며 공주님 모시듯 조수석의 차 문을 열어 주었다.

"재신 씨도요. 너무 근사해서 심장이 터질 것 같아요."

효은도 빙긋 웃으며 있는 그대로의 사실을 말했다. 완벽하게 떨어지는 슈트 차림의 그는 그 어느 때보다도 근사하고 눈이 부셨다.

"어이 어이, 적당히들 좀 하지. 듣는 총각 가슴에 불나겠다."

민기가 뒷좌석에 오르며 핀잔을 주었다.

구청까지는 그리 오래 걸리지 않았다. 10분밖에 걸리지 않는 그 짧은 시간 동안 터질 것 같은 긴장이 길게 밀려들었다. 하지만 그렇게 긴장했던 것과 상관없이, 복잡할 것 같던 절차는 너무도 간단하게 끝났다. 미리 작성해 온 혼인 신고서에 증인 둘의 도장을 찍어 제출하면 되는 것이었다.

법적으로 부부가 되는 일은 한순간이었다. 단순히 종이 한 장을 구청 직원에게 내미는 것으로 모두 끝났다. 그렇게 둘은 오래도록 꿈꿔왔던 부부가 되었다.

신고를 마치고 구청을 나와서 재신은 효은의 뺨에 키스를 했다. 그리고 미리 준비했던 결혼반지를 나누어 끼면서 간소한 결혼을 마무리했다. 증인으로 나서 준 수정과 출산 후 몸조리 중인 그녀를 데리고 나온 동철, 그리고 민기가 이 결혼식의 산증인이자 하객이었다.

"자자. 기념사진 한 장은 찍어야지."

차에 오르기 전에 민기가 제안했다. 길을 지나는 행인에게 핸드폰을 내밀며 즉석에서 사진을 찍어 달라 부탁을 했다.

오늘로 부부가 된 효은과 재신, 거기에 수정과 동철과 민기까지 다섯 명이 사진을 찍었다. 노란 국화 화분을 배경으로 찍은 화사한 결혼 기념 사진이었다.

다섯은 인근의 한정식집에서 점심을 먹으며 둘의 결혼을 아낌없이 축하했다. 민기의 축가와 수정의 결혼 선물까지 더해진 완벽한 피로연이었다. 햇빛이 더없이 눈부신 어느 가을날의 일이었다.

Epilogue

　재신이 꼼꼼하게 공을 들인 둘의 집은 해를 넘긴 2월에 완공이 되었다. 너른 방 3개와 아늑한 다락방 하나, 포근한 부엌과 고풍스러운 서재가 갖추어진 아름다운 집이었다. 재신은 세찬이와 돌찬이의 집까지 세세하게 신경 써 주었다.

　사위가 모두 잠든 캄캄하고 어두운 밤, 창밖에 눈발이 가늘게 흩날리고 있었다.

　효은은 무릎에 담요를 덮고 앉아 벽난로에 타오르는 불을 쬐고 있었다. 그러면서 탁자에 놓인 스케치북에 간간이 구상안을 그려 나갔다. 아직은 황량한 집 주변에 만들어질 수목원을 구상하는 스케치였다. 그들의 아담한 수목원은 할아버지의 농원과 어우러져 잊지 못할 풍광을 만들어 낼 것이다. 몇 번이고 찾아오고 싶을 만큼 멋진 수목원을 만드는 것은 할아버지의 살아생전 꿈이기도 했었다.

"잘되고 있어?"

재신이 따뜻하게 우린 허브티를 건네주며 물었다. 곁으로 다가와 앉으며 자상하게 웃는 그 모습이 든든하기 그지없었다.

"아직이요."

효은은 스케치북에서 눈을 떼며 그를 올려다보았다. 그렇게 마주 보기만 해도 웃음이 나왔다. 함께 살기 시작한 지 벌써 반년인데도 그를 마주하는 순간은 언제나 설레었다.

"적당히 하고 눈 좀 붙여. 어제도 늦게까지 야근했잖아."

"네. 그래도 우리 수목원을 구상하는 일이라 그저 벅차기만 한걸요."

"그래, 네가 그렇게 좋다면야."

"그런데 재신 씨. 우리 본가에 한번 다녀와야 하지 않을까요?"

효은이 고민 고민하다 꺼낸 말에 재신의 얼굴이 굳어졌다. 여전히 영욱과 그의 사이가 풀리지 않고 있었기 때문이다. 혼인 신고까지 한 마당에 이만 마음을 돌릴 법도 하건만, 영욱은 끝내 그녀를 며느리로 받아들이지 않았다.

그동안 성북동 본가에 여러 번 다녀오긴 했었다. 하지만 그때마다 영욱은 집에 없었다. 물론 제1야당의 당 대표라는 신분은 밤낮없이 바쁘게 움직여야 하는 직함이라는 걸 알고 있었다. 그럼에도 불구하고, 그것과 상관없이 영욱이 의도적으로 그들을 만나지 않으려 한다는 것은 불을 보듯 환했다.

"그냥 다음에 가자."

재신이 그녀의 어깨를 감싸 안으며 말했다. 그녀가 또다시 상처받길 바라지 않는 눈치였다. 하지만 효은은 바로 고개를 가로저었다.

"이번엔 만나 주실지도 모르잖아요. 재신 씨가 나 때문에 이렇게 외면받으면서 사는 거 싫어요."

"너 때문이 아니야."

"그럼 아니라고 쳐요. 그래도 본가에는 한번 다녀와요. 이번에는 왠지 받아 주실 것 같은 느낌이 들거든요."

"그 느낌은 매번 들었던 거잖아."

재신이 부드럽게 웃으며 그녀의 어깨를 다독였다. 효은은 그의 품에 머리를 기대며 더없는 행복을 느꼈다. 그래서 더더욱 영욱과 그의 냉랭한 관계를 두고 볼 수 없었다.

"이번 주말에 다녀와요."

"그래, 주말에."

대답하는 재신의 입술이 벌써 은근슬쩍 그녀의 입술에 다가와 있었다.

길고 깊은 키스를 남긴 그가 당연한 듯 그녀를 안아 들었다. 오늘도 역시 매번 그랬듯 뜨거운 밤이 될 예정이었다.

□ ◆ □

눈부시게 화창한 토요일, 구름 한 점 없는 겨울 하늘이 유난히도 맑았다.

효은은 긴장 가득한 마음으로 성북동 본가로 들어섰다. 영욱이 그
토록 아낀다는 희귀한 난초 화분 하나도 어렵사리 구해서 들고 온 참
이었다.

여느 때와 달리 영욱은 집에 있었다. 미리 연락하지 않고 급습하다
시피 찾아온 터라 집을 비우지 않은 모양이었다. 미경이 반가운 얼굴
로 그들을 맞았고, 청양댁은 차와 다과를 준비하며 분주히 움직였다.

"아버지, 저희 왔습니다."

서재 밖에서 노크를 하며 재신이 말했다. 안에서 들려오는 소리는
없었다.

둘은 조용히 문을 밀고 안으로 들어섰다. 영욱은 수많은 서류를 앞
에 펼쳐 놓은 채 바쁘게 일을 하고 있었다.

"그래, 무슨 낯으로 또 찾아온 게냐. 사내가 한번 인연을 끊었으면
그걸로 끝이지."

영욱이 돋보기를 내려놓으며 불퉁하게 말했다. 재신은 그의 앞으
로 다가가 고개를 꾸벅 숙였다. 그리고 정중하게 할 말을 했다.

"저는 인연을 끊은 적이 없습니다, 아버지."

"따로 살림을 차린 게 인연을 끊은 거지 뭐겠느냐."

영욱은 팽 하니 말하며 탁자에 널려 있던 서류들을 한쪽으로 정리
했다. 재신에게 시선 하나 주지 않은 채였다.

"아버지께서 이만 받아 주셨으면 합니다. 더는 효은이 힘들게 하지
마시고요."

"힘들 게 뭐가 있어. 남편 있어, 집 있어, 둘이 오순도순 잘 살면 될

게 아니냐."

"아버지."

재신이 영욱의 앞으로 한 발 다가섰지만 영욱은 서류로 시선을 내린 채 꼼짝도 하지 않았다. 둘 사이에 팽팽한 긴장이 흐르고 있었다.

효은은 엉거주춤 서 있기가 무색해, 들고 온 난 화분을 영욱에게 내밀었다. 정말이지 어렵사리 수소문해 구해 온 난이었다.

"저, 아버님. 난초 화분을 하나 구해 왔는데요. 희귀한 난초라 업자들도 구하기 힘든 거예요. 한번 키워 보시면 좋을 거예요."

영욱은 그 말에 곧바로 반응을 보였다. 효은을 바라다보며 버럭 소리를 질렀다.

"너는 내 서재를 아예 정글로 만들 셈이더냐? 어째 올 때마다 화분을 들고 와서 서재에 들여놔?"

효은은 잠시 당황했지만 물러서지는 않았다. 생글생글 웃으며 그녀가 사랑하는 식물들에 대한 애정을 피력했다.

"아버님 건강 상하실까 봐요. 식물들이 건강에도 좋고 심신도 안정시키고, 무엇보다 예쁘잖아요. 보기만 해도 기분이 좋아지고요."

"누가 흙이나 만지면서 커 온 아이 아니랄까 봐. 저쪽에다 놔둬."

영욱이 가리킨 곳은 그가 애지중지하는 난들이 곱게 자리한 창가였다. 목소리는 다소 누그러져 있었다.

"아버지께서 허락하실 때까지 계속 찾아오겠습니다. 그러니 이만 마음 좀 푸십시오."

재신의 말에 영욱의 눈썹이 꿈틀했다. 그리고 다시 소리를 버럭 질렀다.

"아, 식도 안 올리고 함께 사는 게 남부끄럽지도 않으냐? 어찌 그리 애비 얼굴에 똥칠을 해!"

"예?"

"최소한 식이라도 올리고 살아야 면이 설 것 아니냐 말이다. 어찌 그리 못난 짓을 해!"

"그럼 식을 올리면 허락해 주시는 겁니까."

"그쯤 말을 했으면 알아들어야지."

영욱이 고개를 절레절레 저으며 눈썹을 꿈틀하더니, 난 화분을 창가에 올려놓는 효은을 마뜩잖은 얼굴로 바라보았다. 하지만 재신의 얼굴엔 생기가 크게 돌았다.

"바로 날짜를 잡겠습니다, 아버지."

"봄으로 해. 추운데 법석 떨지 말고."

"예, 아버지."

둘이 대화를 나누는 사이, 효은은 이전에 가져다 놓았던 화분들을 살피며 이파리를 닦고 상태를 점검했다. 그래도 영욱이 화분을 외면하는 사람은 아닌지, 식물들은 관리가 잘되어 싱싱함과 파릇파릇함을 자랑하고 있었다.

"감사합니다. 잘 살겠습니다, 아버님."

고개를 꾸벅 숙이는 효은에게 영욱이 마뜩잖은 얼굴로 고개를 끄덕였다. 그리고 나가 보라는 듯 휘휘 손짓을 했다.

비록 산뜻한 허락은 아니었지만 허락은 허락이었다. 둘은 기쁜 마음으로 서재를 나왔다.

"어떻게 됐어?"

미경이 조용조용한 걸음으로 다가와 속삭이듯 물었다.

"잘됐어요, 어머님."

효은이 그녀의 어깨를 감싸며 속삭이듯 답하자, 미경이 빙그레 웃었다.

"그럴 줄 알았어. 그 양반이 자존심이 좀 세서 그렇지 영영 재신이 외면할 분은 못 된다니까. 비록 친아들은 아니지만 얼마나 애지중지 했는데."

"네."

창밖에 포근한 함박눈이 내리고 있었다. 앙상한 겨울 가지마다 눈꽃이 맺혔다. 곧 봄이 찾아올 것만 같은 예감이 들고 있었다.

□ ◆ □

3월, 효은이 구상한 작은 수목원의 설계도가 드디어 완성되었다. 둘은 서두르지 않고 몇 년에 걸쳐서 차근차근 수목원을 조성해 나가기로 약속을 했다. 묘목들을 사다가 조금씩 심어 가면서 차츰 수목원의 형태를 갖추어 나가기로 합의를 보았다.

오늘은 첫 삽을 뜨는 날이었다. 둘은 할아버지의 농원에서 가장 예쁜 박태기나무를 골라서 수목원의 중심이 될 자리에 옮겨 심기로 하였다. 수목원에 자리 잡은 제일 첫 번째 나무가 될 터였다.

"재신 씨, 좀 더 넓게 파 봐요."

"이 정도면 된 거 아니야?"

"아니에요. 그것보다 훨씬 넓게 파야 뿌리가 안 상한다고요."

둘은 삽을 들고 나무를 심을 자리에 구덩이를 파고 있었다.

효은은 잠시 삽을 내려놓고 이마에 맺힌 땀을 닦았다. 부지런히 삽질을 하는 재신의 근육이 매력적으로 움직이고 있었다.

"이 정도면 됐어?"

"네. 딱 좋아요."

효은은 빙그레 웃으며 달려가 눕혀 두었던 박태기나무를 얼른 세웠다. 그리고 천천히 구덩이로 옮겨 와 흙을 덮었다.

곧 4월이면 또다시 화사한 진분홍 꽃을 피워 올릴 녀석이었다. 효은은 녀석을 애지중지 매만지며 흙을 덮고 물을 주었다. 그리고 둘만의 조촐한 착공식을 가졌다. 심어 둔 박태기나무에 술을 한 잔 뿌리고 작은 기원제를 지냈다.

재신은 작은 의식 하나하나에 정성을 한가득 담는 효은의 모습을 사랑스러운 눈길로 바라보았다.

그들의 수목원은 또 하나의 '파도의 정원'이 될 것이었다. 그렇게 이름 붙이기로 합의를 보았다. 둘을 만나게 해 준 은랑도 수목원의 이름이 그랬으니까.

앞으로 펼쳐질 수목원의 풍경이 그의 머릿속엔 또렷이 그려지고 있었다. 효은의 설계도와 조감도를 수도 없이 보았던 까닭이었다.

봄에 만나 또다시 봄. 어릴 적 풋풋했던 시절에 만나 또다시 오늘.

이날이 오기까지 함께해 온 수많은 날들이 아련하게 스쳐 가고 있었다.

"나, 지금 너무 행복한 거 알아요, 재신 씨?"

효은이 그의 목에 팔을 감으며 부드럽게 키스를 해 왔다.

"내가 더 행복할 거야."

재신은 키스를 되돌리며 뜨겁게 물결치는 마음을 그녀에게로 밀어 보냈다. 이 마음이 평생토록 계속되길 바라며.

오늘도 그의 가슴엔 파도가 치고 있었다. 심장이 온통 너울대는 강한 파도가. 오직 효은만을 향해 몰아치는 뜨겁고 격렬한 파도가.

— Fin

외전

3년 후, 은랑도의 수목타운이 아름다운 모습으로 완공되었다. 뱃길이 아닌, 육지까지 다리로 연결된 섬의 수목원은 개장과 동시에 사람들의 이목을 크게 끌었다. 화려하면서도 독창적인 리조트의 외관은 뭇사람들의 시선을 단번에 사로잡았고, 누구나 한 번쯤 묵어 보고 싶은 꿈의 장소로 새롭게 각광받고 있었다.

봄꽃들이 화려하게 존재감을 드러내는 5월의 중엽, 재신과 효은은 결혼 3주년을 은랑도에서 보내기로 했다. 은천 시내를 지나서 바다를 가로지른 다리로 접어들자, 상쾌한 바닷바람이 싱그럽게 밀려들었다. 멀리 바다의 주인인 양 늠름하게 날아가는 갈매기들이 그들을 성대하게 환영해 주고 있었다.

[파도의 정원]

다리가 끝나고 섬으로 들어설 무렵, 수목원의 이름이 새겨진 커다란 바위가 보였다. 그 주변으로 피어난 각양각색의 꽃들이 화사하게 빛을 발했다.

이미 2월의 준공식 때 섬 전체를 완벽하게 돌아보았지만, 그때는 겨울이라 눈으로 뒤덮여 다소 삭막했었다. 봄꽃들이 만발한 수목원은 그때와 전혀 다른 풍경처럼 보일 정도로 아름다웠다.

"재신 씨. 차 세우고 잠깐 걸으면 어때요?"

효은은 운전대를 잡고 있는 재신을 향해 싱긋 웃으며 말했다. 멀리까지 지방 출장을 다녀와서인지 속이 조금 울렁거리기도 했지만, 예전의 그때처럼 걸어서 한 바퀴를 돌아도 좋을 것 같았다.

"그래."

재신은 고개를 끄덕이며 인근에 차를 세웠다. 그리고 차에서 내리며 당연한 듯 그녀의 손을 마주 잡았다.

둘은 섬의 가운데로 난 산책로를 걷기 시작했다. 입구에서부터 아까시나무의 달콤한 향기가 짙게 밀려들었다. 고광나무, 때죽나무, 백당나무, 불두화, 층층나무, 귀룽나무 등등의 새하얀 꽃들이 시선을 사로잡았다.

"그런데 요즘 얼굴이 창백한 게 많이 피곤해 보여."

재신이 걱정스러운 듯 그녀의 어깨를 감싸며 말했다. 효은은 여전히 눈부신 그의 얼굴을 올려다보며 수줍게 말했다.

"일이 많아서 그럴 기예요."

"민기한테 사람 좀 더 채용하라고 해야겠어. 그놈은 어째 너만 그렇게 부려먹으려 드는지 몰라."

"그런 건 아녜요. 저를 너무 신뢰해서 그렇죠, 뭐."

효은은 싱긋 웃으며 그의 말을 맞받았다. 등꽃의 연보랏빛 향기가 그윽하게 다가들었다. 큰꽃으아리, 산딸나무, 튤립나무, 산매발톱꽃, 함박꽃, 작약 등 사방에서 밀려드는 꽃향기에 마음이 달뜨는 5월의 봄이었다.

"읍."

몇 걸음 더 옮기던 효은이 갑자기 멀미를 이기지 못하고 숨을 멈추었다. 달콤하고 짙은 꽃향기가 어쩐지 역하게 느껴져서였다.

"괜찮아?"

재신이 얼른 그녀의 팔을 잡았다. 속이 너무 안 좋은 바람에 순간 휘청했기 때문이다.

"네, 괜찮아요. 아무래도 출장이 너무 무리였나 봐요. 숙소로 가서 좀 쉬는 게 좋겠어요."

"그래."

효은의 말에 둘은 왔던 길을 되돌아 차로 향했다. 하지만 차를 타고 리조트로 이동하는 그 짧은 시간에도 효은은 몇 번이나 속에서 올라오는 멀미 기운을 참아야 했다.

"왜 이렇게 멀미가 나는지 모르겠어요. 그동안 부산까지 여러 번 다녔는데 멀미라고는 한 적이 없었거든요."

"병원에 가 볼까?"

"아뇨. 그 정도까지는 아닌 것 같아요. 좀 쉬면 낫겠죠."

"아니. 병원에 다녀오는 게 낫겠어. 뭘 잘못 먹은 걸지도 모르잖아. 식중독 같은 거."

재신은 그길로 차를 돌려 병원으로 향했다. 하지만 내과 검사에서도 특별히 나온 것은 없었다.

"미안해요. 명색이 결혼 기념 여행인데, 내가 이래서."

숙소로 들어와 침대에 누운 효은이 안타까운 목소리로 말해 왔다. 재신은 이불을 꼼꼼히 덮어 주며 고개를 저었다.

"아니, 뭐가 미안해. 너 힘든 거 신경도 못 쓰고 은랑도까지 끌고 온 내가 문제지."

"힘들지는 않아요. 속만 조금 메스꺼운 거예요."

"그래. 그런데 효은아, 너 혹시……."

재신은 혹시나 싶은 마음에 말을 꺼내려다 그간 효은의 상처를 생각하며 얼른 입을 닫았다. 아마도 피로가 깊어져서 그럴 거라 이유를 생각하면서.

"아마 아닐 거예요."

효은도 그가 꺼내려던 말을 짐작했는지 바로 고개를 저었다.

그동안 효은의 고집으로 그 힘들다는 시험관 시술을 5번이나 시도한 터였다. 그는 크게 아이를 원하지 않았고 의미를 둔 적도 없었다. 하지만 효은은 달랐다. 꼭 아이를 가지고 싶어 하는 눈치였다. 하지만 결국 성공하지 못했고 작년부턴 효은도 포기하고 있었다.

물론 아이가 있으면 좋긴 할 것이었다. 효은을 꼭 닮은 딸아이를 가지고 싶은 마음도 없지 않아 있었다. 하지만 가지지 못한다고 해서 아쉬울 것은 없었고, 무엇보다 시험관 시술로 효은이 심하게 고생하는 것이 싫었다.

해가 기울어 가는 늦은 오후, 창밖에서 라일락 향기가 은은하게 밀려들었다. 하지만 효은은 내내 밀려드는 멀미 때문에 그윽한 향기를 즐길 수가 없었다. 레스토랑에 내려가서도 마찬가지였다. 기름진 음식 냄새가 밀려들자 메슥거림은 더욱 심해졌다.

혹시나 하는 마음이 조금씩 찾아들었지만, 희망은 가지지 않기로 했다. 그동안 자그마한 희망에 부풀었다 바닥까지 좌절한 적이 어디 한두 번이었던가. 근거 없는 희망은 그저 상처가 되고 독이 될 뿐이었다.

"조금이라도 먹어 봐."

재신이 그녀가 좋아하는 돈가스를 잘라서 밀어 주고 있었다. 하지만 효은은 입을 막은 채 손을 저을 수밖에 없었다. 속이 너무 역해서 도저히 무얼 먹을 수 없을 것 같았기 때문이다.

"병원에 가 봐야겠어요. 아주 미미한 확률이지만 혹시 모르니까."

"……괜찮겠어?"

재신이 걱정 가득한 눈으로 물었다. 그동안 그녀가 받았을 상처를 몹시도 걱정하는 눈치였다.

"괜찮아요. 한두 번 좌절한 것도 아니고. 무엇보다 이래선 어차피 아무것도 먹을 수가 없을 것 같아요."

결국 둘은 숙소를 나와 병원을 찾아 나섰다. 은천시의 유명 산부인
과는 화사하게 꽃을 피운 조팝나무 뒤편에 있었다.

"임신 맞습니다."

초음파로 확인한 의사가 단번에 확실하게 말해 주었다.

"네? 뭐가 맞다고요?"

효은은 의사의 말을 듣고도 제대로 들은 건지 알 수가 없어 되묻고
말았다.

"임신하신 게 맞다고요."

"······그럴 리가····· 없는데······."

믿을 수 없다는 듯 흘러나온 효은의 말에 의사가 엄한 얼굴을 했
다.

"그럴 리가 없다니요. 아기가 들어요. 아기집도 확실히 보이잖아
요."

"저, 정말 임신이 맞는 건가요?"

"그럼요. 분명히 임신입니다."

의사는 단호하게 선을 그었다. 더 이상의 의심은 용납하지 않겠다
는 어투였다.

기적은 그렇게 찾아왔다. 그들의 꿈의 섬 은랑도에서.

효은은 내내 울고 또 울었다. 이렇게 기적처럼 찾아와 준 아이가
고마워서, 어여뻐서.

둘은 아기의 태명을 은랑이로 지었다. 그리고 두 분 부모님께 전화를 걸었다.

— ……아이가 생겼다고?

기적 같은 소식에 영욱이 보인 첫 반응은 침묵이었다. 그러다 한참이 지나서야 믿을 수 없다는 목소리로 그렇게 물어 왔다.

"예, 아버님. 3개월이래요."

— 너는 어째 애가 들어선 지 3개월이 되도록 모르고 있어? 몸 간수 잘해야 건강한 애가 나올 게 아니냐.

"예. 오늘부터 꼭꼭 조심하겠습니다."

— 보약부터 해 먹어. 몸도 비실비실해 가지고선 애나 제대로 낳을 수 있으려나 모르겠다. 아니, 바로 집으로 와라. 당장 한의원 찾아가게.

"지금 어디 좀 와 있어요. 며칠 뒤에 찾아뵙겠습니다."

— 그래그래, 아가. 몸조심하고.

뒤늦게 통화에 끼어든 건 미경이었다. 영욱이 내내 전화를 잡고 있는 통에 이제야 말을 건넨 것이었다.

— 아니, 당신은 무슨 소리야? 당장 오라고 해서 보약을 해 먹여야지.

— 아, 애들이 알아서 하겠지요. 보채지 좀 마요. 효은이 스트레스 받으면 애한테도 안 좋아요.

— 그런가.

수화기 너머로 두 분이 이러쿵저러쿵하는 목소리가 내내 들렸다.

효은은 전화를 끊지 않은 채 기쁜 마음으로 두 분의 목소리를 들었다. 잔뜩 들뜬 목소리가 그들의 기쁨을 말해 주고 있었다.

□ ◆ □

이듬해 3월, 은랑이는 건강한 딸로 세상에 태어났다. 봄을 맞는 홍매화가 진분홍 꽃을 한가득 피워 올린 어느 오후의 일이었다.

효은은 24시간의 진통 끝에 눈물 바람으로 곱디고운 딸을 맞이했다. 울어서 얼굴도 새빨갛고 아직 눈도 못 뜨는 조막만 한 생명이었지만 그 누구보다 어여쁘고 장했다.

"고생했다, 효은아."

내내 그녀의 진통을 지켜보았던 재신의 눈가에 눈물이 고였다. 아기를 받아 안는 커다란 손이 조금 떨렸다.

효은은 더없이 행복하다고 생각했다. 재신이 있어 언제나 완벽했던 행복이었지만, 거기에 또 하나의 행복이 추가되었다. 마음이 온통 행복으로 물결치고 있었다.

작
가

후
기

안녕하세요, 소낙연입니다.

〈파도의 정원〉은 제 머릿속을 맴도는 어떤 풍경들을 토대로 시작하게 된 글이었어요. 따사로운 햇빛이 내리쬐는 소담한 농원과 청명한 숲이 우거진 싱그러운 수목원, 그리고 시원한 파도가 물결치는 짙푸른 바다. 그 풍경 속에 어우러진 그림 같은 연인들을 그려 보고픈 소망이었습니다.

꽃과 나무를 사랑하는 봄 햇살 같은 여주인공과 도시의 잿빛처럼 삭막하게 살아온 남주인공이 만나 사랑하게 되는 이야기. 효은과 재신은 그런 구상 속에서 제게 온 어여쁜 아이들입니다. 수목원과 식물원을 유독 좋아하는 제 취향도 한몫했고요.

추운 겨울에 글을 쓰면서 항상 봄을 생각했습니다. 제 눈앞에 그려지는 풍경들은 전부 봄이었거든요. 박태기꽃이 활짝 핀 봄과 함께 찾아온 어릴 적 첫사랑, 잡을 수도 취할 수도 없는 안타까운 주위의 상황들. 그런 구상을 가지고 호기롭게 시작한 이야기였는데, 잘 담아냈다고 하기엔 아쉬움이 많이 남습니다.

늘 부족한 글이지만 애정을 주시는 독자님들이 계셔서 꿋꿋하게 글을 쓰고 있는 것 같습니다. 끝까지 읽어 주신 독자님들께 깊이 감사드립니다.

지면을 빌려 감사를 전하고 싶습니다. 언제나 마음으로 응원해 주시는 라앤님과 알피네님께 감사드립니다. 이 글이 책으로 나올 때까지 여러 방면에서 성심을 다해 주셨던 배지은 편집자님과 뿔미디어 관계자분들께 감사드립니다. 더불어 우리 집 세 안티에게도 변함없는 사랑을 전합니다.

코로나19로 언제나 마스크를 쓰고 다녀야 하는 상황 때문에 좋아하는 수목원에 가도 그 청량한 냄새나 바람을 느끼기 힘들어서 많이 아쉽습니다. 얼른 이 상황이 끝나서 숲 공기를 마음껏 들이마실 수 있는 날이 오기를 소망합니다.

언제나 가슴 깊이 물결치는 파도처럼 아름다운 사랑을 하셨으면 좋겠습니다. 항상 행복하세요.

2021년 봄
笑樂緣 드림

www.b-books.co.kr

www.b-books.co.kr